예지몽으로 히든랭커 6

2021년 5월 12일 초판 1쇄 인쇄
2021년 5월 17일 초판 1쇄 발행

지은이 이헌비
발행인 김정수 강준규

기획 이기헌 왕소현 박경무 강민구
책임편집 백승미
마케팅지원 배진경 임혜솔 송지유 이영선

발행처 (주)로크미디어
출판등록 2003년 3월 24일
주소 서울시 마포구 성암로 330 DMC첨단산업센터 318호
Tel (02)3273-5135 **편집** 070-7863-8595 Fax (02)3273-5134
홈페이지 rokmedia.com **E-mail** rokmedia@empas.com

ⓒ 이헌비, 2021

값 8,000원

ISBN 979-11-354-9544-1 (6권)
ISBN 979-11-354-9382-9 04810 (세트)

예지몽으로 히든랭커

이현비 게임 판타지 장편소설 6

CONTENTS

불청객

'건방 좀 그만 떨라니까! 상대를 가리지 않고 마치 제가 귀족이라도 되는 것처럼 오만하게 구니까 이런 사달이 생기지.'

상황이 이렇게 되자 알몬 상단의 호위대장 페인은 자신도 모르게 유바르에게 눈을 흘겼지만 그 역시 검을 익혔고 봉급을 받는 입장이기 때문에 물러설 수가 없었다.

그의 눈짓을 받은 호위 무사 열 명이 유바르를 감싸고 나머지는 페인과 어깨를 나란히 했는데, 얼굴이 창백하게 질려 있었고 검을 잡은 손이 가늘게 떨리고 있었다.

상대가 뿜어내는 살기는 강렬한 파동의 형태로 그들의 심혼을 옥죄고 오랫동안 단련한 육체까지 굳게 만들었다.

양측이 격돌하기 일보 직전.

헤론 상단주가 다급한 얼굴로 나섰다.

"잠깐! 온 대장님, 제 말을 잠시 들어 주시겠습니까?"

"말씀해 보십시오."

가온은 여전히 검광을 유지한 채 호위 무사들 뒤로 숨은 유바르 쪽을 살벌하게 노려보면서 말했다.

"유바르 부단주의 무례를 용서해 주십시오. 제가 대신 사과하겠습니다!"

"본인이 멀리 있는 것도 아니고 헤론 단주께서 그의 가족도 아닌데, 이러실 필요는 없습니다. 나는 유바르 본인에게 자신이 저지른 무례에 대한 진정이 담긴 사과를 받아야겠습니다! 내가 당한 무례는 나 하나만의 문제가 아닌 내 스승님의 명예가 달린 문제입니다!"

가온이 그렇게 말하면서 검갑을 들어 올리자 사람들의 시선이 자연스럽게 거기로 쏠렸다.

"헉! 훈 가문의 문장!"

드인 상단의 수석 호위 무사인 털보 장한이 검집에 새겨진 문양을 알아보고 기함을 했다.

이제야 사람들은 단순한 용병이라고 생각했던 가온이 한동안 랑트성에서 지냈던 나크 훈 기사에게 사사한 인물이라는 사실을 깨달았다.

'그럼 용병이 아니라 자유 기사잖아!'

'그래서 용병 길드에도, 모험가 길드에도 등록이 안 되어 있었던 거구나!'

사람들은 가온이 유바르의 오만한 태도에 왜 이렇게 화를 내는지 비로소 이해할 수 있었다.

방랑 기사라고도 부르는 자유 기사는 기사 서임 여부를 떠나서 기사 수업을 받고도 주군이 내린 명령을 수행하거나 검술 수련을 위해 세상을 유랑하는 이들을 말한다.

기사 수업을 받은 자유 기사도 용병으로 일을 할 수는 있었지만 그래도 용병으로 정식 등록을 하지 않고 활동한다는 점에서 전혀 달랐다.

꽤 실력이 있는 용병인 줄로만 알았던 가온이 사실은 자유 기사이며, 심지어 아르딜리아 왕국에서도 유명한 나크 훈 기사의 제자라는 사실을 알게 된 페인을 포함한 호위 무사들의 시선이 유바르에게 쏠렸다.

상대가 용병이 아니라 자유 기사라면 귀족도 아니면서 상대에게 오만하게 행동한 유바르가 상대의 명예를 더럽힌 것이 맞는 것이다.

만약 지금 유바르가 제대로 대응하지 못한다면 알몬 상단도 잘못될 수가 있었다. 아르딜리아의 많은 기사들을 가르친 경력이 있는 나크 훈은 그 정도의 영향력은 충분히 가지고 있었다.

하지만 유바르는 하얗게 질린 얼굴로 아무런 행동도 하지 못하고 있었다. 상대가 이 정도 배경을 가진 인물이라고는 전혀 예상하지 못했기 때문이다.

페인 이하 상단 호위 무사들 역시 상대의 정체에 크게 놀라 어쩔 줄을 몰라 했다.

'제기랄! 저 정도 인물이 왜 이곳에 있는 거야!'

등 뒤에서 부들부들 떠는 유바르를 한 번 돌아본 페인은 당장이라도 도망을 치고 싶었지만 억지로 자리를 지켰다.

이때 나레인이 나섰다.

"온 대장님, 제발 진정해 주세요. 유바르 부단주가 온 대장님을 못 알아보고 좀 무례하긴 했지만 실수라고 생각해 주시면 안 될까요? 저도 온 님이 자유 기사인 줄은 몰랐어요."

"나는 스승님으로부터 초면에는 상대가 누구건 존중하라는 가르침을 받았고 마음에 새겼습니다. 기사들은 물론이고 교양과 명예를 아는 가문 사람이라면 다 마찬가지라고 들었고, 이곳에 와서 만난 거메인 씨나 나레인 양의 경우처럼 실제로 내가 만난 이들은 그랬습니다. 그런데 저자는 날 처음 만나는 자리임에도 불구하고 마치 나를 자신의 하인 대하듯 했습니다. 내 비록 아직 서임을 받지 못하고 수련 여행 중이지만 결투를 해서라도 나와 내 스승님의 명예를 지켜야겠습니다!"

그냥 하는 말이 아니다. 예지몽에서 우연한 기회에 술자리를 함께했던 자유 기사로부터 들은 얘기를 통해 알게 된 이

예지몽으로
히든랭커

세상의 귀족과 기사의 행동이다.

물론 그럼에도 불구하고 가문의 권력과 금력을 믿고 설치는 젊은 천둥벌거숭이들은 있었지만 그래도 대개의 귀족들은 적어도 외부적으로는 예의를 지켰다.

그 말을 듣자 귀족가에서 태어난 헤론이나 나레인은 더 이상 가온을 말릴 수 없었다. 그들 역시 명예가 더럽혀지는 것이 얼마나 무거운 일인지 잘 아는 것이다.

그래도 나레인은 끝까지 가온을 말렸다.

"온 대장님, 유바르 부단주가 실수를 한 건 맞아요. 변명 같지만 최근 랑트성에 모습을 드러낸 이계인들이나 용병들 중 일부가 알몬 상단에 피해를 끼친 점 때문에 유바르 부단주가 자신도 모르게 불쾌감을 드러내는 실수를 한 것 같아요. 제가 대신 사과드리겠어요."

유바르를 쳐다볼 때 한심하다는 감정이 다분히 들어 있는 나레인이 이 정도까지 그를 비호하는 것을 보니 뭔가 사정이 있는 것 같았다.

생각해 보니 어나더 문두스 출시 초기에 다른 가상현실 게임과 비슷하다고 생각하고 이곳 사람들을 NPC로 생각해서 함부로 대하는 등 물의를 일으킨 플레이어들이 있었다는 사실이 떠올랐다.

그들은 이곳 사람들에게 막무가내로 달라붙어서 퀘스트를 달라고 부탁하거나 심지어는 게임 도우미 정도로 여기고 폭력까지 행사하다가 감옥에 가거나 성에서 추방당하기도 했다.

"후유!"

숨을 깊이 들이마신 가온이 화를 누르고 흑검의 검광을 거두었다.

"좋습니다. 나레인 영애께서 이 정도로 말씀하시니 일단 참기로 하지요. 그렇지만 사과는 받아야겠습니다. 만약 저자가 끝내 사과를 하지 않는다면 결국 스승님이 직접 나설 수밖에 없을 겁니다."

"감사합니다. 유바르 부단주!"

가온에게는 정중한 태도를 잃지 않았던 나레인이 차가운 눈빛으로 호위 무사들 뒤에 숨어 있던 유바르를 쏘아보았다.

그러자 유바르가 주춤거리며 앞으로 나왔다.

"온 경, 큰 실례를 범했습니다. 정중하게 사과를 드리겠습니다. 나레인 영애께서 하신 말씀대로 최근에 랑트로 들어온 이계인과 용병 일부가 본 상단의 행사를 방해하여 많은 손해를 끼친 일 때문에 스트레스가 쌓여 있었는지 저도 모르게 처음 보는 경에게 분노를 표출한 것 같습니다. 만약에 드인 상단 측에서 경의 신분을 제대로 알려 주었다면 이런 실수는 하지 않았을 텐데 무척 유감입니다. 진심으로 사과드립니다."

눈빛으로 보아서 진심이 느껴지긴 했지만 책임을 드인 상단 측으로 넘기는 것을 보면 어떤 인물인지 대충 알 것 같았다.

가온은 이 정도로 화가 풀리지 않았지만 그래도 거메인이나 나레인을 봐서 이 정도로 그치기로 했다.

"그 사과, 정식으로 받아들이겠습니다."

그렇게 사람들을 긴장시킨 상황이 간신히 해결되었다.

"따로 드릴 말씀이 있으니 조용한 곳으로 갔으면 합니다."

"그러지요."

나레인의 말에 가온이 고개를 끄덕이며 뒤따랐다.

나레인을 뒤따라가면서 가온은 무슨 얘기를 듣건 더 이상 이들과 함께할 수 없다는 결론을 내렸다.

'제대로 대우도 못 받고 이곳에 있을 바에는 원래 생각했던 던전 탐험을 떠나는 것이 낫겠어.'

당분간 이곳에서 지내면서 퍼슨 부자나 세 플레이어의 레벨을 좀 더 올린 후 떠나려고 했는데, 아무래도 좀 이르게 실행해야 할 것 같았다.

나머지 일행 중에서 마음에 걸리는 사람은 스톤과 성실하게 수련해서 굉장히 빠른 진경을 보여 주고 있는 랄프 정도밖에 없었다.

하지만 스톤의 경우 손자가 있는 그는 위험을 감수하고 긴 여행을 떠날 입장이 아니다. 본인이 원한다고 해도 함께해서는 안 된다.

"잠깐만요."

나레인의 시선이 뒤를 향한 것을 보고 돌아보니 거메인이 헤론 단주와 함께 다가오고 있었다.

"먼저 온 경을 단순한 용병으로 오해한 부분에 대해서 사과드리겠습니다."

"아닙니다. 서임도 못 받았는데 무슨 경입니까. 그리고 용병 일을 한 것도 사실이고요. 그것을 탓할 생각은 전혀 없습니다."

"어쨌거나 실례를 범한 부분은 사과드리겠습니다. 이제 지난번에 구매한 오크 부산물을 처리한 돈과 이번 의뢰에 따른 보수를 드리려고 합니다."

맞다. 돈 문제를 깔끔하게 마무리를 하고 떠나야 했다.

드인 단주가 건넨 돈 자루는 무려 3개가 넘었는데 안은 금화로 가득 차 있었다.

무려 1,500골드에 가까운 돈이지만 가온의 안색은 전혀 변하지 않았다. 마치 맡겨 두었던 돈을 돌려받은 얼굴이었다.

"잘 받았습니다."

가온은 며칠 전에 사냥했던 오크 300여 마리에 대한 얘기는 하지 않기로 했다. 이걸로도 충분하다는 생각이 들었다.

보통 사람, 아니 잘나가는 용병이라고 해도 이런 거금을 받는 건 쉽지 않은 일이지만, 이미 몇 번에 걸쳐서 어마어마한 돈을 번 가온에게는 큰 감흥은 없었다.

무표정한 얼굴로 액수도 확인하지 않고 돈주머니들을 아 공간 주머니에 넣는 가온을 본 거메인이 조심스럽게 물었다.

"온 대장님, 설마 랑트를 떠날 생각이십니까?"

역시 눈치가 빠른 거메인이다.

"그렇습니다. 저런 자는 속이 좁아서 분명히 내게 앙심을 품었을 겁니다. 사실 이곳에 머무를 생각이었으면 어떻게든 처리를 할 생각이었습니다. 저 정도 상단이야 우리 사형제만 으로도 얼마든지 무너뜨릴 수 있습니다."

가온의 차가운 말에 세 사람은 자신들도 모르게 몸을 부르 르 떨었다.

'정이 많아 보이는 행동과 달리 내면은 굉장히 냉혹한 구 석이 있구나.'

세 사람 모두 공통적으로 느끼는 감정이었다.

"하지만 어차피 떠나기로 한 마당이고 드인 상단이 얽혀 있으니 일단 참겠습니다. 저야 스승님의 명예가 걸린 일이라 서 좌시할 수 없어 거칠게 대응했지만, 랑트성에서 알몬 상 단이 가진 힘과 영향력은 알고 있습니다. 만약 알몬 상단에 문제가 생기면 드인 상단도 좀 골치가 아플 것 같아서 참는 겁니다."

"하지만 굳이 저들 때문에 랑트를 떠나실 필요는 없어요. 제가 말린 이유는 저들을 편들기 위해서가 아니라 얽인 것이 좀 있어서 그런 거예요."

나레인은 자신이 말려서 괜히 가온이 랑트를 떠나는 것이 아닌지 걱정이 되는 모양이다.

"나레인 양이나 알몬 상단과의 불화 때문에 이곳을 떠나는 것이 아닙니다. 스승님께서도 곧 랑트를 떠나실 예정이라 따라가야만 하거니와 앙심을 품은 알몬에서 문제를 일어날 것을 뻔히 알면서 이곳에 있을 생각은 없습니다. 그리고 그편이 여러분에게 도움이 될 겁니다."

사실 상단의 이름조차 처음 들어 보지만 헤론 상단주가 젊은 유바르를 조심스럽게 대하는 것을 보면 랑트에서 규모나 영향력이 꽤 큰 상단임은 확실했다.

"결정을 재고해 주면 안 되겠습니까? 본 상단은 앞으로도 계속 경과 함께 일을 하고 싶습니다. 알몬 상단 측은 내가 책임지고 관리하도록 하겠습니다."

헤론은 간절한 얼굴로 재고를 요청했고 거메인과 나레인도 그 행렬에 동참했다.

"저도 간곡하게 부탁드릴게요. 이곳에 제대로 된 광산도시를 건설할 때까지는 온 대장님의 도움이 절실하게 필요해요. 도와주세요."

가온이 생각한 대로 이들은 앞으로도 이곳과 관련된 의뢰를 하려는 것 같았다.

하지만 가온은 이미 마음을 굳혔다.

사실 알몬 상단 측의 대응이 두려운 것은 아니다. 그래 봐야 랑트에서나 위세를 떠는 상단일 뿐 가온이 1급 기사에 근접한 나크 훈의 이름을 언급한 지금은 감히 어쩔 수가 없었다.

　아마 기껏해야 암살자를 보내는 정도일 것이다.

　"그보다 알몬 상단 측이 왜 끼어든 겁니까?"

　갑자기 왜 알몬 상단이 나타난 건지 정말 궁금했다.

　"그게……."

　잠시 망설이던 나레인이 힘들게 입을 열었다.

　지금은 이계인들이 늘어나고 그들이 빠르게 성 주위의 마수와 몬스터를 사냥하면서, 이계인들을 대상으로 하는 상업이 활기를 띠기 시작했고, 이제까지 외부 상행을 하지 않았던 상단들이 활발하게 움직이려는 상황이다.

　알몬 상단은 랑트에서는 대대로 손꼽히는 규모의 대형 상단이지만 줄을 잘못 서는 바람에 이계인들을 대상으로 하는 사업에서 배제가 되었다.

　드인 상단 측에서는 광산과 관계된 소문을 최대한 차단하려고 했지만 알몬 상단에서 그 정보를 입수했다.

　광산들은 대부분 산중에 위치했기 때문에 현재 철괴를 비롯한 광물 가격은 마수와 몬스터 창궐 사태 전에 비해 서너 배는 올라간 상태였기에 안전한 광산은 사업성이 어마어마하게 높았다.

마법 전신을 통해서 타르벨 상단 측에 확인해 본 결과는 더욱 놀라웠다. 그야말로 노다지나 다름없었다.

보유 자금도 충분하고 상단 자체 호위 무사들도 많은 알몬 상단은 알폴광산을 욕심을 내는 건 당연했다.

"……필요 없다는데도 투자를 하겠다며 달려들고 있어요."

"무시하면 되는 거 아닌가요?"

"사실 자금이 어느 정도 필요하긴 하거든요. 거기에 랑트나 아그레브 등의 광산개발 관련 세력에 대한 알몬 상단의 영향력도 무시할 수가 없어서……."

드인 상단이나 나레인의 입장에서는 원통할 노릇이지만, 알몬 상단에서 자금이며 기술자나 호위 무사를 지원하면 광산도시 건설은 더욱 빨라질 테니 무작정 거부할 수도 없었다.

"그럼 저자가 이곳 책임자인 겁니까?"

"맞습니다. 막내이긴 하지만 위의 두 형이 워낙 난봉꾼이어서 상단은 그가 이어받을 겁니다."

그나마 낫다는 자식이 저 정도라면 알몬 상단의 미래는 암담했다.

"그럼 저들의 투자를 받기로 한 겁니까?"

"저들의 압력이 좀 거셉니다. 광산을 넘기지 않을 거면 49%의 지분 투자를 받아들이라고 요구하고 있습니다. 유바르는 상단을 대표해서 일단 광산 조사차 동행했고요."

그런 것 같았다. 알몬 상단 측 호위 무사의 숫자보다 기술자로 보이는 사람들이 훨씬 더 많았으니 말이다.

"제가 선을 넘는단 건 알고 있습니다만 그래도 얘기를 해야겠습니다."

"어떤 얘기인지요?"

"유바르라는 자에 대해서는 여러분이 더 잘 아실 겁니다. 장담하는데, 저런 자는 절대로 단주께서 관리할 수 없습니다. 남작 영애와 영작은 물론 단주까지 있는 자리에서 아까와 같은 무도한 언행을 서슴없이 하는 자에게 정말 고삐를 맬 수 있다고 봅니까?"

"그건……."

헤론은 바로 대답을 하지 못했다. 그가 아는 유바르라면 가온이 말한 그대로 생각하고 있을 것은 물론 앞으로 어떤 식으로든 문제를 일으킬 것이 분명했다.

그동안 알몬 상단이 해 온 짓을 생각하면 음모를 꾸며 광산을 통째로 삼키려고 하거나 혹은 나레인을 어떻게 해 보려고 시도할 것이 분명했다.

안 그래도 오는 동안에도 유부남인 주제에 내내 나레인 옆에 붙어서 수작을 부리는 것을 보면서 분통이 터졌던 그였다.

"차라리 광산을 넘기는 것이 나을 겁니다."

"네?"

"그게 무슨 말입니까!"

"광산을 넘기라고요?"

세 사람은 그건 전혀 생각도 안 해 봤는지 당혹감과 함께 분노까지 표출하고 있었다.

가온은 분노와 의아함 그리고 황당함이 가득한 세 사람의 눈을 똑바로 쳐다보면서 입을 열었다.

"세 분에게만 드리는 말씀이지만 이곳에서 20여 킬로미터 떨어진 곳에 3천여 마리 규모의 대형 오크 부락이 있습니다. 이곳에 거주하던 오크들은 그곳에서 독립한 무리인 것 같고요."

"네? 정말입니까?"

세 사람의 눈이 찢어질 듯 커졌다.

"사실입니다. 그쪽에서 보낸 선발대 오크들을 닷새 전에 매복을 통해 사냥하기도 했으니까요. 그쪽에서는 자세한 상황은 몰라도 이곳에 있던 기존의 오크 부락이 사라진 사실을 파악한 것은 분명합니다."

"하아."

이곳에 있던 1천여 마리도 가온의 놀라운 전술 전략으로 겨우 토벌했는데, 그 세 배나 되는 무리가 있다니.

그건 생각도 하지 못했는지 세 사람의 얼굴이 아연해졌다.

그게 사실이라면 광산을 개발하는 것은 물론 이곳에 광산도시를 건설하는 건 불가능했다. 지속해서 오크들이 공격을 해 올 테니 말이다.

게다가 가온이 그들에게 거짓 정보를 말할 리도 없었다. 그 정도 거리라면 바로 확인할 수 있었다.

"남작가가 보유한 기사 전력을 꽤 오랜 시간 동안 동원할 수 있거나 이계인들을 대거 이곳으로 끌어들일 수 있다면 시간이 걸리더라도 여러분이 생각하는 광산도시를 건설하고 광산을 개발할 수 있지만, 그 전에는 어렵다고 봅니다."

정말 진심으로 하는 충고였다. 이들이 받아들일지는 알 수 없었지만 말이다.

"정보도, 충고도 감사합니다! 일단 저희도 은밀하게 확인을 해 보고 판단을 하겠습니다."

광산도시 건설을 통해서 새로운 영지를 만들어 동생에게 주려던 나레인의 얼굴은 여전히 딱딱하게 굳어 있었지만, 헤론과 거메인의 눈빛은 당장 달라졌다.

두 사람은 작위를 물려받지 못하는 상황이 된 남작의 자녀들 문제를 고려해서 무리를 해서라도 광산도시를 건설하려고 했지만, 3천에 달하는 대형 오크 무리가 근처에 있다면 얘기가 달라진다.

"그 오크 무리만이 문제가 아닙니다. 반경 30킬로미터 이내에 50여 개에 달하는 몬스터의 서식지가 있었습니다."

가온의 추가 설명에 거메인과 헤론의 얼굴이 한층 더 심각해졌다.

"으음. 생각해 보니 타르벨 상단에서 너무 순순히, 그리고 턱없이 낮은 가격으로 광산을 넘긴 것이 내내 마음에 걸렸습니다."

"사실 나도 그 점이 좀 이상했네. 트롤의 생혈에 대한 판매권 때문에 그런 거라고 생각했는데 아무래도 우리가 너무 순진하게 받아들인 모양이네."

거메인과 헤론은 자신들이 생각해도 높은 가치를 지닌 철광산을 흔쾌히 넘긴 타르벨 상단의 처사를 다시 돌아보고 그들 역시 근처에 있는 대형 오크 무리에 대한 정보를 알았을 거라는 사실을 깨달았다.

그렇지 않았다면 금속 괴의 가격이 천정부지로 올라간 상황에서 아무리 몬스터에게 점거를 당했다고 해도 채굴을 시작했던 철광산을 이렇게 쉽게 내놓지 않았으리라.

아마 자신들 같았으면 영주를 설득해서 어떻게든 기사단의 지원을 받아 토벌을 했을 것이다.

세 사람은 가온과 조금 떨어진 곳에서 짧게 대화를 나누었는데 내용은 충분히 짐작할 수 있었다.

세 사람 중 나레인이 가장 먼저 가온 곁으로 돌아왔다.

"온 대장님, 일단 랑트로 돌아가실 거죠?"

나레인이 실망보다는 뭔가 시원하게 털어 낸 얼굴로 물었다.

나름 심혈을 기울여서 추진해 온 계획이 수포로 돌아갈 상황이 되어 기운이 빠지긴 했지만, 나레인은 생각보다 쉽게 광산을 포기한 얼굴이었다.

　"그렇습니다. 일단 랑트에서 충분히 보급을 챙겨야지요."

　"나크 훈 기사님이 계신 곳으로 가겠군요?"

　"그럴 생각입니다."

　꼭 그건 아니지만 일단 그렇게 대답했다.

　"그럼 혹시 아그레브성을 경유하시나요?"

　"그건 왜 물으십니까?"

　현재로서는 목적지를 정한 것은 아니었기에 일단 그렇게 물었다.

　"한 달 후에 동생과 함께 그쪽으로 움직일 예정인데 호위를 부탁드려도 될까요?"

　"호위를요?"

　"네. 숙부님들의 권유로 동생이 헤로트 백작성에 있는 아카데미에 수학하러 가기로 했어요."

　결국 랑트 남작의 두 동생은 작당을 해서 조카를 멀리 치워 버리려는 모양이다. 아무리 어리더라도 정당한 후계자가 영지에 남아 있는 것과 없는 것은 천양지차이니 말이다.

　"헤로트 백작성이라면……?"

　"아그레브를 거쳐 녹색의 수림을 통과해야 도착할 수 있지요."

헤로트 백작성은 예지몽 속에서 들어 본 적이 있었다.

'아!'

그러고 보니 헤로트성과 좀 떨어진 곳에 플레이어들에게는 아주 유명한 대형 던전이 있었다. 3층으로 수천 명이 동시에 입장할 수 있는 대형 몬스터 던전으로, 오우거가 보스인데 고블린, 오크 등 다양한 레벨의 몬스터들이 서식하고 있었다.

던전 안에 서식하는 마수나 몬스터의 숫자가 일정 이상이 되면 던전 입구가 열리는, 이른바 던전 브레이크 현상이 발생하는 것을 한 플레이어 모험가 길드가 발견해서 왕국에 보고해서 밝혀진 던전이다.

왕국은 기사단을 파견해서 던전을 확인했지만 한 차례 토벌했을 뿐 관리를 할 수가 없었다. 리셋이 될 때마다 토벌을 해야 하는데 워낙 몬스터의 숫자가 많고, 더욱이 보스가 오우거라서 꽤 많은 피해가 났던 것이다.

결국 왕국은 플레이어들에게 던전을 개방했다.

지금은 자신이 일으킨 변화로 인해서 상황이 좀 달라졌지만 유력 길드가 던전의 소유권을 행사하던 예지몽 속에서도 누구든 들어갈 수 있는 몇 안 되는 대형 자유 던전이다.

'아직 발견되지 않았을까?'

생각해 보니 아직 발견될 시기는 아니었다. 그가 예지몽 속에서 어나더 문두스를 시작하기 얼마 전에야 발견되었으니 말이다.

'좋아!'

아직 발견되지 않은 대형 던전의 존재를 상기시켜 준 나레인이 갑자기 예뻐 보일 정도였다.

"원래는 동생을 데려다준 후 다시 이곳으로 돌아오려고 했는데 그냥 그곳에서 지낼까 해요."

나레인은 두 숙부 때문에 남작 위를 계승받지 못할 동생을 위해 이곳에 광산도시를 건설하는 데 전념할 생각이었는데, 일이 무산되자 아예 동생과 함께 헤로트성에서 머물 생각인 모양이다.

'퍼슨이 던전에 대한 정보를 모두 수집하려면 아직 시간이 더 필요해.'

퍼슨이 지인들에게 원하는 것은 단순한 정보가 아니다. 그들은 제대로 보상을 받기 위해서 어느 정도까지는 확인을 하고 정보를 넘길 것이다. 당연히 시간이 더 필요했다.

호위 대상이 나르멜 한 명만이라면 의뢰 내용도 어려울 것이 없었다. 검광까지는 아니지만 마나를 제대로 활용할 수 있는 수련기사급 조력자가 한 명 더 동행하니 말이다.

가온이 파악한 나레인의 검술 실력은 수련기사 중에서도 중간 정도다. 레벨로 따지면 약 60에서 70 정도에 해당할 테니, 마수나 몬스터를 상대할 때 제 역할을 충분히 할 것이다.

"랑트에서 파견하는 기사들은 따로 없습니까?"

"한 명 정도라면 몰라도 그 이상은 기대하지 않고 있어요."

랑트의 실권을 쥐었고 조카가 당연히 받아야 할 작위를 노리는 자들이 얼마 안 되는 기사 전력을 내놓을 리가 없었다.

남작가의 기사라고 해 봐야 3급일 텐데, 그 정도 전력으로는 그 먼 길까지 나르멜을 안전하게 호위하기는 힘들 것이다. 그렇다고 아무 용병이나 고용할 수는 없는 노릇이고.

그래서 몇 차례에 걸쳐 신뢰를 쌓아 온 자신에게 기회가 온 것이다.

잠깐 고민하던 가온은 결정을 내렸다. 이제까지 보수를 후하게 책정했으니 보수는 나중에 합의를 해도 된다.

"좋습니다. 그렇게 하지요."

나레인의 의뢰를 수락하더라도 한 달이라는 수련 시간이 있으니 어쩌면 일행을 위해서는 더 좋을지 모르겠다. 물론 자신도 마법 수련은 물론 꼭 해야 할 일이 있었다.

'어차피 이제 나에게는 레벨 업이 이제 큰 의미가 없어졌고 출발할 때까지 그 일을 마무리하면 되겠네.'

"그러실 줄 알았어요. 다행이에요. 원래 제 생각에 나르멜은 세상 구경을 좀 해야 할 것 같아서 육로를 생각한 거거든요. 온 대장님이 호위 의뢰를 받아 주지 않으시면 좀 비싸더라도 텔레포트를 이용할 수밖에 없는 상황이에요."

가온의 승낙에 나레인이 활짝 웃었다.

마탑 지부들이 관리하는 텔레포트 시스템은 귀족들도 부담을 느낄 정도로 어마어마한 비용을 요구했다. 거리마다 달라지는데 랑트에서 헤로트 백작성 정도면 1인당 300골드가 필요했다.

현재 골드당 55만 원인 환시세를 생각하면 그게 얼마나 말도 안 되게 비싼지 충분히 알 수 있었다. 두 숙부로 인해서 실권이 없는 나레인과 나르멜 남매 입장에서는 당연히 부담이 될 수밖에 없었다.

왕국의 공무와 관계되었거나 귀족 혹은 볼코트와 같은 고위급 마법사들은 엄청난 할인을 해 주지만, 작위를 아직 물려받지 못한 나르멜이나 영애인 나레인에게는 해당이 없었다.

그래도 텔레포트 마법진의 이용료는 시간이 지나면서 빠르게 내려간다. 폭증한 이계인들을 통해 큰돈이 된다는 사실을 인식한 마탑들이 경쟁적으로 텔레포트 마법진을 설치한 것이다.

그래서 어나더 문두스가 출시되고 6개월 정도가 지나면 많은 플레이어들도 이용할 정도로 대중화된다.

그때 귀엣말로 의논을 마친 두 사람이 다가왔다.

"온 대장님의 조언을 받아들여서 알몬 상단에 광산을 넘기기로 했습니다."

결국 두 사람도 광산도시 건설을 포기했다.

"잘 결정하신 겁니다. 그 오크들을 상대하면서는 채굴은 물론 광산도시는 꿈도 못 꿀 겁니다."

"온 님이 아니었으면 큰 피해를 볼 뻔했습니다. 단순히 이익을 위한 건이 아니라서 포기하기 힘든 상황이거든요."

그렇다. 상단주의 조카인 나르멜 영작의 미래가 걸려 있는 일이니 드인 상단 측에서는 전력을 기울여야 했을 테고, 그 결과가 실패로 돌아가면 상단의 존립까지 위태로워졌을 것이다.

"그런데 드인 상단이 빠진다고 해도 광산을 인수하려고 할까요?"

"당연합니다. 아주 기뻐할 겁니다. 투자를 안 받을 거면 아예 광산을 넘기라고 했던 자들입니다."

"유바르는 자신이 큰 실적을 세웠다고 생각할 것이 틀림없습니다."

"탐욕스러운 자들이군요."

"그렇습니다. 사실 이계인을 대상으로 하는 사업에서도 너무 과도하게 욕심을 부리는 바람에 최종적으로 배제가 된 겁니다. 이익을 나눠 가지기보다는 무리해서라도 혼자 다 가지려는 탐욕스러운 자입니다."

그런 자라면 이미 오크 무리를 토벌한 알폴광산에 욕심을 안 낼 수가 없었다.

"최고가에 팔았으면 좋겠습니다."

"하하하. 안 그래도 여기까지 오는 동안에도 틈만 나면 가격을 잘 쳐준다고 광산을 넘기라고 했으니 그럴 겁니다."

"유바르는 욕심이 많고 오만한 반면 생각이 깊지 않은 자입니다. 놈 때문에 우리 상단이 믿고 있던 온 경이 호위 임무를 받아들이지 않아서 광산을 포기하는 것처럼 말한다면 내심 만세를 부를 겁니다."

"온 경에게도 불경했고 오는 내내 나레인에게도 집적대던 자이니 이참에 제대로 한번 뽑아 먹어 봐야겠습니다."

오는 내내 조카에게 집적대던 유바르가 어지간히 눈에 거슬렸는지 헤론 상단주가 아주 이를 갈았다.

아마 나레인과 결혼이라도 해서 남작가를 장악할 야심이라도 품은 모양인데, 헛물만 켜고 있었다.

가온은 왠지 알몬 상단이 불쌍했다. 자신 때문에 이 자리에 있었던 오크 무리는 물론 독립을 위해서 파견된 선발대 300마리를 잃은 대규모 무리의 복수를 오롯이 감당해야만 했으니 말이다.

귀환

드인 상단 측 사람들과 대화를 끝내고 보상을 수령한 가온은 일행과 함께 비트로 올라갔다.

"할 얘기가 있습니다."

가온은 의뢰가 마무리되어 이르면 내일 당장 이곳을 떠나 랑트로 귀환하는 것은 물론, 향후 자신의 거취에 대해서도 알렸다.

사람들은 내일 바로 랑트로 귀환한다는 내용에는 환호했지만, 곧 가온이 랑트를 떠난다는 말에 크게 실망했다.

다들 가온을 따라가고 싶지만 가족과 친척이 모두 랑트에 있고 언제든 마수와 몬스터가 공격할 수도 있으니 그럴 수도 없었다.

전달할 내용을 모두 말한 가온은 약속했던 보수는 물론 추가 보수까지 지급했다. 사냥꾼들은 20골드, 청년들은 10골드에 달하는 거금이었다.

지분으로 보상을 받기로 한 퍼슨 부자와 타람 남매 그리고 세 플레이어는 랑트로 돌아간 후 마정석들을 처분하면 그때 지급하기로 미리 얘기를 해 두었다.

사냥꾼과 청년들은 골드를 받자 감격에 젖은 얼굴이 되었다. 이 돈이라면 자신들에게 의지하는 가족과 친지를 한동안 배불리 먹이고 따뜻하게 입힐 수 있었다.

"대장님 덕분에 저희 웨일 마을 사람들이 살 수 있었습니다."

"대장님에게 좀 더 배울 수 있으면 좋을 텐데 너무 아쉽습니다."

사람들은 감사의 인사와 더불어 얼마 후 헤어진다는 것에 무척이나 서운해했다. 특히 창술과 방패술을 배운 청년들이 많이 안타까워했다.

"우리 인연은 여기에서 끝나는 게 아닙니다. 언제든 여러분의 힘이 필요하면 부르겠습니다. 그때까지 부단히 창술과 방패술은 물론 궁술을 연마해 두십시오."

그냥 하는 소리가 아니다. 언젠가는 세력이 필요할 수도 있었다.

"기다리겠습니다!"

예지몽으로
히든랭커

"아직 마을이 제대로 자리를 잡지 못해서 지금 당장은 함께할 수 없지만 대장님이 언제든 부르기만 하면 달려가겠습니다!"

가온에게 동행을 청할지를 두고 고민하는 기색이었던 스톤이 사냥꾼들을 대표해서 그렇게 말했다.

"당장 헤어지는 건 아니지만 이번 사냥을 끝내는 날이니 술이라도 한잔합시다."

아직 저녁을 먹기에는 일렀지만 일이 공식적으로 끝난 만큼 기념은 해야 할 것 같았다.

가온은 아공간 팔찌에서 와인 두 통을 꺼냈다.

주석 잔으로 한 잔씩 마신다면 100명까지는 마실 수 있는 분량이었다.

통에서 흘러나오는 짙은 와인 향에 사람들은 자신도 모르게 입맛을 다셨다. 평민인 그들이 제대로 숙성된 고가의 와인을 마실 수 있는 기회는 거의 없었다.

"간단히 먹을 것을 조리해서 오겠습니다."

바람처럼 나간 사냥꾼들은 그동안 이 주변에서 따 두었던 각종 열매부터 시작해서 밖에 나오면 늘 먹는 건조 비스킷 그리고 치즈를 가져와서 몇 시간 동안 즐겁게 술자리를 즐길 수 있었다.

술자리는 오래 가지 않았다. 내일부터 할 일이 많았다.

헤븐힐과 매디가 로그아웃을 하고 퍼슨 부자는 와인 세 잔을 마시고 뻗어 버렸다. 그만큼 치열하게 수련하고 있었다.

다음 날, 알몬 상단 사람들은 유바르의 성화에 일찍부터 일을 시작했다.

기술자들은 철광산과 관련된 것들을 살펴보았고 호위 무사들은 광산 앞에 천막을 치는 등 부산하게 움직였다.

그에 반해 드인 상단 측은 헤론 단주와 거메인 상두만 유바르와 동행해서 움직였을 뿐 대부분 천막에서 나오지 않았다.

그리고 철광산에 대한 조사가 대충 끝나고 오후 늦게부터 두 상단의 수뇌부가 협상을 시작했다.

가온 일행은 두 상단과 좀 떨어진 계곡에서 종일 따로 시간을 보냈다.

오늘이 가온의 지도를 받을 수 있는 마지막 날임을 알기에 사냥꾼들과 청년들은 정말 필사적으로 수련했다.

가온도 그들의 마음을 알기에 집중해서 수련하는 모습을 살펴서 개선해야 할 점을 시범과 함께 세세하게 지도를 해주었다.

그렇게 값진 하루가 지나가고 어둠이 찾아왔을 때 드인 상단의 수뇌부가 방문했다.

"어떻게 됐습니까?"

상인이라서 그런지 얼굴만 봐서는 일이 어떻게 되었는지

알 수가 없었다. 다만 나레인의 얼굴이 담담해 보이는 게 인상적이었다.

"총 2만 골드에 매각하기로 했습니다. 일시불로요."

"그 정도면 훌륭한 거래가 아닌가요?"

가온이 알기로 드인 상단이 타르벨 상단으로 광산을 넘겨받았을 때 총 5천 골드에 계약을 했지만, 현재로선 1천 골드만 지급했다.

"기대수익을 생각하면 그리 좋은 거래는 아닙니다. 금속괴 가격이 천정부지로 올라간 지금 시점이라면 더욱 그렇지요."

"하지만 감수해야 할 위험을 고려하면 엄청나게 폭리를 취한 셈입니다. 하하하!"

표정 관리를 하던 두 사람의 얼굴에 짙은 미소가 떠올랐다.

그동안 광산 건으로 사용한 자금은 가온에게 지급한 3천여 골드가 전부이니, 엄청난 수익을 올렸다고 볼 수 있었다.

"나중에 문제가 생기진 않겠습니까?"

"그거야 우리와는 상관이 없지요. 우리는 유바르 부단주의 강권을 이기지 못하고 마지못해서 철광산을 넘긴 것이니까요. 일이 그렇게 된다고 해도 알몬 상단은 물론 랑트의 그어떤 상단도 우리를 탓하지 못할 겁니다."

"그래도 알몬 상단에서 보낼 추가 전력이 이곳에 도착하면 광산은 어찌어찌 지킬 수 있을지도 모릅니다."

그렇게 말하는 거메인과 헤론의 목소리에는 아직도 아쉬움이 묻어 나왔다. 철광산은 그만큼 드인 상단을 폭발적으로 성장시키는 데 큰 토대가 될 뿐 아니라 단주 입장에서는 끈을 잃게 생긴 조카들을 위해 필요했던 곳이니 말이다.

"너무 아쉬워하지 마십시오. 알몬 상단이 오크들을 상대로 철광산을 지킨다고 하더라도 어마어마한 피해를 감수해야 할 겁니다."

"알겠습니다."

말로는 알겠다고 했지만 두 사람의 얼굴에는 아쉬움이 여전히 남아 있었다.

다음 날 아침, 가온 일행은 드인 상단 사람들과 함께 랑트 성으로 출발했다.

물론 알몬 상단 측 사람들로부터 배웅을 받기는 했지만, 그 대상은 드인 상단밖에 없었다.

일을 무사히 마쳤을 뿐 아니라 엄청난 보수를 받은 가온 일행이나 오래 신경을 써야 할 장기 프로젝트에서 손을 떼게 된 드인 상단 측 사람들은 가벼운 마음으로 말을 재촉했다.

10분 정도 이동해서 일행이 광산 쪽에서 보이지 않게 되었을 때 가온은 헤론 상단주와 거메인 그리고 나레인을 데리고 따로 움직였다. 물론 단주의 호위 세 명이 따랐다.

가온이 사람들은 안내한 곳은 일전에 퍼슨과 함께 대형 오크 부락을 정찰했던 산 위였다.

땀을 뻘뻘 흘리며 가온의 뒤를 따라 광산을 우회해서 산 위로 올라온 사람들은 주위를 둘러보고 식겁했다.

'왜 이렇게 몬스터 부락이 많아?'

그냥 눈으로 가볍게 훑어보는데도 수십 개에 달하는 몬스터의 서식지들이 있었다.

"저쪽을 주의 깊게 보십시오."

가온의 손가락이 향하는 곳은 다른 곳과 마찬가지로 높게 솟은 나무들이 빼곡해서 정확한 방향을 가리켜 주지 않았다면 그냥 넘겼을 것이다.

"헙! 온 경의 말이 사실이군요."

"큰일 날 뻔했습니다."

어마어마한 규모의 오크 부락을 본 사람들은 등골이 서늘했다.

정말 3천, 아니 5천 마리가 거처한다고 해도 믿을 정도로 엄청난 규모였다. 만약 가온이 말해 주지 않았다면 광산도시를 건설하겠다고 막대한 자금과 인력을 투자해 놓고 한순간에 박살이 날 뻔했다.

중간에 산과 숲이 있어서 거리 가늠이 쉽지는 않지만, 활동성이 높은 오크들에게 광산까지는 먼 거리가 아닌 것은 확실했다.

"온 대장의 말이 맞았습니다. 오크 중에도 대장장이들이 있는 것이 확실하다면 철괴를 위해서라도 또 다른 오크들을 파견할 것이 분명합니다."

거메인의 말에 헤론이 소름이 돋은 팔을 쓰다듬으면서 고개를 격하게 끄덕였다.

"이거 왠지 알몬 상단에게 미안하네요."

상인이 아닌 나레인은 이런 위험 요소도 말해 주지 않고 비싼 가격에 광산을 넘긴 것이 마음에 걸리는 것 같았지만, 드인이나 거메인은 오히려 잘됐다는 얼굴이었다.

"미안해할 필요는 없다. 그 자리에서도 들었겠지만 우리는 분명히 찾아올 것으로 예상되는 몬스터들을 상대하기에 전력이 부족하다고 말했고, 그럼에도 그들은 거래를 받아들였어."

"맞습니다. 아가씨가 불편해할 이유는 하나도 없습니다. 사실 그들은 처음부터 광산을 매입하길 원했습니다. 어쩌면 광산 개발에 성공했어도 그들의 수작질에 광산을 넘길 수밖에 없었을지 모릅니다."

드인이나 거메인의 말이 맞았다. 거래를 할 때 두 사람은 언제고 다시 대규모의 오크들이 자리를 틀기 위해서 찾아올 거라는 말을 했고, 유바르는 그럼에도 불구하고 받아들인 것이다.

"후유! 드인 상단은 온 경에게 큰 빚을 졌습니다."

"저희 남작가 역시 마찬가지네요."

드인과 나레인이 안도하는 얼굴로 말했다.

사실 랑트를 포함해서 인근의 몇 성을 대상으로 강력한 영향력을 가지고 있는 알몬 상단이 철광산에 욕심을 내어 끼어들자, 헤론과 거메인은 고민이 많았다.

알몬 상단은 돈이 되는 사업에는 어떻게든 끼어들어서 경쟁자나 동료를 모두 쳐 내고 마지막에는 이익을 독식하는 행태로 유명했다.

물론 그런 이미지와 그들의 영향력을 우려한 랑트성의 두 유력자는 이번에 이계인들을 대상으로 하는 사업에서 배제해 버렸지만 말이다.

알몬 상단의 행태를 익히 잘 알고 있는 헤론은 그쪽에서 원하는 대로 광산을 매각하고 싶었지만, 조카인 나르멜이 안정적인 영지를 확보하는 일이다 보니 지분 투자만 받고 일을 밀어붙일 생각이었다.

만약 가온이 저 대규모 오크 부락을 발견하지 못했다면 아무 생각 없이 사업을 진행했을 것이고, 막대한 피해는 물론 이곳에 계속 머무를 예정이었던 나레인의 목숨까지 잃게 될지도 몰랐다. 그녀는 이쪽으로 옮겨 와서 건설 과정을 감독할 예정이었다.

상황이 이러니 세 사람은 가온에게 크게 빚을 지게 된 것이다.

"하하하. 빚은요. 우연히 알게 된 것이니 너무 진지하게 생각할 필요는 없습니다. 여러분의 운이 좋았다고 생각하면 될 겁니다."

이곳 사람도 아니고 오래 얽힐 사이도 아니라고 생각했기에 가온은 생색을 낼 생각은 전혀 없었다.

행로의 절반 정도까지는 고블린이나 오크가 종종 보였지만 일행의 숫자를 보고 감히 덤벼드는 놈들은 없었다.

그리고 나머지 절반까지도 사냥을 나온 이계인들과 사냥감으로 전락한 마수와 몬스터가 보일 뿐 별다른 위험 요소는 없었다.

예전에는 재미 삼아서 잡을 것이 꽤 있었는데, 지금은 거의 보이지 않았다. 어느새 플레이어들이 랑트성에서 반나절 거리까지 진출한 것이다.

그렇게 별일 없이 랑트 근처에 도착한 것은 늦은 오후였다.

"랑트다!"

멀리 랑트성의 성벽이 보이자 다들 고삐를 당기는 손에 자연스럽게 힘이 들어갔다.

랑트성과 1시간 거리에 접근해서 잠시 휴식을 취할 때 헤븐힐이 슬며시 다가왔다.

"온 님, 랑트성에서 얼마나 지낼 생각이세요?"

"3주에서 한 달 정도 되지 않을까 싶네."

"그 정도로 새로운 마법에 익숙해질지 모르겠어요."

헤븐힐은 버프와 치료 계열의 마법은 아주 쉽게 익힐 수 있는데, 공격 마법을 포함한 다른 계열은 숙련도를 높이는 게 어렵다고 털어놓았다. 역시 그녀는 타고난 버퍼 겸 힐러였다.

"너무 전투 마법에 신경을 쓸 필요는 없어. 정 안 되면 스크롤을 써도 되니까. 일단 자신이 잘할 수 있는 마법 경지를 올리는 것이 더 효과적일 거야."

"저도 그렇게는 생각하는데……."

"동료들을 믿어. 게다가 헤븐힐은 불사의 존재잖아."

가온이 보기에 헤븐힐이 전투 마법을 익히려는 건 기여도 때문만은 아니다. 충분한 보호를 받지 못할까 봐 불안해하는 것이다.

"알겠어요. 편하게 생각할게요. 사실 한동안은 레벨 올라가는 재미에 어떻게 하면 전투 기여도를 올릴지만 신경을 쓴 건 사실이에요."

"그런데 지금은 아니야?"

"대장님의 친구에게는 말한 적이 있지만, 전 트라우마를 극복하고 싶어서 이곳에 온 거예요."

"아! 들은 적이 있어. 그곳에서도 치료사라고 했지?"

가온은 한번 거짓말을 했기 때문에 어쩔 수 없이 계속 거짓말을 해야만 했다.

"네. 비록 마법이지만 사람들을 치료하면서 제 증상이 조금씩 나아지고 있는 것 같아서 더 자주 이곳을 찾게 되었어요."

"차도가 있다니 다행이네."

"앞으로도 많이 도와주세요. 대장님만 믿을게요."

"동료이니 서로 믿는 건 당연하지."

"맞아요. 원래 3개월간 무보수를 일하기로 했는데 대장님이 동료로 받아들여서 제대로 보수도 지급해 주셔서 저도 매디 남매도 많이 감사해하고 있어요."

"그렇다면 다행이네. 그리고 두 사람, 내 예상보다 훨씬 더 잘해 주고 있어. 아! 바로도."

가온의 칭찬에 헤븐힐의 얼굴이 보기 좋게 상기되었다.

"저희는 오늘은 일찍 돌아가고 내일 정오 무렵에 성으로 들어갈게요. 이번에도 퍼슨 씨가 묵고 있는 가게로 갈 거죠?"

"그렇긴 한데 이곳에서 따로 볼일이라도 있는 거야?"

헤븐힐의 말에 가온이 주위를 둘러보며 물었다.

"그건 아니고요. 이쪽도 많은 이계인이 건너왔는데 마법사나 신관의 숫자가 부족해서 난리가 아닌가 봐요. 게다가 바로는 이쪽에서 한동안 활동을 했기 때문에 골치 아픈 상황을 피하려고요."

이전과 달리 성문 주위에는 꽤 큰 규모의 가판 시장은 물론 사냥 동료를 구하거나 누군가의 소식을 찾는 용도의 공간까지 마련되어 있었다.

바로가 이곳에서 플레이를 시작한 만큼 혹시라도 아는 얼굴을 만나 곤란한 상황에 빠질까 우려하는 것이다.

"그럼 내일은 어떻게 하려고?"

"낮에는 다들 사냥을 나가서 이곳도 한산하거든요. 당연히 복장도 바꿀 거고요."

그 정도로 시달린 건가?

그런 경험이 전혀 없는 가온은 좀 이해가 안 갔지만 그들의 의사를 존중해 주었다.

세 사람이 보는 앞에서 사라졌지만 그들이 이계인이라는 사실을 다들 알기 때문에 놀라는 이는 없었다.

"자, 우리도 움직이지요."

성문 앞에는 익숙한 얼굴들이 번을 서고 있었다.

"오오! 돌아왔군."

"수고하셨습니다!"

그동안 얼굴을 익힌 경비병들이 열렬히 환영을 해 주었다. 나레인은 상단 호위들 사이에서 로브로 얼굴을 가리고 있어서 그들은 남작의 영애가 외출을 했다가 돌아온 줄도 몰랐다.

가온은 경비대장에게 인사조로 오크 가죽 두 장을 건네주었고, 그것을 본 경비대원들은 퇴근하고 제대로 한잔할 수 있다는 생각에 다들 얼굴이 환해졌다.

드인 상단 측에서도 약간의 돈을 찔러주었는데, 그건 경비대 전체 자금으로 들어가기 때문에 이들은 가온이 그랬듯 가죽 등 부산물을 받는 것을 선호했다.

"온 경, 우리는 할 일이 좀 있어서 먼저 들어가 봐야 할 것 같습니다."

헤론은 가온이 경비대와 친하게 지내는 것이 좀 신기했지만, 지금은 할 일이 많아서 마음이 급했다.

가온과 동행하고 싶었지만 상단의 전력을 다해서 추진하려고 했던 광산 개발 계획이 무산되었고, 당장 알몬 상단과 처리할 것도 있어서 기다려 줄 여유가 없었다.

"네. 그렇게 하십시오."

"혹시 온 경만 괜찮다면 저희가 중상급과 상급 마정석을 구입했으면 하는데, 어떠십니까?"

"뭐 정해 둔 건 아닌데……."

이전에 중급과 중상급 마정석의 경우 시세의 거의 두 배로 판 적이 있었기에 대답하기가 좀 애매했다.

"물론 가격은 시세의 두 배 이상으로 구입하겠습니다."

"그럼 그렇게 하지요."

이왕이면 신뢰할 수 있는 상대와 거래를 하는 것이 좋고 어차피 마정석을 처리해야 일행에게 충분한 보상을 해 줄 수 있었다.

예지몽으로
히든랭커

"그런데 제가 지금 바로 알몬 상단으로 가서 일 처리를 해야 하니 저녁 식사 이후에 상단으로 들러 주실 수 있겠습니까?"

"그렇게 하겠습니다."

어려울 것이 없는 부탁이었지만 헤론의 태도는 아주 정중했다.

"그럼 이따 뵙겠습니다."

"네. 그럼."

헤론 상단주와 거메인이 차례로 인사를 한 후 호위 무사들을 끌고 바삐 내성 쪽으로 걸음을 옮겼다.

호위 무사들 사이에 있는 나레인과도 묵례로 인사를 했는데, 호위 무사들이 자신들에게 인사를 하는 줄 알고 모두 고개를 숙이는 바람에 좀 민망했다.

그들이 떠나자 가온이 경비대장에게 물었다.

"요즘 이계인들은 어떻습니까?"

"이제 어지간한 이계인들은 단독으로 고블린을 사냥하고 길드를 만들어서 오크 순찰대를 사냥할 정도로 꽤 성장했습니다. 루께서 말씀하신 대로 정말이지 성장세가 아주 놀랍습니다."

예상했던 것보다 성장이 더 빠르다. 그래도 레벨이 30이 넘어가면 성장 속도가 확 떨어지기 때문에 플레이어들이 마수와 몬스터의 숫자를 표 나게 줄이는 데는 아직 시간이 더 필요했다.

"상인들이 아주 좋아하겠군요."

"그렇습니다. 덕분에 방어구 소재인 고블린이나 오크 가죽은 물론 최하급과 하급 마정석 시세가 많이 떨어졌습니다. 가죽 공방과 대장간 들이 바빠서 성내 분위기가 많이 활성화되었습니다."

상황이 이렇게 되면 고용이 좋아져서 성 전체에 활력이 넘치게 될 것이다.

"성은 물론 사람들에게도 좋은 일이네요."

"맞습니다. 일거리가 넘쳐서 성안에 사는 빈민들의 생활도 많이 나아진 모양입니다."

지금까지만 보면 이계인의 활약 덕분에 잔뜩 움츠러들었던 이곳 경제도 제대로 돌아가기 시작한 모양이다.

경비대장과 이런저런 얘기를 나누다 외성 마을 쪽으로 향했다.

두 번에 걸쳐 엄청난 수준의 보수를 지급받은 사냥꾼들과 청년들은 수련을 방해받아서 아쉬워했던 것이 거짓말인 듯 마을에 귀환하게 되어 무척 기쁜 얼굴이었다.

언제 소식이 전해진 것인지 웨일 마을에는 다섯 마을 사람들이 잔뜩 모여들었다.

"온 님, 수고하셨습니다!"

웨일 마을의 촌장이 가장 먼저 달려와서 귀환을 반겼는데 다른 마을 촌장들도 그 뒤를 따랐다.

"다행히 아무런 인명 피해 없이 귀환할 수 있게 되었습니다."

"이게 모두 온 님 덕분입니다. 부족하나마 잠시 쉴 자리를 만들었으니 안으로 들어가시죠."

촌장들을 따라 마을 안으로 들어가자 공터에 공을 들여서 만든 탁자와 의자가 보였고 그 위에는 음식과 음료가 잔뜩 놓여 있었다.

가온 대신 스톤이 나서서 이번 사냥에 대한 이야기를 꺼냈고, 공터를 가득 채운 사람들은 그의 작은 목소리에도 탄성을 지르며 경청했다.

사람들은 특히 폭우와 바위를 이용해서 거의 1천여 마리나 되는 오크들이 거주하는 부락을 초토화시켰다는 이야기에 푹 빠졌다.

"도망친 오크는 한 마리도 없었습니다! 살아남은 놈들도 대장님과 우리들이 모조리 죽여 버렸습니다!"

스톤의 말에 사람들은 일제히 환성을 질렀는데 상당수가 기쁨의 눈물까지 흘렸다.

가온은 처음에는 그런 열광적인 반응을 쉬이 이해하지 못했지만 이 다섯 마을 사람들 중 오크들에게 가족을 잃지 않은 사람이 거의 없다는 사실을 떠올리고서야 이해할 수 있었다.

　그렇게 스톤의 얘기가 마무리되자 가온은 다섯 마을 사람이 한동안 작업해야 할 일거리를 주었다. 바로 가장 최근에 사냥한 300여 마리의 오크 사체였다.

　사냥꾼들과 청년들이 얼마나 열심히 수련을 하는지 방해할 수가 없어서 도축은 하지 않았지만, 마정석만큼은 이미 적출해 둔 상태였다.

　"이 정도 몸집이면 대전사장이 틀림없어!"

　"세상에!"

　"거짓말이 아니었어!"

　사람들은 스톤의 이야기를 감명 깊게 들었지만 어느 정도 과장을 하는 줄 알았던 모양이다.

　마을 청장년들이 각 마을에서 소문난 장인들의 지시를 받아서 작업 준비를 하고 있는 사이에 가온은 촌장들과 따로 가볍게 술을 마시며 대화를 나누었다.

　퍼슨 부자는 동행했던 사냥꾼들과 청년들 사이에 앉아서 역시 술과 음식을 즐겼고 타람 남매도 끼어 있었다.

　이번 사냥으로 엄청난 거금을 번 사냥꾼들과 청년들이 수입의 절반을 내놓는 바람에 촌장들의 얼굴은 달덩이처럼 환했다. 어마어마한 돈이었다.

　하지만 알플 촌장은 좀 착 가라앉아 있었다.

　"온 님, 스톤에게 얘기를 들었는데 곧 멀리 여행을 가실 예정이시라고요?"

"그렇게 됐습니다."

"하아! 온 님 덕분에 이제 겨우 먹고살 만해졌는데 큰일이네요."

알플의 말에 다른 촌장들의 분위기도 갑자기 심각해졌다.

"그래도 이계인들 덕분에 일거리가 많이 늘지 않았습니까?"

경비대장으로부터 성내의 가죽 공방이나 무기 공방은 초호황이라는 말을 들었다.

"그래 봐야 그쪽은 오랫동안 안면이 있는 내성의 빈민들을 고용하는 경우가 많습니다. 우리야 성안 사람들 입장에서 보면 굴러 들어온 돌이 아닙니까. 싼맛에 고용을 하는 거지, 같은 돈을 줄 거면 안면이 있는 이들을 고용하는 것이 정상입니다."

즉, 이 다섯 마을 사람들은 경제가 활성화되고 있는 지금 상황에서도 먹고살 걱정을 해야 하는 신세인 것이다.

그동안 다섯 마을 사람들에게 경제적으로 큰 도움을 준 가온이 떠나면 예전처럼 힘들게 살아야 한다는 사실을 짐작하는 촌장들의 얼굴이 심각해질 수밖에 없었다.

가온은 그런 사람들이 측은해서 뭔가 도움이 될 게 없을까 고민하던 끝에 입을 열었다.

"음, 그럼 이렇게 해 보는 건 어떻습니까?"

"어떻게 말입니까?"

"지금 이계인들이 성과 꽤 떨어진 곳까지 진출해서 사냥을 하는 건 아시죠?"

"네. 이젠 걸어서 반나절 거리까지는 안전하다고 들었습니다."

"제가 경비대장에게 듣기로 이계인들은 도축 기술이 없어서 사냥을 해도 사체를 챙겨 오는 경우는 많지 않다고 합니다. 돈이 되는 마정석과 무기 그리고 손발톱 정도를 빼고는 다 버리는 거지요."

어나더 문두스는 사냥한 플레이어가 가죽을 얻으려면 직접 도축을 해야만 했는데, 그게 쉽지 않은 작업인 데다 무거워서 옮기기가 힘들다 보니 그런 식으로 처리한다.

가온의 말에서 뭔가 감지한 다섯 촌장의 눈빛이 강해졌다.

"최소한의 안전을 위한 전력을 갖추고 이계인들을 따라가십시오. 그리고 안전한 곳에 자리를 잡고 저렴한 가격에 사체를 사들여서 적당한 장소에서 도축을 하십시오. 그럼 생계 정도는 해결되지 않을까 싶습니다."

"하, 하지만 루께서 이계인들과 접촉을 피하라고 하셨다는데……."

실제로 신탁에 그런 내용이 있기는 했다. 그래서 왕국 측에서 따로 이계인 전용 구역을 만들어서 전용 상점들까지 건설한 것이다.

예지몽으로
히든랭커

"사체를 사 들여서 도축을 하는 정도는 괜찮지 않을까요?"

가온의 말에 곰곰이 생각을 하던 알플이 주먹을 쥐며 입을 열었다.

"맞습니다. 어차피 상인들도 그들로부터 마정석이나 무기 등을 구입하니까요."

"제가 하고 싶은 말이 바로 그겁니다. 어차피 누군가는 그들로부터 가죽이든 마정석이든 사야 합니다. 그 정도는 밀접한 접촉이라고 할 수 없지요. 도축이라는 작업이 힘들고 더럽고 어려운 만큼 경쟁자도 그리 많지 않을 겁니다. 이윤을 높게 책정하지 않는다면 기존 상인들도 크게 욕심내지 않을 거고요."

가온이 그렇게까지 말을 하자 촌장들의 얼굴이 확연히 달라졌다.

처음에는 도축도 마다하지 않을 것 같았던 가죽 공방 쪽은 가죽 수급이 원활해지자, 돈이 안 되고 힘들게 작업을 해야만 하는 도축 부분은 신경을 안 쓰고 있었다.

"확실히 공방들과 연계된 상인들도 좋아하긴 할 겁니다."

"이곳으로 피난을 오긴 했지만 성의 도움이 없어서 너무 막막했는데, 온 님 덕분에 새로운 살 길을 찾은 것 같습니다. 이제까지도 그랬지만 떠난 후까지 생각해서 저희를 위한 수를 내주시니 어떻게 은혜를 갚아야 할지 모르겠습니다!"

"정말 감사합니다. 저희의 굳은 머리로는 이런 생각을 절대로 해내지 못했을 겁니다."

다투어 가온에게 감사의 마음을 전하는 촌장들의 얼굴은 밝았다. 굳이 몇 사람이 목숨을 걸고 사냥을 나가거나 마을 사람들이 내성민의 절반에도 못 미치는 보수를 받고 일하지 않아도 잘살 수 있는 길이 생긴 것이다.

"그렇게 어느 정도 자금이 모이면 다섯 마을이 합심해서 새로운 개척 마을을 건설해도 될 겁니다. 이계인들이 필요로 하는 숙박과 무기 등 다양한 상품을 판매하는 마을이 성 밖에 있다면 이계인들도 많이 이용하지 않겠습니까?"

실제로 가온이 꾼 예지몽에서 대부분의 거점 마을들은 플레이어 길드들이 건설했지만 탄 대륙 사람들이 건설한 경우도 꽤 있었다.

물론 그런 마을의 배후에는 현지의 거대 상단들이 있었지만, 말이다.

"추진해 보겠습니다! 어차피 영주에게 우리는 세금도 내지 못하는 벌레와 같은 존재들이니까요."

세금을 내지 못하니 지원을 해 주지 않는 것이다.

새로운 마을을 건설해서 세금을 낸다면 랑트성에서도 기사며 병사를 보내 어느 정도 안전을 보장해 줄 것이다.

그때 갑자기 생각지도 않았던 홀로그램이 눈앞에 떴다.

─루가 이계인들을 탄 대륙에 불러들인 진정한 목적을 일부 만족시켰

예지몽으로
히든랭커

습니다. 보상으로 3,200 명예 포인트와 함께 1만 포인트 이상을 얻은 영웅들만 사용이 가능한 갓 상점을 이용할 수 있는 자격을 획득했습니다!

'이게 대체 무슨 소리야!'

갓 상점이라니.

예지몽에서 아무리 실력이 못 미쳐 깊은 정보는 알 수 없다고 해도, 풍월도 영웅이 누구를 가리키며 그들만 사용할 수 있는 그런 상점이 있다는 말은 들어 보지도 못했다.

갓 상점

그런데 홀로그램은 사라지지 않고 다른 내용으로 바뀌었다.

−갓 상점은 다양한 차원의 영웅들을 상대로 스킬이나 아이템을 직거래로 사고팔 수 있으며 공식 화폐는 명예 포인트입니다. 상점 이용을 하시려면 마음속으로 갓 상점을 떠올리시면 됩니다.

다행히 촌장들이 가온이 일러준 방책에 대해서 활발하게 토의를 하고 있었지만, 지금 이 자리에서 갓 상점에 대해 알아볼 수는 없었다.

'영웅이라…….'

일단 사전적 의미는 지혜와 재능이 뛰어나고 용맹하여 보통 사람이 하기 어려운 일을 해내는 사람이다.

'그런데 홀로그램의 내용을 보면 명예 포인트를 얻은 존재가 바로 영웅인 것 같네. 그나저나 그런 사람들만 이용하는 상점이 따로 있다니 좀 황당하네.'

아무리 생각해도 이해가 안 갔지만 지금 당장 궁금증을 해결할 수는 없었다.

'그나저나 내가 루 여신이 지구인들을 이 세상에 불러들인 진정한 목적을 만족시켰다고?'

대체 뭘 했기에?

곰곰이 생각하던 가온은 루의 목적을 대충은 알 수 있을 것 같았다.

'단순히 마수와 몬스터를 사냥해서 이 세상의 위험도를 낮추는 것만이 아니라 이 세상 사람들에게도 좋은 영향을 미쳐야 한다는 거구나.'

지난번에 명예 포인트를 얻었을 때도 그렇고 이번에도 자신은 원래 이 탄 대륙에서 살아온 이들에게 긍정적인 영향을 미칠 수 있는 일을 했다.

'난 그저 예지몽에서의 경험을 토대로 이 세계인들도 프로그래밍된 데이터가 아니라 우리 지구인과 똑같은 인격을 가진 존재라고 생각했을 뿐인데.'

아무튼 이 세상 사람들에게 도움이 되었고 자신 역시 루

여신에 그 공적을 인정받아서 아직은 알 수 없지만 보상을 받았으니 일단은 만족했다.

웨일 마을에서 저녁 식사를 마치고 내성에 들어오니 경비 대장이 말한 대로 성내 분위기가 많이 좋아진 것이 느껴졌다.

당장 상점가에 사람들이 많아진 것도 그렇고 이계인들에게 팔 물건들을 마차에 싣고 있는 상점 점원들의 움직임도 무척 역동적으로 느껴졌다.

타람과 로에니는 먼저 용병 길드에 다녀온다고 해서 가온과 퍼슨 부자는 바로 드인 상단으로 향했다.

가온 일행은 상단 안으로 들어가서 꽤 큰 사무실로 안내되었다.

들어가니 드인 상단주는 물론 나레인 영애까지 기다리고 있었다.

"식사는 하셨습니까?"

얼마 전에 헤어졌기에 드인 상단주는 인사 대신 그렇게 물었다.

"웨일 마을에 들른 김에 먹었습니다."

"그랬군요. 외성 마을 사람들이 온 님 덕분에 굶주리지 않고 살았다는 말은 익히 들었습니다."

상인이라서 그런지 정보가 무척 빨랐다.

"웬걸요. 서로 상부상조한 거지요. 그런데 마정석을 직접 구입하신다고요?"

가온이 알기론 드인 상단은 주로 곡물을 취급한다고 들었다.

"그렇습니다. 일정 규모 이상의 상단은 매년 정해진 수량의 마정석을 남작가에 바쳐야 합니다. 예년 같으면 재고를 미리 쌓아 두지만 올해는 구하기가 무척 힘든 상황입니다."

그건 이미 알고 있었지만 남작가를 배경으로 둔 상단까지 마정석을 구하는 데 어려움을 겪고 있는 줄은 몰랐다.

"요즘 중상급과 상급 마정석의 시세는 어떻게 됩니까?"

물론 시세야 퍼슨이 빠삭했지만 일단 그렇게 물었다.

"원래 중상급은 100에서 200골드 사이이고 상급은 보통 500골드 정도입니다. 하지만 지금과 같은 시기에는 단기간 이지만 급등할 수밖에 없지요."

가온이 아는 시세 그대로인데 이어진 내용이 의미심장했다. 즉, 지금은 보통 때보다 중상급과 상급 마정석의 시세가 높다는 말이다.

"중상급 3개에 상급 2개를 가지고 있다고 들었습니다."

드인 상단주가 덤덤한 얼굴로 말했다.

"그렇습니다."

사실 나중에 오크 선발대 300마리를 사냥했기 때문에 주술사의 것까지 상급 마정석만 4개가 더 있었지만, 가온은 굳이 그것까지 언급하지는 않았다.

"일단 감정부터 하고 싶습니다."

"그렇게 하시죠."

마정석은 함유하고 있는 마나의 양을 측정하는 특별한 기구가 있었다. 중급까지는 큰 차이가 없지만 중상급부터는 함유하고 있는 마나양에 큰 차이가 있어 꼭 측정을 해야만 했다.

측정 결과 가온이 내놓은 마정석들은 동급 중에서는 상당히 높은 마나 수치를 기록해서 상품으로 분류되었다.

"중상급은 200골드, 상급은 각각 600골드와 630골드를 드리면 어떻겠습니까?"

가온은 대답 대신 퍼슨을 쳐다봤다.

"단주께서 말씀하신 대로 이때 중상급 이상의 마정석에는 프리미엄이 붙는 건 사실입니다. 상품의 경우에는 세 배까지 오르기도 하지요."

그 가격으로는 거래하지 말라는 것이다.

그 말을 들은 가온이 눈매를 좁히고 고민하려는 태세를 취하자 드인이 바로 내용을 바꾸었다.

"중상급은 300, 상급은 700씩이면 어떻겠습니까?"

드인은 아예 퍼슨을 향해 제의했다.

"중상급 300에 상급은 750이라면 괜찮은 거래가 될 것 같습니다."

어차피 칼자루는 이쪽이 쥔 상태다. 중상급은 몰라도 상급은 오크 족장이나 족장 자리를 노리는 대전사장 정도는 되어야 가지고 있어 지금과 같은 시기에는 구하기가 엄청나게 어려웠다.

"좋습니다!"

드인은 다소 부담스러운 가격이었지만 그래도 돈을 주고 구할 수 있어서 다행이라고 생각했다.

물론 가격만 놓고 봐서는 가온 측이 많이 양보한 것이다. 시세를 빠삭하고 알고 있는 퍼슨이라면, 남작가에 마정석을 바치는 기한에 임박해서 마음이 급한 매수자를 충분히 구할 수 있으니 말이다.

가온은 그 자리에서 무려 2,400골드를 챙겼다.

'이번 출행으로 완전히 재벌이 되었네.'

공교롭게도 던전에 대한 정보 경매도 나가 있을 때 끝났기 때문에 개인적으로 번 돈은 그야말로 어마어마했다.

양쪽은 기분 좋게 거래를 끝내고 가볍게 와인을 마시며 자리를 파했다.

가온이 나오려는데 내내 조용하게 있었던 나레인이 그를 잡았다.

"한 달 후에 출발할 예정이에요."

"준비하고 있겠습니다. 일주일 전에 퍼슨 씨가 머무르는 여관에 여행과 관계된 것을 알려 주시면 됩니다."

"그러고 보니 보수에 대해서 협의를 하지 않았네요. 일단 200골드를 생각하고 있어요."

가온은 그게 적정한 보수인지는 알지 못했지만 고개를 끄덕였다. 어차피 그쪽으로 가는 길이니 보수는 그 정도면 될 것 같았다.

그리 오랜 기간은 아니지만 이제 막 마음을 드러내고 사랑을 키워 가는 퍼슨과 낸시는 그야말로 감격적인 해후의 시간을 가졌다.

"에휴! 정말 창피하다니까."

"나도 그래요. 어쩜 저렇게 애들 같을까?"

퍼슨과 낸시가 몇 년 만에 만나는 사람들인 것처럼 뜨거운 해후의 모습을 보여 주자, 곧 남매 사이가 될 패터와 라이자가 고개를 절레절레 흔들었다.

얼마 후 사람들의 시선 따위는 아랑곳하지 않고 껴안고 뜨거운 키스를 나누던 두 사람은 타람 남매가 찾아오자 비로소 떨어졌다.

"자, 정산합시다!"

가온의 말에 사람들의 눈빛이 초롱초롱해졌다. 특히 추가 의뢰부터 가온과 함께하기로 한 두 사람은 기대 수치가 아주 높았다.

"일단 추가 의뢰 건에 대한 네 사람의 몫은 각각 15골드씩입니다."

보름 동안 광산을 지키는 의뢰의 보상이 500골드이니 3%이면 15골드다.

"그리고 두 번에 걸쳐서 사냥한 오크들에게서 얻은 가죽과 마정석을 처분한 돈이 합해서 3,400골드입니다. 그것에 대한 몫 100골드를 합하면 115골드이니 아예 120골드씩 드리겠습니다."

추가 의뢰로만 무려 120골드씩을 받게 된 타람과 로에니 그리고 패터 부자는 물론 구경을 하던 낸시와 라이자의 얼굴도 기쁨과 흥분으로 붉게 상기되었다.

"이게 전부가 아닙니다. 오크 300마리에 대한 부산물은 아직 처리하지 않았기에 나중에 추가로 정산할 예정입니다."

"감사합니다. 대장님은 우리에게는 그야말로 우키아 신이나 다름없네요."

네 사람은 민간에서 믿는 재물의 신을 언급할 정도로 가온에게 진심으로 감사하며 골드를 조심스럽게 챙겼다.

네 사람은 이번 출행으로 총 240골드라는 어마어마한 돈을 벌었다. 그것도 한 번의 의뢰를 통해 번 돈이니 더욱 횡재한 것처럼 느껴질 수밖에 없었다.

가온은 그렇게 들뜬 사람들에게 나레인에게 받은 의뢰의 내용을 설명하고 동의를 받았다. 어차피 던전을 찾으러 모험을 떠나는 것으로 알고 있기 때문에 아무도 거기에는 신경을 쓰지 않았다.

"다들 고생이 많았습니다. 앞으로 한 달 동안 자유 시간을 갖도록 하겠습니다. 의뢰를 수행해도 되고 수련이나 사냥을 해도 됩니다. 다만 몸만 조심하십시오."

"명심하겠습니다!"

네 사람이 미소 띤 얼굴로 대답했다.

"그리고 이번에 들어온 자금이 많으니, 최상급은 곤란하지만 어느 정도까지는 무구 지원을 해 드릴 생각입니다. 그러니 자신에게 맞은 무구를 발견하면 제게 얘기를 해 주십시오."

"저, 정말로 무구 지원까지 해 주신다고요?"

로에니가 깜짝 놀란 얼굴로 물었다.

원래 어떤 단체든 무기를 포함한 장비를 구입하는 것은 개인이 책임져야만 한다. 간혹 자금력이 좋은 대형 용병단에서는 무기를 지원해 주기도 하는데, 그런 경우는 아주 희귀했다.

"그럴 생각입니다. 이번이 처음이라 어느 선까지 지원할지는 미정이지만, 되도록 도움이 되는 선까지 지원할 생각입니다."

"감사해요! 저희의 경우 돈이 모이면 보통 검술서나 연공서를 사기 때문에 사실 무기나 방어구에 크게 투자할 여유가 없었거든요."

"대장님, 앞으로 충성하겠습니다!"

"저도요! 그리고 앞으로는 저희 둘에게 편하게 하세요. 대
장님이시잖아요."

"급할 때는 그렇게 하겠습니다."

안 그래도 두 사람에게 경어를 쓰자니 급할 때는 그게 어
려워서 곤란했던 가온이라 냉큼 받아들였다.

어차피 이 세상은 나이가 아니라 신분이나 능력으로 선후
를 따지는 경향이 일반적이니 크게 예의에서 벗어나는 것도
아니었다.

"그나저나 한 달 동안 대장님은 뭘 하실 생각입니까?"

"며칠 정도는 안면이 있는 사람들과 만나야 하지만 그 후
에는 계속 수련을 해야겠지요."

'아무래도 며칠 정도는 접속하지 않고 쉬어야겠다.'

차원이 다른 기능을 가진 미등록 캡슐 덕분에 현실에 거의
신경을 쓰지 못하고 어나더 문두스에 푹 빠져 있었으니, 며
칠 정도는 부모님도 뵙고 친구들도 만나는 시간을 가져야 할
것 같았다.

그런데 타람이 일행을 빼고는 비어 있는 실내를 보면서 말
을 꺼냈다.

"대장은 어디에서 수련할 겁니까?"

"굳이 다른 곳에서 할 필요가 있습니까? 이계인들도 이곳
에서 수련할 겁니다."

예지몽으로
히든랭커

더 이상 영업을 하지 않기 때문에 별채가 비어 있어서 수련하는 데는 아무런 문제가 없었다.

마법 수련의 경우 원래 술이나 장기 보존을 해야 하는 식재료를 보관하던 지하실을 개조해서 연공실을 따로 만들 생각이다.

"그럼 저희도 이곳에서 수련을 해도 될까요?"

로에니가 조심스럽게 라이자의 눈치를 보며 말했다.

"이곳은 이제 우리 클랜의 본거지가 되었으니 당연하지. 마음껏 쓰라고!"

퍼슨이 큰소리를 쳤다.

클랜이라는 말을 들은 사람들은 눈을 빛냈다.

이제까지는 그냥 가온을 중심으로 사냥 혹은 의뢰를 계기로 함께 행동해 왔지만, 타람과 로에니까지 합류해서 숫자가 어느새 일곱 명이나 되었으니 클랜으로 활동해도 될 것 같았다.

'클랜이라…… 괜찮네.'

가온도 내심 그 용어에 뿌듯한 기분이 들었다. 어느새 자신이 한 그룹의 대장이 된 것이다.

무엇보다 앞으로는 단체를 이루어서 구성원들에게 소속감을 부여할 필요가 있었다.

"그렇다고 무상으로 쓸 수는 없지요. 로에니, 적당한 사용료를 산정해 봐요. 그리고 앞으로는 로에니가 우리 클랜의 회계를 맡아서 운용해 봐요."

"제가 말이에요?"

"그렇다고 너무 부담을 가질 필요는 없어요. 하다가 힘들면 다른 사람에게 넘겨도 되니까."

가온은 몰락 귀족 출신의 타람 남매가 용병 생활을 하면서 모은 돈으로 필요한 검술서나 마나 연공서 등을 구해서 꾸준하게 실력을 높여 온 뒤에는 로에니의 치밀한 자금 관리 능력이 있을 거라고 생각했다.

"아, 알겠어요! 최선을 다할게요!"

의외로 로에니는 가온의 지시를 기쁘게 받아들였다. 이제막 클랜에 들어와서 중책을 맡은 것이 가온의 믿음을 증명한다고 생각하는 것 같았다.

"대장이 사람 하나는 잘 본 겁니다. 제 동생이라서가 아니라 돈 관리가 철저한 로에니라면 잘해 낼 겁니다."

타람도 동생이 어느 조직이나 단체든 가장 중요한 직책 중 하나인 회계를 맡는다는 사실에 뿌듯한 얼굴이 되었다.

"자, 일단 100골드를 줄 테니 알아서 쓰고 필요하면 더 말해요. 그리고 사용 내역은 분기별로 간단하게 보고하고."

가온은 말뿐이 아니라는 것을 보여 주듯 100골드를 로에니에게 맡겼다.

당연히 로에니는 신뢰를 받는다고 생각했는지 환한 얼굴로 고개를 끄덕였다.

예지몽으로
히든랭커

"대장님, 그럼 우리 클랜 이름은 뭐예요?"

로에니의 질문에 사람들의 눈이 가온에게 쏠렸다.

"그런 자세한 얘기는 내일 이계인 출신 대원들이 오면 하기로 하고 오늘은 가볍게 한잔한 후에 푹 쉬도록 합시다."

"네!"

라이자와 회포를 풀 생각이 머리에 가득한 퍼슨이 제일 좋아하는 것 같았다.

사람들은 낸시와 라이자가 재빠르게 만들어 낸 가벼운 안주와 맥주를 즐기며 이런저런 얘기를 나누다가 각자의 숙소로 향했다.

자기 방으로 들어온 가온은 가장 먼저 갓 상점을 열어 보았다.

갓 상점을 강하게 떠올리는 순간 눈앞에 홀로그램이 생겼다.

내용은 단순했다. 판매, 구매, 교환, 의뢰라는 네 카테고리의 제목만 나타났다.

가장 먼저 판매를 선택하자 큼지막한 판 하나가 나타났고 팔 물건을 올리라는 안내문이 나타났다.

호기심에 중급 마정석 하나를 판 위에 올리자 다시 안내문이 생성되었다. '즉시 판매'와 '경매'를 선택하라는 것이었다.

즉시 판매를 선택하자 가격이 나타났다. 5명예 포인트였다.

'중급이 5명예 포인트밖에 안 된다고?'

판매를 철회하고 이번에는 자신이 애용하는 흑검을 판 위에 올려 보았다. 그리고 즉시 판매를 선택하자 마정석과 달리 아이템에 대한 설명이 홀로그램처럼 떴다.

흑검

등급 : 희귀
형태 : 바스타드소드
상세 : 공격력 200%, 내구도 자동 회복(시간은 내구도 및 파손도에 따라 다름)
추가 : 1차 강화로 공격력 220%
즉시 판매가 : 200명예 포인트

중급 마정석의 평균 시세가 약 100골드라고 친다면 흑검은 마정석 가치의 40배에 달했다. 그러니 4천 골드가 되는 것이다.

'괜찮네.'

아이템 정보를 잘 모를 때는 갓 상점을 이런 식으로 활용하면 도움이 될 것 같았다.

혹시나 싶어서 1골드를 꺼내 판 위에 올려 봤는데 가격이 표시되지 않았다.

오기가 나서 계속 골드를 추가해서 골드화가 40개가 되자 마침내 가격이 표시되었는데, 1명예 포인트였다.

'40골드가 1명예 포인트라는 거지.'

이렇게 생각하면 외성 마을 사람들을 도와주고 앞으로 자립할 수 있는 방법까지 알려 준 보상으로 받은 3,200포인트가 얼마나 대단한 것인지 새삼 깨달을 수 있었다.

'정말 운이 좋았네!'

예지몽에서도 이런 내용은 전혀 알려지지 않았기에 의도한 것은 아니었다.

이번에는 구매라는 단어에 집중했다. 그러자 하부 트리가 나타났는데 무구, 스킬, 정보, 아이템 등의 단어가 나왔다.

호기심에 무구를 선택하자 검색 기능은 물론 내림차순과 오름차순을 선택할 수 있었다.

당연히 내림차순을 선택하고 가장 먼저 나타나는 것에 정신을 집중했던 가온은 허탈한 웃음을 터트렸다.

−10만 명예 포인트 이하를 소지한 귀하의 등급은 베이직입니다. 베이직 등급의 무구를 확인하시겠습니까?

레벨이 아니라 명예 포인트에 따른 분류겠지만 자신의 위치를 다시 확인할 수 있었다.

'확인하겠다!'

과연 어떤 것들이 있는지 한번 보자.

레드 드래곤본 소드

등급 : 서사
형태 : 대검
상세
-공격력 400%
-한계 이상의 타격을 받지 않는 한 내구도가 닳지 않는다.
-화 속성 마나 주입 시 1천 도의 열을 발산하는 플레어 소드로 변함
가격 : 10만 명예 포인트

'미친!'

같은 서사 등급의 아이템인 파르에 못지않은 어마어마한 사양의 아이템이었다.

가온은 공격력이 무려 네 배가 되며 내구도가 거의 닳지 않는다는 점도 마음에 들었지만, 플레어 소드로 변한다는 점이 무엇보다 끌렸다.

마침 그가 익힌 마나 연공술은 오행의 속성을 다루는 것이다. 아직은 시도조차 하지 못했지만, 언젠가 화 속성의 마나만 뽑아낼 수 있다는 희망을 가지고 있기 때문에 더욱 끌렸다.

하지만 문제는 명예 포인트였다. 그가 가진 명예 포인트로 틱도 없었다.

다른 어떤 것들이 더 있을지 궁금했지만 가온은 알아보기

를 포기했다. 욕심만 생길 것 같았다.

이번에는 스킬을 선택해 봤다.

역시 베이직 등급이라는 안내가 나와 무시하고 검술 카테고리를 오름차순으로 정렬을 시켜 봤다.

'기본 검술에도 등급이 있네.'

5명예 포인트부터 시작한 검술은 예상한대로 기본 검술들이 나왔는데, 대부분 '~왕국 기본 검술' 혹은 '~류 기본 검술' 등의 이름이었다.

아래로 내려가자 10~20명예 포인트에 해당하는 검술들이 나타났는데, 아직 이름에 '기본'이라는 수식어가 붙어 있어 같은 기본 검술에도 등급이 많이 다르다는 사실을 알 수 있었다.

문제는 아이템과 달리 상세한 정보가 공개되어 있지 않았다는 점이다.

'검술은 아무래도 일단 구입해 봐야 알 것 같네.'

그럼 굳이 지금 구입할 필요는 없었다. 훈 검술만 해도 아직 제대로 익히지 못한 상태였다.

'아! 혹시?'

가온은 생각난 김에 창술 카테고리에서 '시리우스 창술'을 찾아보았다.

"있다!"

혹시나 했는데 역시 있었는데 거의 가장 아래쪽에 있었다는 점이 반전이었다.

내용을 확인한 가온이 허탈해하면서 다른 내용으로 넘어
가려고 할 때 마치 구매 의욕을 자극이라도 하듯 아래쪽에
'분할 판매 가능'이라는 단어가 크게 생성되었다.

확인이라도 할 셈으로 확인을 해 보자 3단공까지는 10명
예 포인트였고, 4단공까지는 100, 그리고 6단공까지는 1천
명예 포인트였다.

자신은 창을 주력으로 사용할 생각은 없었지만 한창 창술
에 재미를 붙인 패터에게는 큰 도움이 될 것 같아서 잠깐 고
민했던 가온은 지금 당장 구입할 필요가 없음을 떠올리며 구
매를 포기했다.

이번에는 정보를 선택했다.

그러자 다른 단어와 달리 하부 트리가 나타나지 않고 검색
을 하라는 안내문이 떴다.

'뭘 알아야 검색을 하지.'

그냥 스킵을 할까 했던 가온은 문득 던전을 떠올렸다.

'헤로트성 근처에 대형 던전이 발견된다는 건 알지만 자세한 위치는 몰라.'

아무리 퍼슨이 있다고 해도 그 정도 정보만으로 던전을 찾아내는 것은 지난한 일이다.

'생각해 보니 내가 너무 아무 생각이 없었네.'

물론 그런 정보만으로도 범위가 많이 축소되겠지만, 맨땅에 헤딩을 하는 건 마찬가지다.

지구와 달리 이 탄 대륙은 어마어마한 넓이였고, 성과 성 사이도 어지간해서는 말을 타고 일주일 이상 가야만 했으니 말이다.

가온은 검색란을 응시하며 '헤로트성 인근의 던전'이라는 의념을 떠올렸다.

'과연 검색이 될까?'

그런 생각을 하고 있을 때 바로 검색 결과가 뜨지 않고 확인을 요구하는 안내문이 생성되었다.

─플라눔 차원의 하부 차원인 '탄'의 아르딜리아 왕국 내 헤로트성을 검색하시겠습니까?'

플라눔 차원은 또 뭔지 모르겠지만 일단 그렇다는 의념을 떠올리자 검색 결과가 나왔는데 흐릿하기만 했다. 그리고 그 하단에 가격이 떠올랐다.

　-헤로트 인근에 있는 던전에 대한 정보는 1천 명예 포인트로 구입할 수 있습니다. 구입하시겠습니까?

'이게 정말 되네!'
황당하면서도 로또에 당첨된 기분이었다.
'갓 상점만 제대로 활용하면 퍼슨의 지인들이 보내오는 던전에 대한 정보의 진위를 확실하게 파악할 수 있어!'
문제는 명예 포인트였다. 지금 4,100포인트를 보유하고 있지만 어떻게 해야 더 많은 포인트를 쌓을 수 있을지 확실하게 알지 못하는 상황이다.
그런 생각을 하면서 정보 하나를 더 검색해 보았다.
'벼리가 말한 아르테미 차원은 대체 어떤 곳이고 그곳 사람들은 왜 지구인들에게 첨단기술을 전해 주는 거지?'
일단 아르테미 차원에 대한 정보를 검색해 봤던 가온은 정보 가격에 입이 떡 벌어졌다. 무려 7천 명예 포인트나 되었다.
'차라리 모르고 사는 게 낫지.'
가온은 일단 결정을 뒤로 미루었다. 던전에 대한 정보 정도는 구매하기에 충분한 포인트가 있으니, 당장 결정할 필요는 없었다.

판매와 구매 카테고리를 확인한 가온은 교환 카테고리는 짐작이 가서 넘기기로 했다.

'말 그래도 물건이나 정보를 교환하는 거겠지.'

지금은 자신에게 필요가 없었다. 교환할 물건도 없었고.

마지막으로 의뢰 카테고리에 집중하자 자신의 등급을 알리는 안내문과 함께 의뢰 목록을 명예 포인트 순으로 오름차 혹은 내림차로 정렬할 수 있음을 알려 주는 내용의 홀로그램이 떴다.

'오름차순!'

갓 상점을 구경한 후 가온의 자존감은 많이 낮아졌다. 자신이 보유한 명예 포인트로는 이 갓 상점을 제대로 활용하기 힘들다는 점을 깨달은 것이다.

의뢰는 말 그래도 누군가 필요해서 갓 상점에 올린 의뢰에 대한 내용이었는데, 보상이 명예 포인트라는 점만 달랐다.

그런데 내용을 확인한 가온의 눈이 빛났다.

-아인종 사체 구합니다!

-내용 : 해부 실험용으로 죽은 지 하루가 안 되는 아인종 사체 열 구를 구합니다.

-보상 : 10명예 포인트

-오크 사체 구합니다!

-내용 : 죽은 지 하루가 안 되는 오크 사체를 구합니다. 상태는 관계가 없으며 숫자는 많을수록 좋습니다. 마정석이 적출된 것도 가능합니다.

-보상 : 50마리당 5명예 포인트. 500마리일 경우 60명예 포인트.

명예 포인트를 벌 수 있는 방법이 있었다.

'어차피 사냥을 해야 하는 내게는 최상의 의뢰야!'

오크뿐 아니라 고블린이나 각종 마수들의 사체를 구한다는 의뢰도 있으니, 가죽이 특별히 가치가 있는 것이 아니면 이 갓 상점을 통해 처리를 하면 편할 것 같았다.

가온은 시험 삼아서 오크 사체를 구한다는 의뢰에 집중했다.

그러자 바로 회오리치는 마나의 파동으로 만들어진 판이 나타났다.

'이 판 위에 의뢰의 대상을 올리라는 뜻이겠지?'

가온은 바위에 육포가 되어 버려 철수하는 드인 상단 측에 맡기지도 못했던 오크 사체 50구를 아공간에서 꺼내 그 판 위에 올렸다.

오크 사체가 50구나 되었음에도 판의 크기는 달라지지 않았다.

오크들이 주먹 크기로 작아졌을 뿐이었다.

마침내 50구가 되었을 때 판 위에 있던 오크들이 순식간에 사라졌고 대신 안내문이 생성되었다.

-의뢰의 보상으로 5명예 포인트를 획득했습니다!

상태창을 확인해 보니 과연 명예 포인트가 5 상승해 있었다.

'이런 식이었구나.'

이제야 갓 상점의 사용법을 대충 이해한 가온은 밤이 새는 줄도 모르고 갓 상점에 푹 빠져들었다.

해가 환하게 뜬 후에야 정신을 차린 가온의 눈은 여전히 한 화면에 꽂혀 있었다.

-특가 아이템! 오늘이 지나면 원래 가격으로 돌아가서 언제 다시 할인 행사를 할지 알 수 없습니다!

놀랍게도 갓 상점은 한정된 품목에 대해서 할인 이벤트를 하고 있었는데 그중 하나가 가온의 마음을 자꾸 유혹하고 있었다.

영혼의 끈

등급 : 희귀
상세 : 한 아이템을 영혼에 귀속시켜서 언제 어디서든 불러올 수 있다.
특가 : 5천 명예 포인트

내용 자체는 간단했다.

문제는 그 활용성이었다.

현재 가온의 본체는 지구의 캡슐 안에 누워 있고 그의 영혼이 탄 차원에 와서 아바타를 이용해서 유희를 즐기는 중이다. 당연히 탄 차원의 재화나 무구는 지구로 가지고 올 수가 없었다.

하지만 설명대로라면 영혼의 끈을 이용하면 아이템을 지구에서도 사용할 수 있을 것 같았다.

'아공간 아이템을 영혼에 귀속시키면 엄청날 거야!'

일종의 편법이지만 이렇게 되면 아공간 아이템에 들어 있는 수많은 물건들을 사용할 수가 있게 된다.

'가능할까?'

가능 여부를 떠나서 지구에서도 아공간 아이템을 활용할 수 있게 된다면 엄청나게 편해질 것이다.

일단 계산부터 해 보았다.

40골드에 1명예 포인트이니 앞으로 쓸 자금으로 400골드만 남겨 두고 모두 판매를 해 버렸다. 얻기는 했지만 자신에게는 별로 필요가 없던 아이템들까지 정리를 했지만 여전히 부족했다.

결국 도축도 하기 힘들어서 아공간만 차지하고 있는 나머지 오크 사체들과 중급 이하의 마정석을 모두 정리한 끝에 가까스로 필요한 명예 포인트를 맞출 수 있었다.

그렇게 빈털터리가 되는 것을 감수하고 구입한 영혼의 끈을 처음 얻은 아공간 팔찌에 연결했다.

영혼의 끈이 닿은 순간 손목에 차고 있던 아공간 팔찌는 사라졌지만, 그의 영혼과 연결되었음을 확실하게 알 수 있었다.

'정말 어떤 곳에서든 열 수 있어!'

이젠 굳이 손을 대지 않아도 2미터 정도 거리라면 의지만으로 해당 물건을 아공간에 넣을 수 있게 되었다.

'좋아! 갓 상점 최고다!'

어나더 문두스를 시작한 이래 이렇게 기쁜 날은 없었다.

새로운 온의 등장

다음 날 정오 무렵, 기다리던 헤븐힐 일행이 여관으로 찾아왔다.

"귀찮게 하는 사람은 없었어?"

"네. 상인 차림을 했더니 괜찮았어요."

하긴 세 사람을 귀찮게 할 가능성이 높은 전사들은 아침 일찍부터 사냥을 나갔을 테고 이 시간에 가장 많이 보일 상인으로 위장했으니 괜찮았던 모양이다.

"어제 다른 사람들에게는 추가 보상을 했어."

남은 돈으로 각자에게 120골드씩을 주고 나자 정말 빈털터리가 되어 버렸지만, 세 사람이 좋아서 어쩔 줄 모르는 모습을 보자 마음만은 푸근했다.

"다음 의뢰는 한 달 후에나 시작할 건데 뭐 생각해 둔 것 있어?"

"레벨 업도 좋지만 대장을 따라다니려면 실력을 올리는 것이 급선무이니 마탑에서 적당한 매직북을 사서 익혀야지요."

"저도요. 앞으로 주로 던전을 공략할 예정이라니 그에 맞추어 쓸 만한 공격 마법을 몇 개 더 배워야 할 것 같아요."

"어나더 문두스 정보 게시판에 쓸 만한 신성 마법 조합이 올라왔더라고요. 그것과 대장이 주신 연발 석궁을 제대로 다루도록 할 생각이에요."

다행히 세 사람은 한 달이라는 기간 동안 레벨 업보다는 내실 있는 성장에 중점을 두고 보낼 계획을 하고 있었다.

"안 그래도 지하 창고를 마법 수련장과 연공실로 개조할 생각이니까 다들 모여서 수련을 하면 되겠네."

"정말요?"

"다행이다. 안 그래도 마법 수련 때문에 마탑 통합 지부를 오가다 보면 또다시 귀찮은 일이 생길 것 같았는데……."

"우리도 도울게요."

그렇게 얘기가 되자 바로 지하 창고 개조 공사를 시작했다. 여관 간판은 어제 퍼슨이 이미 뗀 상태고 영업을 그만둔다는 안내문까지 붙인 상황이었다.

별채 두 동의 지하가 모두 창고 공간이었고 오래전에 만들었지만 바닥이나 벽을 제대로 마감했기에 보수할 곳이 별로

예지몽으로
히든랭커

없었다. 통풍구도 여전히 정상적으로 가동하고 있어서 물건을 싹 치우니 제법 쓸 만했다.

벽돌을 쌓아서 개인 연공실 5개를 만들고 남은 공간은 세 부분으로 분리해서 연무장으로 만들었다.

퍼슨이 미장 기술이 있어서 공사가 아주 쉬웠다. 나름 손재주가 뛰어난 가온이나 패터도 한 손을 거들었기 때문에 다음 날 저녁까지 공사가 마무리되어 바로 이용할 수 있었다.

세 연무장 중 한 곳은 벽을 두 배로 단단하게 세웠다. 마법 수련을 할 연무장이었다.

제대로 하려면 충격을 감소시킬 수 있는 마법진을 설치해야 하지만 그럴 수가 없었고, 현재 일행의 마법 수준으로는 이 정도면 충분히 수련을 할 수 있다고 판단해서 그친 것이다.

본격적인 공격 마법 수련은 시간이 날 때 밖에 나가서 하는 것으로 얘기를 했다.

그렇게 함께 땀을 흘리며 자신들의 공간을 만들면서 클랜의 이름도 자연스럽게 정해졌다.

클랜의 이름은 '온', 가온의 이름을 따서 짓기로 했다. 대부분의 클랜이 클랜장의 이름을 따서 정하는 것이 관행이라고 했고, 달리 좋은 이름이 생각나는 것도 아니어서 그렇게 정한 것이다.

그렇게 공사를 마치고 각자 익힐 마법과 스킬을 정해 둔 사람들은 본격적인 수련에 들어갔다.

다음 날 가온은 아침 일찍 마탑 통합 지부로 향했다.

"안 그래도 네게 할 말이 있었는데, 잘 왔구나. 의뢰는 잘 마쳤고?"

볼코트가 기다렸다는 듯 그를 반갑게 맞이해 주었다.

"네, 스승님. 그런데 제게 할 말씀이라니요?"

침중한 안색을 보니 무슨 안 좋은 일이 있는 것 같아서 걱정스러웠다.

"아무래도 내가 은퇴를 해야 할 것 같구나."

"네? 왜 갑자기?"

너무 뜬금없는 말이었다. 사실 겉모습과 달리 나이가 적지 않은 볼코트지만 6서클 마도사라는 사실을 고려하면 은퇴할 정도는 아니었기에 의아했다.

"얼마 전에 탑주로부터 부탁받은 일이 있는데 나와 어울리는 난이도도 아니고 시간이 너무 걸리는 내용이라서 거부했더니, 탑 내의 실험실과 연공실을 빼라고 하더구나. 나가라는 얘기지."

스승 볼코트가 소속인 블루스카이 마탑에서 아웃사이더이며 이곳 랑트로 오게 된 것도 좌천성 인사라는 사실은 들어서 알고 있었지만, 어떻게 이런 일이 벌어졌는지 모르겠다.

"마탑주가 독단으로 원로를 쫓아낼 수도 있는 겁니까?"

너무 황당했다.

"나와 몇 명의 원로에게는 통보도 늦게 하고 연 비상 회의에서 그렇게 결정을 했다. 아무래도 나를 따르는 마법사들이 늘어나는 것을 보고 탑주 세력이 쳐 내려고 작정을 한 모양인데, 세가 부족해서 어쩔 수가 없구나. 싸워 볼까도 고민했는데 그것도 귀찮아. 이참에 마탑에서 나와서 나만의 던전을 만들어서 벽을 깨 볼까 싶다."

마탑의 행사는 못마땅했지만 스승이 7서클에 도전한다니 어쩌면 좋은 기회일 수도 있다는 생각이 들었다.

"그럼 언제 움직이시는 겁니까?"

"일단 마탑으로 가서 내 물건들부터 정리를 해야겠지. 그리고 적당한 곳에 던전을 만들어야지. 장소는 일단은 암브로스산으로 정했다."

"암브로스산이라면 왕국과 제국의 경계에 있는 것으로 알고 있는데……."

암브로스산은 스파인 산맥의 지류지만 작은 산맥이라고 부를 정도로 험준하고 거대한 규모의 산이라서 마수와 몬스터의 창궐 이전에는 제국의 침입을 자연적으로 막아 주던 방벽이었다.

"스승님보다 더 나를 많이 가르쳐 주신 큰사형의 던전이 거기에 있다. 그분은 7서클의 벽을 넘지 못하고 돌아가셨지만, 그 던전의 소유권은 내게 있지. 난 그곳을 확장해서 내

던전으로 만들 생각이다."

"혼자 그 일을 하시려면 힘드실 텐데 제가 좀 도울까요?"

"아서라. 어차피 공간 확장을 비롯해서 마법진을 설치하는 일이 주라서 네 실력으로는 도움이 되지 못한다. 그래도 카세라와 유레인이 날 따라서 은거를 한다고 하니 손이 부족하지는 않을 게다."

가온은 스승이 권력에 밀려서 어쩔 수 없이 은퇴를 하게 된 상황도 그렇지만, 이기적으로 생각하면 더 이상 스승의 가르침을 받기 힘든 상황이 된 것이 너무 안타까웠다.

"아! 그동안 제가 마법을 배우는 데 정신이 팔려서 말씀을 드리지 못했는데, 마법과 관련된 서책과 도구를 꽤 많이 얻었습니다."

"네가? 어디서 말이냐?"

"그게……."

가온은 리자드맨 던전 안에서 발견한 히든 던전에서 얻은 것들과 사령술사의 던전에 대한 이야기를 털어놓았다.

"오! 그럼 마, 마법서들도 얻었느냐?"

볼코트는 떨리는 목소리로 물었다.

가온이 처음에 말한 던전의 주인에 대해서는 자신도 들은 바가 있었다. 마법계에서는 굉장히 유명한 사건이었다. 자신보다 한참 전에 6서클에 오른 이가 모은 마법서들이라면 당연히 큰 도움이 될 것이다.

예지몽으로
히든랭커

후자의 경우 사령술사로 자신과 다른 길을 걸었지만, 근본은 같은 마법사다. 그러니 마법 체계나 다루는 속성이 다를 뿐 마법서들만 제대로 연구해도 깨달음에 큰 도움이 될 것이다.

"이론서로 보이는 것들이 더 많았지만, 마법서들도 꽤 있었습니다. 지금 꺼낼까요?"

볼코트가 고개를 세차게 끄덕였다.

아공간 팔찌 안에서 나온 마법서는 무려 500여 권에 달했다. 3분의 2 이상은 이론서였지만 그래서 더욱 중요했다.

황급히 마법서들을 훑어보던 볼코트의 얼굴에 희색이 떠올랐다.

'레드브라운 마탑의 배신자라는 마법사도 그렇거니와 사령술사 역시 적어도 나와 비슷하거나 높은 경지야!'

그와는 비슷한 길과 전혀 다른 길을 걸었던 두 마법사가 모았거나 집필한 이론서와 마법서는 벽을 넘는 데 반드시 필요한 깨달음의 단초를 줄 수 있었다.

마법서들을 보는 볼코트의 얼굴은 흥분과 기쁨으로 인해서 벌겋게 달아올라 있었다.

얼마 후 개략적인 내용 파악을 끝낸 볼코트는 가온을 꽉 끌어안았다.

"내 마지막 제자가 지금 상황에서 꼭 필요한 물건들을 구해 오다니! 넌 내 보물 고블린이다!"

단지 감격에 겨워서 하는 말은 아닌지 물기가 느껴졌다.

실제로 가온을 품에서 떼어 낸 볼코트의 눈은 예상하지 못한 물기로 젖어 있었다.

"네 덕분에 7서클에 도전할 수 있는 마지막 열쇠를 얻게 된 것 같구나. 온아, 네가 너무 자랑스럽고 고맙구나!"

암암리에 고위급 마법사들 사이에서 회자되는 내용이 있었다. 6서클까지는 자신이 선택한 길을 묵묵히 걸으면서 배우고 익혔던 마법을 고찰하면 도달할 수 있지만, 7서클 이상이 되려면 다양성과 깊이를 갖추어야만 한다고 말이다.

마탑 수뇌부들이야 주류로서 그런 다양성과 깊이를 갖출 수 있는 마탑의 유산을 접할 기회가 많지만, 평생 마탑의 비주류로 배척을 받아 온 볼코트에게는 그런 기회가 거의 없었다.

자신보다 경지가 더 높았던 6서클 마도사와 그 이상의 경지였을 것이 분명한 사령술사가 수집하고 저술한 마법 이론서와 마법서라면, 자신에게 부족한 부분을 어느 정도는 채워 줄 수 있을 것이니 어찌 감동하지 않을 것인가.

"아닙니다. 스승님께 도움이 된다니 저 역시 기쁩니다."

"내 약속하마. 언제고 널 위해서 4서클 이상의 매직북을 완성시켜 주마."

"기다릴 테니 너무 무리하지는 마십시오."

"그래. 그리고 실험 기자재가 있다고 했던가?"

"네. 꽤 공간을 많이 차지하는데 괜찮을까요?"

"잠시만."

볼코트는 아공간 주머니를 몇 개 꺼내 연공실 안에 있는 모든 물건을 집어넣었다. 그러자 꽤 큰 공간이 만들어졌다.

가온은 실험 기자재부터 시작해서 실험 재료 등을 꺼내기 시작했고 볼코트는 콧노래를 부를 것 같은 얼굴로 그것들을 다른 아공간 주머니 몇 개에 나누어 집어넣었다.

"이 정도면 추가로 구입하지 않아도 완벽한 실험을 할 수 있을 것 같아. 안 그래도 연구를 위해 많은 것들이 필요했는데 네가 해결을 해 주었구나. 정말 고맙구나!"

볼코트는 어지간히 만족스러웠는지 뽀뽀라도 할 기세였다.

"던전 예정지까지 가실 때 호위라도 해 드릴까요?"

"아니다. 카세라와 유레인도 있거니와 이번 마탑의 결정에 반발해서 탑을 나와 나를 따르기로 한 이들이 모두 4서클 이상이니, 걱정할 필요는 없다. 던전이 완성되면 통신을 할 테니 그때 방문하거라. 네 사형제들이 원하면 너를 돕도록 해 주마."

사형제라는 단어를 들으니 볼코트가 자신을 제자로 받아들였다는 사실을 확실히 알 수 있었다.

"아! 그리고 나도 선물이 있다."

볼코트가 묘한 미소와 함께 건네준 건 매직북이었는데 숫자가 무려 24권이나 되었다.

"현재까지 나온 매직북은 모두 챙겨 두었다. 하지만 당장 다 익혀서는 안 된다. 마법은 적재적소에 써야 효과를 최대한으로 발휘할 수 있고, 부단히 수련해야만 필요할 때 쓸 수 있다는 점을 잊어서는 안 돼."

이미 배운 마법들이 익숙해졌을 때 차근차근 추가하라는 것이다.

"그리고 이건 이번에 구한 중상급 마력 영약과 추가로 만든 비약이다. 마나를 증가시켜 주는 영약은 네가 복용하고 비약은 인성이 제대로이고 마법을 가르치고 싶은 인재에게만 사용하거라."

"명심하겠습니다!"

설마 볼코트가 중상급 마력 영약을 구해 두었을 줄은 몰랐기에 더욱 감동했다. 말뿐이 아니라 진정으로 그를 제자로 생각하고 있다는 증거였으니 말이다.

"아! 이건 내가 있는 곳으로 공간 이동을 할 수 있는 스크롤이니 던전이 완성되었다고 내가 연락을 하면 그때 사용하거라."

"네, 스승님."

볼코트에게 드린 것이야 자신에게는 필요하지 않은 것들이었으니 얻은 것이 훨씬 더 많은 방문이었다.

그 자리에서 중상급 마력 영약을 복용해서 100이라는 마력을 얻었다.

그렇게 사제 관계가 돈독했던 시간을 보내고 마탑 통합 지부에서 나온 가온은 바로 아지트로 향했다.

대원들은 자신들의 힘으로 완성한 지하 연무장에서 한창 구슬땀을 흘리며 수련 중이었다.

가온은 가르침이 필요한 퍼슨과 패터부터 지도했다.

이제 기초 단계이기에 사소한 것까지 체크를 해 주어야만 했다.

그런 다음 자신의 연공실로 들어가서 스승에게 받은 매직 북 중 전투에서 유용하게 쓰일 '스트렝스', '슬로', '버프', '힐' 마법을 새로 익혔다.

'이제 남은 건 수련밖에 없네.'

그렇게 밤늦도록 수련을 한 가온은 오랜만에 로그아웃을 했다. 어나더 문두스에서 본격적인 수련을 시작하기 전에 현실에서 해야 할 일이 있었다.

"벼리야!"

오랜만에 로그아웃을 한 가온이 캡슐에 누운 채로 벼리를 불렀다.

─네, 오빠.

"공부는 많이 하고 있어?"

가온이 플레이를 하는 동안 벼리는 인간의 문명에 대해서 깊이 조사하는 시간을 보내고 있었다.

그리고 거기에 더해서 맡긴 자금의 절반으로 투자를 하고 있었다.

─투자는 어렵지 않은데 인간 세상은 알면 알수록 어려운 것 같아요.

뭐든 깊이 들어가면 그러지 않을까 싶었다.

가온은 투자 결과가 궁금했지만 벼리가 부담스러워할까 싶어서 화제를 돌렸다.

"그런데 지난번에 나한테 했던 말 기억나?"

─뭐요?

"나 대신 어나더 문두스에서 플레이를 할 수 있다고?"

─오빠 대신이 아니라 오빠의 복제한 영혼이 아바타를 움직이는 거예요. 저는 오빠의 영혼에 귀속되었기 때문에 복제한 오빠의 영혼을 잠시 제어할 뿐이고요.

그에 대한 얘기는 듣긴 했지만 영혼 복제라니 영 이해가 가질 않았다.

"아무튼."

─당연히 가능해요.

"그럼 당분간 대신 플레이를 해 줘."

─뭐 하실 일이 있는 거예요?

"본가에도 다녀오고 친구들도 만날 생각이야. 아! 그리고 내가 다른 캡슐을 이용해서 어나더 문두스를 플레이하는 게 가능하다고 했지?"

ー네. 현재 플레이하고 있는 온은 어나더 문두스 시스템에 등록되지 않은 이레귤러니까요. 그런데 왜 굳이 다른 계정을 만들려고 하세요?

"설명하자면 복잡한데 내가 아는 사람들에게 거짓말을 했거든. 처음에는 장난스러운 마음과 자존심 때문에 시작한 일인데, 아무래도 이제 와서 밝히는 건 어려울 것 같아서 말이야."

ー알았어요. 그럼 제가 온으로 플레이를 계속할게요. 그런데 뭘 하면 될까요?

"한동안 사냥은 하지 않을 생각이니까 수련만 하면 돼. 이번에 스승님께 마법서들을 많이 받았으니 마법을 주로 수련하면 될 것 같아."

ー호호호. 잘됐네요. 안 그래도 마법이 너무 궁금했거든요.

초자아체로 진화한 벼리라면 자신보다 마법을 더욱 쉽고 빠르게 익힐 수도 있었다.

'나보다야 낫겠지.'

마법은 일단 지력이 높아야 한다. 그러니 자신보다는 강인 공지능인 벼리가 훨씬 더 빠르게 익힐 수 있을 것이다.

가온은 만약 그 성과가 자신의 아바타에 그대로 적용이 되다면 일부러라도 마법을 수련할 때는 벼리에게 맡겨야 할지도 모르겠다는 생각을 하며 캡슐 밖으로 나왔다.

　아무튼 벼리 덕분에 한 달이라는 시간을 아주 제대로 활용할 수 있을 것 같았다.

　몸을 씻고 나온 가온은 부모님에게 전화를 하려다가 시계를 보고 깜짝 놀랐다. 생각보다 시간이 많이 늦은 것이다. 벌써 12시가 가까웠다.

　'이 시간이면 출근을 해야 하는 엄마 때문에 벌써 로그아웃을 하고 잠 잘 준비를 하시겠네.'

　아닐 수도 있지만 굳이 오늘처럼 늦은 시간에 전화를 드릴 필요는 없었다.

　'일단 아공간부터 확인하자!'

　"아공간 오픈!"

　가온의 얼굴이 그 어느 때보다 환해졌다.

　된다! 시야에 영혼에 귀속된 아공간의 내용물이 직관적으로 보였다.

　금화 하나를 꺼내 보니 손에 집힌 그대로 나왔는데 확인해 보니 무게나 질감 그리고 금화에 새겨진 문양까지 동일했다. 정말로 지구에서도 아공간을 사용할 수 있게 된 것이다.

　'이걸 어떻게 사용한다?'

딱히 아공간을 사용할 방법에 대해서 깊이 생각해 본 적이 없기에 당장 떠오르는 것은 없었다.

'아! 포션!'

아공간 안에 상인이 구해 두었던 다양한 종류의 포션들이 있었는데, 포션을 본 순간 부모님이 생각났다.

'체력 포션이라면 두 분의 폐경기와 갱년기 증상에 도움이 될 거야.'

체력 포션은 체력만 회복시켜 주는 것이 아니다. 신체의 활력까지 높여 주는 효과가 있었다.

그러니 당연히 노화에 따른 자연스러운 병증인 갱년기 증상에도 효과가 있을 것이다.

'일단 내일 내려가서 시험을 해 보자.'

그걸로 아공간에 대한 실험을 마친 가온은 혹시나 싶은 마음에 갓 상점을 확인해봤다.

'오! 갓 상점을 현실에서도 활용할 수 있어!'

지구에서도 갓 상점이 열리고 거래를 할 수 있다는 건 거의 기대하지 않았기에 더욱 놀라고 기뻤다.

'설명대로라면 전 차원에 걸쳐 작동하는 시스템이니 지구에서 필요한 물건을 구할 수도 있어.'

학생 신분인 그에게 갓 상점에서 따로 구해야만 하는 것이 있을 리는 없지만 그래도 어쩐지 무척 든든했다.

그래도 이젠 보유한 명예 포인트가 없어서 그런지 상점을 둘러보기는 싫었다. 꼭 구하고 싶은 물건이 있으면 미칠 것 같을 것이다.

의지로 갓 상점을 닫은 가온은 다시 핸드폰을 들었다가 이내 내려놓았다.

'헤븐힐이나 매디 그리고 바로는 수련 때문에 불러내면 안 되겠지.'

워낙 빡세게 수련을 하고 있기 때문에 접속을 끊고 나도 피로감 때문에 유흥을 즐기기는 좀 무리일 것 같았다.

'아!'

생각난 김에 당장 나가서 캡슐방으로 가야겠다.

대충 옷을 챙겨 입은 가온은 인적이 뜸해진 거리를 따라 달리기 시작했다.

'오! 굉장히 빠른데.'

자신이 체감하기에도 굉장히 빠른 속도로 질주하고 있음에도 별로 힘든 줄 모르겠다. 벼리의 말대로 동화율이 제대로 적용되는 것 같았다.

지금 몸 상태라면 올림픽에 나가도 대부분의 종목에서 메달권에는 들 것 같은 자신감이 들었다.

불과 5분 정도 만에 학교 근처에 도착한 가온은 바로 캡슐방으로 향했다.

자정을 넘긴 시간이었음에도 캡슐방은 빈 캡슐이 몇 개 없을 정도로 성황리에 운영되고 있었다. 이게 모두 어나더 문두스의 인기 때문이었다.

　비용을 지불하고 남자 전용실로 들어간 가온은 설명서에 나온 대로 탈의실로 가서 옷을 벗어 보관함에 넣고 전용 반바지를 착용했다.

　드디어 캡슐로 들어간 가온은 혹시 이미 사용 중인 계정이라는 안내가 나올까 봐 긴장을 하며 어나더 문두스에 접속했다.

　-새로운 여행자를 환영합니다!

　불과 1분여 만에 홍채 및 신체 스캔 과정이 진행된 후 들려온 안내음에 가온은 힘주어 주먹을 쥐었다.

　벼리가 한 말처럼 어나더 문두스의 시스템은 자신을 신규 접속자로 인식한 것이다.

　가온은 자신의 아이디 명을 정하는 데 잠깐 시간을 지체했다. 마땅히 쓰고 싶은 단어가 떠오르지 않았던 것이다.

　'어렵게 생각할 필요가 없지.'

　어차피 어나더 문두스는 중복 아이디를 인정하고 있었기에 '온'으로 정했다.

　커스터마이징 과정은 대충 넘겼다. 갈색 머리칼을 선명하고 짙은 검은색으로 바꾼 것과 외모를 조금 노숙하게 조정한 것 이외에는 손을 대지 않았다.

그렇게 시작한 튜토리얼.

동화율로 인해서 처음 어나더 문두스를 시작할 때와는 차원이 다른 육체 능력과 전투 능력을 통해서 이전에 기록했던 것보다 더 나은 결과물을 얻을 수 있었다.

-튜토리얼에 대한 정산을 시작합니다!

지난번에 튜토리얼을 끝나고 들은 안내음이었다, 특별한 성적을 기록한 플레이어들만 들을 수 있는.

-띠링! 온 님이 세운 업적 등급은 전설입니다! 축하합니다!

지난번과 동일한 등급의 업적을 세웠다. 기록만으로 보면 더 훌륭했는데 말이다.
'뭐가 나오려나?'
이번에도 보상에 기대가 컸다.

-업적에 따른 보상은 2개의 칭호, 특성 그리고 아이템입니다! 바로 열람하시겠습니까?

당연히 예스다.

지난번과 동일한 칭호였지만 내용은 좀 달랐다. 기록이 더 높아서 그런지 경험치의 두 배가 아니라 세 배를 획득할 수 있었다.

아무튼 이 초월자 칭호는 성장하는 데 큰 도움이 될 수 있었지만, 왠지 좀 아쉬웠다.

'혹시 나머지 보상도 동일한 건 아니겠지?'

우려까지는 아니지만 왠지 같은 칭호가 또 나오면 실망할 것 같았다.

그런 마음으로 기다린 두 번째 칭호를 확인한 순간 가온의 얼굴이 일그러졌다.

동일한 칭호가 나왔다.

'아니, 아닌 것 같은데……'

등급이 달랐다.

지난번에 얻은 칭호와 이름은 동일했지만 등급이 유일이 아니라 전설의 아래 등급인 서사였다.

'내용은 동일한데 대체 뭐가 다른 거지?'

아무래도 이해가 되질 않았지만 일단 특성을 확인했다.

'올라운더 특성도 나쁘지 않은데 좀 달랐으면 좋겠네.'

그런 마음으로 확인한 특성을 본 가온의 얼굴에 미소가 떠올랐다.

특성 : 마나의 주인

등급 : 전설
상세 : 높은 마나 친화력을 지니고 있어 마나와 마력을 동시에 사용할 수 있다.

내용은 간단했지만 가온이 원래 되고자 했던 마검사에게 적합한 칭호였다. 올라운더 특성의 열화판이라고 할 수 있었다.

'좋아!'

주먹을 불끈 쥔 가온은 마지막 아이템을 확인했다.

 이건 완전히 마검사가 되라는 어나더 문두스 시스템의 선
물이었다.

 '혹시 정확하게 시간과 공격력을 계산해서 튜토리얼을 수
행해서 이런 결과가 나온 건가?'

 이미 경험을 해 봤고 그동안 몸에 기억된 전투 관련 능력
을 모두 사용해서 이런 결과가 나온 것이 아닌가 싶긴 했지
만, 누구에게 대답을 들을 수 없는 문제였다.

 이제 마지막으로 확인할 것은 상태창이었다.

 그 전에 스타팅 지점을 선택해야 하는데 고민할 이유가 없
었다. 바로 랑트를 선택했다.

 파핫!

 가온이 한 줄기 빛기둥과 함께 이계인 전용 구역의 중앙에
있는 광장에 나타났다.

 '역시 여긴 한밤중이네.'

밤에는 전사의 전당이나 마탑 통합 지부도 문을 닫고 전용 구역의 상가들도 철시하기 때문에 플레이어나 현지인들도 거의 보이지 않았다.

가온은 적당한 곳으로 가서 기본으로 지급되는 옷 대신 아공간에 있던 오크 방어구를 꺼내 착용했다.

그러고 나서 바로 상태창을 확인했다.

이름 : 온	**레벨** : 1
직업 : —	**칭호** : 초월자
특성 : 마나의 주인	
근력 : 23	**민첩** : 25
체력 : 21	**감각** : 23
지력 : 21	**마나** : 30
매력 : 15	

역시 첫 튜토리얼을 마쳤을 때보다 스텟이 높았다. 지난 기간 동안 어나더 문두스를 플레이하면서 오른 동화율 덕분이다.

그런데 눈에 띄는 항목이 있었다.

'매력 스텟도 있네!'

이런 항목이 있다는 것은 처음 알았다. 아무래도 매력의 주인 칭호의 등급이 서사여서 그런 것 같았다.

아무튼 앞으로 지금의 아바타는 공만 들이면 기존의 아바타만큼이나 빠르게 성장할 것 같았다.

마지막으로 스킬 창을 확인했다. 일반적인 플레이어라면 당연히 비어 있어야 할 스킬 창이지만 역시 생성된 스킬들이 있었다.

단검술(F, 5Lv.), 투척(F, 5Lv.), 둔기술(F, 5Lv.)

스킬명이나 숫자는 동일했지만 전과 다른 점도 있었다. 단 검술과 둔기술은 경우 이전에는 4레벨이었는데 지금은 맥스 를 찍은 것이다.

그것까지 확인한 가온은 마음 같아서는 당장 사냥을 나가 고 싶었지만, 지금 이 시간에는 성문이 닫혀 있었다.

'할 수 없지.'

내일부터 잠깐씩 시간을 내어 플레이를 해서 헤븐힐과 매 디 남매가 알고 있는 레벨까지는 맞춰 놓을 생각이다. 물론 전사와 마법사로 전직도 해야 하고 말이다.

그렇게 가온의 두 번째 어나더 문두스 도전이 시작되었다.

다음 날 정오 무렵, 가온은 운동 삼아서 학교까지 뛰어 갔다.

가다 보니 어제는 보지 못했는데 캡슐방이 3개나 더 생겼다. 어나더 문두스의 인기가 폭발하고 있음을 보여 주는 증거였다.

'굳이 애들하고 마주칠 필요는 없겠지.'

가온은 새로 생긴 캡슐방이지만 입지가 좀 나쁜 곳을 선택했다.

기숙사나 원룸 타운과 반대 방향에 있어서 학생들이 찾아오기 힘든 위치에 오픈한 캡슐방은 규모도 크고 캡슐들도 넉넉했다.

바로 플레이를 시작한 가온은 랑트 외성의 이계인 전용 구역 광장에서 모습을 드러냈다.

'참 희한하네.'

집에서 나오기 직전에 확인을 했는데, 원래 자신의 아바타인 온은 새벽 수련을 마치고 클랜원들과 아침 식사를 하고 있었다. 물론 벼리가 의념으로 전해 준 것이다.

'한번 가서 확인해 볼까?'

그런 충동이 강하게 들었지만 지금은 그럴 때가 아니었다.

가온은 먼저 소드 앤 완드를 꺼내 확인했는데 기본적으로 검의 형태를 하고 있었다.

'일반 롱소드보다는 크네.'

대검까지는 아니지만 양손 검의 모습으로 구현된 소드 앤 완드는 흑검과 달리 일반적인 검의 형태를 가지고 있었다.

'튀지 않아서 좋네.'

그래도 검대에 차기에는 커서 등에 매고 다녀야 할 것 같아서 검집이 필요했지만 일단 그냥 들고 다니기로 했다.

 광장 주변은 동료를 구하는 플레이어들부터 가판을 연 상인 플레이어들로 가득했다.

 '역시 아직은 상인을 제외한 탄 대륙인들은 거의 보이지 않는군.'

 부디 외성 마을 사람들이 용기를 내어 새로운 삶을 개척했으면 좋겠다.

 가온은 굳이 다른 플레이어들과 함께 사냥을 할 생각이 없어 바로 성문 쪽으로 향했다.

 오크 가죽으로 만든 하드레더에 대검을 들고 있어 누구도 그를 막을 생각을 하지 않았다.

 "혹시 일행이 없으면 같이 사냥하지 않겠습니까?"

 "우리 팀은 평균 레벨이 10대 후반입니다. 오크를 사냥할 생각인데, 같이하지 않으시렵니까?"

 "저희 팀에는 버퍼와 힐러까지 있어요. 함께 사냥해요!"

 가온의 예사롭지 않은 기도를 알아본 몇 팀이 다가와서 함께 사냥하자고 권했지만 그는 고개를 흔들었다.

 '굳이 경험치를 나눌 필요는 없어.'

 비록 레벨은 1이지만 온으로서 사냥한 경험은 영혼에 깊게 새겨져 있고 무엇보다 아공간 안에는 수많은 무기들이 있다.

그런 가온이 향한 곳은 마장이었다. 그곳에는 8인승, 혹은 12인승 승객마차가 있었다.

플레이어들의 사냥이 활성화되면서 사냥감이 줄어들어서 제대로 사냥을 하려면 족히 반나절은 이동해야 했기 때문에 랑트의 상단 하나가 마차로 토벌이 끝나가는 곳까지 실어다 주었다.

가격은 1실버로 이제 막 플레이를 시작한 이들에게는 부담스러웠지만, 가온에게는 아무런 부담도 되지 않았다.

가온은 스파인 산맥과 가까운 북서쪽으로 향하는 마차에 올랐다.

탈 때만 해도 절반밖에 차지 않았는데, 가온과 같은 생각을 하는 플레이어들이 워낙 많아서 마차는 금방 채워졌다.

덜컹거리며 달리는 마차.

이 승객 마차를 자주 이용한 플레이어들은 엉덩이에 깔 쿠션과 비슷한 물건들을 준비했지만, 처음 타거나 아직 그런 물건을 구할 자금이 없는 이들은 최악의 승차감을 감수해야만 했다.

가온도 견디기 힘들었지만, 그래도 말을 타고 다녔던 경험이 있어서 얼마 지나지 않아서 어느 정도 적응했다.

"저기요."

고개를 돌려 보니 등에 대검을 맨 적발의 여인이 그를 응시하고 있었다.

"랑트에서는 처음 보는데, 나는 자흔이라고 해요."

"온이라고 합니다. 자주 접속할 상황이 아니라서요."

"그렇구나. 전사죠?"

"그렇습니다. 그런데 무슨 일로?"

"뭐 같은 마차를 탄 것도 인연이니 통성명이나 하자는 거죠. 복장이나 무기를 보면 꽤 레벨이 높아 보이는데 이곳에서는 처음 본 것 같아서 호기심이 들었어요."

"먼저 시작한 친구가 도와주었을 뿐 레벨은 높지 않습니다."

굳이 관심을 끌고 싶지 않아서 그렇게 대꾸를 했지만 상대방의 호기심은 꺾이지 않았다.

"몸이 날렵해 보이는데 근접 딜러인가요?"

"뭐 그렇습니다."

비록 온으로 플레이를 시작하면서 올라운더 특성을 받지 못했지만, 투척 스킬이 있기 때문에 근접은 물론 원거리 딜러 역할도 수행할 수 있었다.

"일행이 없는 걸 보니 사냥은 혼자 할 생각인가 봐요?"

"성격적으로 팀을 이루는 건 맞지 않아서요."

"호호호. 그건 저와 똑같네요. 손발을 맞추는 데 시간을 허비하느니 혼자 썰어 버리든가 뒈져 버리든가 하는 게 낫죠."

생긴 건 천생 여자인데 복장이나 하는 말은 상남자 포스를 풀풀 풍기는 희한한 플레이어다.

"뭐까지 사냥해 봤어요? 난 그릴베어까지 사냥해 봤어요."

그릴베어라면 마수화된 곰으로 근력은 물론 민첩성까지 뛰어나서 어지간한 플레이어들은 혼자 힘으로 사냥할 수 없었다.

"오크까지요."

굳이 처음 본 상대로 길게 애기를 나누고 싶지 않아서 대충 말했다.

"무리에서 쫓겨난 떠돌이나 새끼가 아니라면 오크 열 마리를 상대했다는 거네요. 풍기는 기도만큼이나 실력도 대단한가 봐요?"

"열 마리는 아니고요."

"원래 한두 마리가 무리에서 떨어져 나오는 경우도 있긴 하지만, 단기간에 죽일 수 없다는 점을 생각하면 열 마리를 전부 상대했어야 했을 텐데요."

일부러 단답형으로 대답을 하는 이유는 더 길게 말을 섞고 싶지 않다는 표현이지만, 상대는 눈치가 없는 건지 아니면 무시를 하는 건지 계속 대화를 이어 갔다.

"고블린의 독과 투척 무기를 사용하면 무리에서 잠깐 떨어져 나온 오크 정도는 단시간에 처리할 수 있습니다."

"호오. 고블린의 독까지 사용하는 건가요?"

"나중에야 굳이 사용할 필요가 없지만, 초반에는 독을 이용하는 것이 최상의 사냥법이라고 할 수 있지 않겠습니까."

예지몽으로
히든랭커

"그렇긴 하지만 자고로 사냥이라면 1대1 정면 승부가 최고죠."

외모만 보면 근육질이기는 하지만 천생 여자에 미인인데 왜 상남자의 향기가 나는 걸까.

"뭐 그렇게 생각하는 분들도 있더군요."

"그렇다고 제가 깜냥도 안 되면서 1대1 승부를 하는 건 아니에요. 적어도 제가 죽음을 각오하면 죽일 수 있는 상대에게만 해당되는 거죠."

그러고 보니 눈빛이 굉장히 강렬했다. 아무렇게나 뒤로 질끈 묶은 머리나 깨끗하긴 하지만 날카로운 것에 파이고 찢어져서 기운 흔적이 여실하게 보이는 방어구를 보면 저돌적인 타입인 것 같았다.

"지난번에 오크를 사냥할 때의 일이었어요. 저도 솔로 플레이를 선호하기 때문에 어떻게든 무리에서 떨어져 나온……."

가온이 말을 받아 주어서 그런 건지 아니면 태생적으로 수다스러운 건지 몰라도 자흔이라는 플레이어는 자신의 사냥 경험을 주저리주저리 늘어놓았다.

가온은 적당히 그녀의 말을 받아 주었는데 그래서 그런지 생각보다 시간이 잘 갔다. 어느새 최근 확보된 안전 구역에 도착한 것이다.

마차에서 줄줄이 내리는 플레이어들의 얼굴은 대부분 좋지 않았다. 비포장을 충격 완화 장치도 달리지 않은 마차를 타고 달려왔기 때문이다.

물론 예외는 있었다. 자흔과 가온의 경우에는 이미 적응이 된 상태였다.

"온 님, 저는 이쪽으로 갈게요. 나중에 다시 만나면 인사라도 해요."

마차에서 한 행동을 생각하면 같이 사냥하자고 제안할 줄 알았는데 자흔은 쿨하게 먼저 출발했다.

'심심했던 건가?'

다른 이들과는 사냥 스타일이 맞지 않아서 혼자 사냥은 하지만 대화 상대가 없어서 심심했던 건 아닐까.

어쨌거나 덕분에 시간 가는 줄 모르고 이곳까지 왔으니 도움이 되었다.

가온은 눈에 들어오는 숲을 보면서 사람들이 가지 않는 방향으로 걸음을 옮겼다.

스킬이 없다고 해서 경험이 소용없는 건 아니다.

거대한 나무들이 드문드문 서 있는 숲 안으로 들어간 가온은 바닥과 풀 그리고 나무를 주의 깊게 관찰하면서 이동했고 얼마 지나지 않아서 고블린이 이동한 흔적을 발견했다.

순찰로까지는 아니고 사냥을 다니는 길로 보였다.

'잘됐네.'

1레벨로 오크를 사냥하는 건 사실 무리다. 독을 쓰거나 투척 스킬을 사용한다고 해도 말이다.

고블린은 어디에도 생존할 수 있을 정도로 뛰어난 환경 적응력을 가진 몬스터다. 그리고 오크와 달리 상대가 강할 것 같으면 꼬리를 말고 숨거나 도망치기 때문에 어떻게 보면 오크보다 더 상대하기가 힘들다.

그런 고블린들이 숲에 자리를 잡으면 자신들만이 다니는 길을 만든다. 남의 눈을 피하면서 주위를 살피기에 좋은 지형을 골라서 움직이는 것이다.

가온은 고블린이 다니는 길을 확인하고 일단 나무 위로 올라가서 먼저 아공간에서 특정 약초를 꺼내 손으로 쥐어짜서 진액을 낸 다음 온몸에 발랐다. 인간 특유의 체취를 감추어 주는 허브였다.

그러고 나서는 몸을 이완시키고 휴식을 취했다. 긴장은 목표가 나타났을 때 해도 된다.

20분 정도 지났을 때 아래쪽에서 작은 소음이 들리기 시작했다. 동물이 움직이면서 풀을 헤치거나 짓밟고 나뭇잎이나 가지를 치면서 나는 소리였다.

아공간에서 창 세 자루를 꺼낸 가온은 고블린들이 다가오기만을 기다렸다.

'왔다!'

마침내 시야에 들어온 고블린은 총 열 마리였다. 보통 다섯 마리가 한 조를 이룬다는 점을 고려하면 최근 플레이어들의 사냥으로 인해서 이곳에 자리를 잡은 고블린들도 경계 태세를 높였다는 사실을 짐작할 수 있었다.

'그래 봐야 고블린이지.'

사슴 두 마리를 사냥한 고블린들은 잔뜩 신이 난 모습이었지만, 사냥감을 들지 않은 놈들이 쉴 새 없이 주위를 살피는 모습이 긴장감은 그대로 유지하고 있었다.

마침내 고블린의 선두와 약 20미터로 접근한 순간 창 세 자루가 차례로 빠르게 날아갔다.

퍽! 푹! 푹!

창 세 자루는 목에 뿔피리 목걸이를 찬 놈과 독 대롱을 들고 있는 놈, 그리고 다른 개체보다 머리 하나는 더 큰 놈의 머리와 심장 부위를 정확히 뚫고 들어가서 땅에 깊이 박혔다.

난데없는 습격에 고블린들이 놀라서 대응 자세를 취하려고 했을 때 가온의 몸은 이미 나무 아래로 뛰어내리고 있었다.

타타탓!

순식간에 10미터를 달려간 가온의 몸이 도약했고 아래로 떨어지면서 대검이 빗살처럼 사선을 그리며 두 고블린의 목과 가슴을 깊이 베고 지나갔다.

대검의 회전력을 몸을 맡긴 가온이 착지와 동시에 몸을 낮춘 상태로 빙글 돌아가면서 대검 역시 함께 원을 그리자 그

궤적에 걸린 세 고블린의 목이 떨어졌다.

이제 겨우 조잡한 창을 잡은 세 고블린은 순식간에 동료들이 죽어 나가자 바로 몸을 돌렸다. 도저히 상대할 수 없다고 결론을 내리고 도망을 치려는 것이다.

하지만 가온이 그냥 두고 볼 리가 없었다. 의념으로 아공간에서 창 세 자루를 꺼낸 그가 빠르게 창을 던졌다.

푹! 푹! 푹!

등판이 환히 열려 있었고 거리가 가까웠기 때문에 빗나간 창은 없었다. 세 자루 모두 심장 부위를 정확히 뚫었다.

굳이 마무리를 할 필요는 없었다.

가온은 먼저 귀들부터 자른 후 마정석을 적출해서 인벤토리에 집어넣었다. 튜토리얼에서 사냥한 고블린들로부터 얻은 것들과 합쳐서 최하급 마정석이 벌써 51개나 되었다.

'아공간에 있는 것을 쓰지 않아도 당분간 돈 걱정은 하지 않아도 되겠네.'

창도 망가지지 않았다. 통짜 철창이라서 그런지 대는 아무 손상도 없었고 촉만 조금 무뎌진 것 같은데 그 정도는 다시 사용하는 데 문제가 없었다.

창 여섯 자루도 인벤토리에 넣은 가온은 전리품인 사슴까지 아공간에 집어넣었다. 마침 갓 상점에서 영혼의 끈을 구입하느라 골드가 별로 없어서 이런 것들이라도 챙겨 두려는 것이다.

그렇게 사냥을 마쳤을 때 기다리던 안내음이 들렸다.

─레벨 업!
─레벨 업…….

지난번에는 고블린 순찰대를 사냥하고 7레벨이 올랐는데 이번에는 무려 9레벨이나 올랐다. 단숨에 전직 요건을 충족한 것이다.
그게 끝이 아니었다.

─전 서버 최초로 1레벨에서 두 배로 증강된 고블린 사냥조를 사냥하는 업적을 달성했습니다! 보상으로 칭호를 획득합니다!

바로 칭호부터 확인했다.

칭호 : 타고난 사냥꾼

등급 : 희귀+
상세 : 근력 +7, 민첩 +7, 관찰력 +15

'오우!'
전 서버 최초라는 업적은 이미 달성했기에 같은 보상은 기대하지 않았는데, 동일한 아니, 더 좋은 칭호를 획득했다.

'지난번보다 세 스텟 모두 2가 더 높아.'
온의 경우보다 성장세가 더 가팔랐다.
바로 상태창부터 확인했다.

이름 : 온	**레벨** : 10
직업 : ―	**칭호** : 초월자
특성 : 마나의 주인	
근력 : 30	**민첩** : 32
체력 : 21	**감각** : 23
지력 : 21	**마나** : 30
매력 : 15	**관찰력** : 15
능력치 포인트 : 9	

　칭호의 효과로 인해서 근력과 민첩이 벌써 30을 넘겼고 관찰력 스텟을 새로 얻었다.
　스킬, 특히 투척 스킬은 기대를 했지만, 이 정도로는 레벨업은 어림도 없다는 듯 변화가 없었다.
　독침이 들어 있는 작은 주머니와 대롱을 챙긴 가온이 살펴보니 사냥조의 숫자가 평소보다 두 배로 증강되어서 그런지 독침의 숫자 역시 30여 개나 되었다.
　'이 정도라면 오크도 사냥할 수 있어.'
　다음 사냥감은 오크다!

초원에 서식하는 오크보다 숲에 자리를 잡은 오크는 사냥하기가 더 어렵다. 숲이라는 환경 자체가 방해가 되는 것이다.

그래도 장점은 있었다. 거대한 나무와 바위 등 자연스럽게 일부가 무리에서 잠시 이탈할 수 없는 상황이 생기는 것이다.

고블린의 순찰로에서 그리 멀지 않은 곳에서 오크 순찰로를 찾아낸 가온은 이번에도 나무 위로 올라가서 기다리면서 휴식을 취했다. 오크 순찰대가 주기적으로 이 순찰로를 지난다는 사실을 알고 있기에 할 수 있는 행동이었다.

얼마 후 오크 특유의 바람 새는 소음이 들리기 시작했다.

드디어 가온의 눈에 들어온 오크의 숫자는 열 마리로 정상적인 순찰대로 보였다.

'저놈부터 처리를 해야겠구나.'

다른 놈들에 비해 체격이 현격히 큰 오크 전사장이 1차 목표였다.

독 대롱을 입에 문 가온이 오크 순찰대가 다가오기만을 기다렸다.

오크들은 순찰대라서 사냥을 나온 고블린들보다 훨씬 더 신중하게 주위를 경계하면서 이동했지만, 5미터 높이의 나무 위에 숨어 있는 가온을 발견하진 못했다.

마침내 놈들이 가온에게 등을 보인 순간 그의 입에 물린 대롱에서 마비침이 날아가기 시작했다.

맨 뒤에서 걷던 오크 전사장은 목덜미를 벌이 쏜 것처럼 따끔하다는 사실을 깨달은 직후 발을 멈추고 뒤를 돌아봤지만 아무것도 보이지 않았다.

그런데 자신처럼 갑자기 멈춰 서서 뒤를 돌아보는 전사들이 셋이나 더 나왔다.

놈의 퉁방울처럼 큰 눈에 의아한 감정이 떠올랐을 때 갑자기 시야가 빙글 돌더니 몸이 제멋대로 바닥으로 쓰러지고 있었다.

어떻게든 몸을 움직이려고 했지만 신경이 마비되어 근육으로 뇌의 명령이 전해지지 않아 벌레처럼 버둥거릴 뿐이었다.

후미의 사정을 모르는 오크 전사들은 여전히 신중하게 주위를 살피며 걷고 있었다.

가온은 서로 연결된 굵은 가지를 밟으며 신속히 이동하면서 오크들의 뒷덜미에 독침을 박아 넣었고 마침내 모든 오크가 몸이 마비되어 쓰러지고 말았다.

'역시 고블린 독이 최고야!'

고블린 독은 살상력은 떨어지지만 한번 맞으면 최대 10분 정도는 몸이 마비되어 제대로 움직일 수가 없었다.

가온은 쓰러져 버둥거리는 오크들의 머리통에 대검을 찔러서 숨통을 끊고 아예 귀를 자르고 마정석까지 적출해 버린 후 사체와 무기는 아공간에 집어넣었다.

그렇게 오크 사냥이 쉽게 마무리되고 기다리던 안내음이 들렸다.

─레벨 차이가 크게 나는 상대를 사냥하셨습니다!
─레벨이 8 상승합니다!

아무리 전사장이 포함된 오크 열 마리를 사냥했다지만 단숨에 레벨이 8이나 상승할 줄은 몰랐기에 더욱 기뻤다.

'이 정도면 온보다 성장세가 더 가파르겠는걸.'

그런데 전혀 기대도 하지 않았던 안내음이 뒤따랐다.

─전 서버 최초로 전직 전에 홀로 오크 정규 순찰대를 사냥하는 업적을 세웠습니다! 보상으로 스킬을 획득합니다!

아! 전직을 하지 않은 상태에서 솔로 플레이로 전사장이 포함된 오크 순찰대를 사냥한 것도 업적으로 간주된 것이다.

하긴 전직도 하지 않은 상태에서 홀로 오크 열 마리를 사냥한다는 것은 거의 불가능한 일이다.

칭호를 확인해 본 가온의 눈이 커졌다.

급소 간파

등급 : A+
상세 : 확인하겠다는 의지를 품은 순간 상대의 급소를 붉은 점으로 표시해 준
다. 점의 색상이 짙을수록, 그리고 클수록 치명적인 급소다. 10초당 1
의 마나를 소모한다.

온으로 오크를 처음 사냥했을 때 얻은 같은 스킬이었는데,
놀랍게도 강화형이었다.

다른 점은 등급이 B가 아니라 A였고 마나 소모가 초당 1이
아니라 10초당 1로 마나를 크게 소모하지 않고 사용할 수 있
었다.

자신이 이제 달성할 업적이 별로 없다고 생각했는데, 새로
운 온 아바타로 플레이하다 보니 그게 아니었다.

'달성할 수 있는 업적은 여전히 많구나!'

새로운 아바타로 플레이해도 재미가 있을 것 같았다.

'벌써 헤븐힐에게 말했던 레벨과 근접했는데 이만 돌아갈
까?'

온으로 다시 플레이한 이유가 바로 레벨을 맞추기 위해서
였다. 그러니 굳이 더 사냥할 이유가 없었지만, 온으로 플레
이했을 때보다 능력이 더 높고 사냥 또한 쉬웠기에 이 상태
로 포기하는 싫었다.

'좋아! 독침도 아직 남았으니 두어 무리만 더 사냥하자.'

마음을 다잡은 가온은 또 다른 오크 순찰대를 찾아 걸음을 옮겼다.

가온은 새로운 아이디로 어나더 문두스에 접속해서 랑트 성으로 귀환하지 않고 보름 동안 홀로 사냥을 했다.

물론 내내 사냥만 한 건 아니고 천안 본가에 내려가서 사흘 정도는 부모님과 함께 시간을 보내기도 했고, 고교 때 친구들과 만나 술자리를 가지기도 하며 즐거운 시간을 보냈다.

무엇보다 부모님에게 드린 체력 포션과 치료 포션이 아주 대박이었다.

가온의 강권에 그 자리에서 하급 포션 두 병을 드신 부모님은 그날부터 아주 놀라운 효과를 확인한 것이다. 기력이 증진된 것은 물론이고 갱년기 증상이 싹 사라져 버렸다.

서울로 올라가기로 한 주말, 늦은 시간에 일어난 부모님은 한 번도 보지 못한 다정한 모습을 보여 주었다.

"아들, 며칠 전에 먹었던 그 약 말이야."

아빠가 은근한 얼굴로 포션 얘기를 꺼냈다.

"그게 왜요?"

"그때 보니까 어나더 문두스에서 파는 포션 병과 동일하던데, 어디에서 구했니?"

"그날 말씀드린 대로 친구 부모님이 특별히 주문한 건데 친구에게 거금을 주고 구했어요. 갱년기 증상에 특효가 있다고 했는데, 효과가 어때요?"

"아주 끝내주더라. 봐, 엄마나 내 얼굴을."

두 분 모두 몇 년은 젊어 보일 정도로 활력이 돌아서 선물한 가온도 무척 기분이 좋았다.

"천종산삼이 좋긴 한가 보네요."

"천종산삼이라면 자연산삼을 말하는 거지?"

"그, 그거 산삼이 들어간 거야?"

아빠와 엄마가 놀라서 물었다.

"인위적으로 재배하거나 삼씨를 야산에 뿌려서 자란 것이 아니라 전문 심마니가 채취한 산삼이 들어갔다고 하더라고요. 산삼부터 시작해서 정력에 좋은 음약곽까지 거의 100여 종에 달하는 귀한 약초가 들어갔다고 들었어요."

음양곽이라는 단어에 두 분의 얼굴이 벌겋게 변했다. 둘다 그 약초가 어디에 효과가 좋은지 알고 있는 모양이다.

"그럼 비싸겠네?"

"가격은 잘 모르겠지만 절대로 싸지는 않을 것 같아요. 산삼이나 음양곽과 같은 귀한 약초가 들어갔다고도 들었고, 걔네집이 워낙 잘사니 그럴 것 같아요."

"정말 선물받은 거야?"

그렇게 얘기를 하고 드렸었다.

"네. 그게 반기에 한 번 정도 먹어야 제 효과를 발휘하고 자주 먹어 봐야 그 이상의 효과는 없다고 했어요. 그래서 두

분이 갱년기 증상 때문에 고생하고 있다고 말했더니, 그 친구가 자기 부모님이 드시고 남은 것을 제게 준 거고요."

"그렇구나. 다음에는 제 돈을 내고 구입할 테니 그럴 수 있는지 한번 물어볼래?"

아빠도 그렇지만 엄마의 반응이 아주 뜨거웠다. 워낙 갱년기 증상이 심해서 무척 고생을 했기 때문일 것이다.

"알았어요. 그런데 당분간은 어려울 거예요. 주 재료가 모두 구하기 힘들어서 1년에 한번 정도밖에 못 만든다고 했거든요."

"얼만지 꼭 확인해 보고 가능하면 다음에는 우리가 그쪽 부모님 것을 사 드린다고 말해 보렴."

엄마가 이렇게 적극적인 것을 보면 제대로 약효를 본 것 같았다. 물론 경제 사정이 많이 나아졌기에 할 수 있는 말이었다.

"알겠어요. 그렇게 말해 볼게요."

안 그래도 주기적으로 부모님께 포션을 드릴 생각이었는데 잘됐다.

그래도 행여나 포션에 대한 일이 세상에 알려지면 곤란한 상황이 벌어질 수 있기 때문에 이렇게 스토리를 만든 것이다.

어쨌든 새로운 아바타로 사냥한 결과는 상당히 고무적이

었다.

이름 : 온	레벨 : 40
직업 : —	칭호 : 초월자
특성 : 마나의 주인	
근력 : 34	민첩 : 34
체력 : 27	감각 : 27
지력 : 21	마나 : 30
매력 : 15	관찰력 : 21
능력치 포인트 : 39	

　전직도 하지 않은 상태로 레벨은 40이 되었고 지력, 마나, 매력을 제외한 나머지 스텟들도 꽤나 늘어났다.

　업적에 욕심을 내고 나름 고심해서 사냥을 했지만, 더 이상 업적은 달성할 수 없었다. 이미 솔로 플레이로 다양한 업적을 세운 플레이어들이 있는 것 같았다.

　'이제 전직을 하자.'

　전직을 하고 나면 더 이상 온으로 플레이할 일은 별로 없을 것이다.

　다시 랑트로 귀환한 가온은 전사의 전당부터 들러서 전직을 했다.

　-전사의 길을 걷는 자가 되었습니다!

　-전직의 효과로 근력과 민첩, 체력 스텟이 각각 10 증가합니다.

-왕국 기본 검술서를 얻었습니다.

-기본 마나 연공술을 배울 수 있습니다!

　전직과 관련된 업적은 당연히 달성할 수 없었다. 오행연공
술이나 훈 검술과 관련된 업적 또한 당연히 달성할 수 없
었다.

　그냥 평범한 전직이었다.

　가온은 기본 마나 연공술 대신 오행 마나 연공술로 마나시
드를 생성한 후에 전사의 전당을 나왔다.

　가온은 바로 마탑 통합 지부로 가서 전직을 했다.

-'마법의 길을 걷는 자'가 되었습니다!

-전직의 효과로 지력 스텟이 20 증가합니다!

-마력 스텟이 생성되었습니다!

-집중 스텟이 생성되었습니다!

-기본 마력 서킷북을 얻었습니다!

　가온은 전사의 전당과 마찬가지로 전직을 주재한 마법사
에게 양해를 구하고 혼자 청류 마력 서킷을 연공하고 전직을
끝냈다.

　그렇게 연속 전직을 한 결과 상태창에도 크게 변화가 생
겼다.

예지몽으로
히든랭커

이름 : 온	레벨 : 40
직업 : 전사	칭호 : 초월자
특성 : 마나의 주인	
근력 : 44	민첩 : 44
체력 : 37	감각 : 27
지력 : 41	마나 : 60
매력 : 15	관찰력 : 21
마력 : 30	집중 : 15
능력치 포인트 : 39	

전직 과정에서 업적을 달성한 온의 경우와 달리 달성한 업적이 없었기 때문에 비교를 할 수 없는 수준이었지만, 그래도 일반 플레이어들에 비하면 엄청난 내용으로 가득한 상태창이었다.

'아깝네!'

상태창을 확인한 가온은 새로운 아바타로 자주 플레이할 수 없다는 사실이 안타까웠지만 어쩔 수가 없었다.

일찍 플레이를 마무리한 가온은 캡슐을 나와서 탈의실로 향했다.

그런데 그곳에서 생각하지 못했던 친구와 맞닥뜨렸다. 바로 성현이었다.

"성현!"

"어? 가온아! 너 언제 올라왔어?"

막 옷을 갈아입은 성현이 반가운 얼굴로 가온의 손을 잡았다.

"며칠 전에, 넌 잘 지냈고?"

"자식아, 전화 좀 하지. 그날도 모임에 안 나와서 얼마나 걱정했는데. 너네 집에 무슨 큰일이 생긴 것 같아서 걱정은 하고 있지만 다들 네가 먼저 전화할 때만 기다리고 있었다고."

"미안하다. 창피하고 자존심 상하는 상황이라서 말하기가 좀 그랬어."

가온은 진심으로 사과했다. 어쨌거나 예지몽 속에서 경험했던 참혹한 일 때문에 자신이 친구들을 의도적으로 피해 온 것은 사실이었다.

'아직 일이 터진 것도 아니고.'

부모님의 일이 그랬듯 상황이 달라지면 행동도 달라지는 법인데 예지몽에서 벌어졌던 일로 인해서 친구들과 일방적으로 연락을 끊은 것은 자신의 잘못이 맞았다.

"잘됐다. 안 그래도 다 같이 모여서 수강 신청을 하기로 했는데. 너도 할 거지?"

시간 가는 줄 모르고 어나더 문두스에 푹 빠져 있는 동안 어느새 수강 신청을 할 때가 된 것이다.

"……일단 해야지."

애당초 어나더 문두스를 제대로 플레이하기 위해서 휴학

예지몽으로
히든랭커

을 할 생각이었기에 대답이 좀 늦었다.

"너도 휴학하려고?"

"그럼 너도?"

"응. 이공계는 방산과 관련된 기업에서 3년만 근무하면 군 문제를 해결할 수 있지만, 우리는 다르잖아. 드론 조종 자격증이라도 따서 편하게 군 복무를 하려고."

생각해 보니 군 문제도 남아 있었다. 서른 전까지는 입대 연장을 할 수 있었지만, 이왕 갈 거라면 빨리 다녀오는 편이 낫긴 했다.

예전에는 어땠는지 모르지만 요즘 군대는 많은 장병을 필요로 하지 않는다. 특히 육군 전력의 필요성이 크게 낮아졌다.

한국형 지형에 맞추어 최고 사양의 레이더와 다양한 무인기 항공 전력 그리고 다양한 미사일 전력이 크게 강화되었다.

기술병의 경우 급여도 중소기업 수준이고 정리 해고가 거의 없어서 군인도 공무원 못지않게 있기 있는 직종이 되었다.

군인의 급여 등 복지 수준이 올라간 이유는 군 전력의 태반이 최첨단 기술을 보유하고 있기 때문이다. 그래서 박사급들도 요즘은 군대에서 오래 근무하는 경우가 많았다.

'나도 일반 병으로는 입대하고 싶지 않아.'

물론 일반 병이라고 해서 급여 수준이 마냥 낮은 건 아니지만 육체가 고생할 것이 뻔했다.

　"네가 올라왔으니 오랜만에 술 한잔해야겠다. 안 그래도 저녁에 모이기로 했다."

　"그래? 잘됐네. 그동안 커피나 한잔할까."

　"그러지, 뭐."

　그동안은 어나더 문두스를 플레이하느라고 잊고 있었는데 자신과 친구들에게 사기를 치고 인생을 망가뜨린 장호 녀석이 어떻게 지내는지 궁금했다.

　'이때쯤 장호가 사업 얘기를 꺼낸 것 같아.'

　만약 그게 맞는다면 그냥 가만히 놔두지 않을 것이다.

예고된 음모

지난 2년 동안 자신들의 아지트 중 하나였던 카페로 향한 가온은 성현으로부터 친구들의 근황을 자세히 들을 수 있었다.

친구들은 예지몽에서 그랬듯 평범하게 생활하고 있었다. 다들 집안에 여유가 있어 굳이 알바를 하지 않아도 되었기에 근황이라고 해 봐야 어나더 문두스에서 길드를 만들어서 플레이하는 것이 전부였다.

"길드를 결성해서 함께 사냥을 하고 있다고?"

"응. 다들 푹 빠져서 제한 시간을 꽉 채워서 플레이를 한 덕분에 이제 다들 35레벨을 넘겼어."

"35레벨?"

"응. 끝내주지. 하이랭커에는 못 미치지만 그래도 국내 랭킹으로 2만 위 권 안이야."

자신이나 헤븐힐 일행의 경우를 비추어 보면 얼마나 황당한지 말이 안 나올 정도였다. 심지어 새로 만든 온 아바타의 경우에도 거의 보름 만에 찍은 레벨이 40인데, 친구들의 경우 거의 두 달 가깝게 플레이를 해서 그 정도였다.

"플레이어들의 숫자가 많이 늘었지?"

"당연하지. 우리나라에서만 거의 100만 명이 즐긴다는데."

그럼 아직도 멀었다. 가온이 꾼 예지몽의 마지막 부분에서 들은 바로는 국내의 경우 동시 접속자만 500만 명이고 총 계정 수는 1,500만에 육박했다.

"곧 개학이라 좀 아쉽겠네."

"그러게 말이야. 이제 오크 정도를 사냥할 수 있게 되었는데 언제 트롤이나 오우거를 사냥할 수 있게 될지 모르겠어."

일단 어나더 문두스가 화제에 오르다 보니 할 얘기가 많았다.

한참 동안 대화를 나누다가 성현에게 톡이 와서 제대로 커피를 마실 여유가 생겼다.

'그나저나 오늘 만난단 말이지.'

예지몽에서는 방학 내내 어울렸기에 개학을 얼마 앞둔 시점에 장호가 사기를 위해서 밑밥을 깔았었다.

그런데 지금은 아예 만나질 않았으니 그 얘기가 언제 나올지 모르겠다.

'아무튼 정말 사기를 치려고 한다면 그냥 안 두겠어!'

그런 생각을 하고 있을 때 성현의 핸드폰이 부르르 떨었는데 액정을 확인한 그의 얼굴이 좀 안 좋았다.

"누구?"

"장호."

"그 새끼가 왜?"

아무래도 예지몽에서 당한 것이 있어서 좋은 말이 나오지 않았다.

"건대 입구의 헤라에서 보자네. 자신은 먼저 민호 형과 선애 누나하고 만나기로 했으니까 2시간 후에 만나재."

민호와 선애라…….

이름만 들어도 이가 갈렸다. 장호를 사주해서 자신을 포함한 친구들의 인생을 나락으로 떨어뜨린 주범들이다.

"그런데 네가 집으로 내려가기 전에 장호를 대하는 태도가 엄청 차가웠다고 하던데, 이제는 벗어날 생각이야?"

"그렇게들 알고 있냐?"

"응. 집안일하고 상관없이 그날은 네 분위기가 장호랑 한판 크게 붙을 것처럼 사나웠다고 하더라."

의외로 다들 눈치는 빠른 모양이다.

"그러려고. 나도 많이 고민했는데 더 이상 그 녀석이랑 같이 다니면 호구 혹은 따까리 취급만 당하겠더라고."

"그렇게 생각하게 된 계기가 있었냐?"

"말할 수는 없지만 믿을 만한 사람들로부터 장호 그 자식이 내 앞에서 하는 것과 달리 나를 바보 취급한다는 충격적인 얘기를 들었어. 한 번 들었을 때는 말도 안 된다고 생각했는데 두 번, 그리고 세 번이나 듣고 찬찬히 생각해 보니 그런 결론이 나오더라고."

가온은 나름 조심스럽게 말했는데, 뜻밖에도 성현이 동조하는 얼굴로 고개를 끄덕였다.

"그랬구나. 실은 나도 한 선배로부터 그와 비슷한 얘기를 듣고 방학 동안 장호하고 거의 만나지 않았어."

"너와 내가 그런 얘기를 네 번이나 들었다면 장호 그 자식이 두 얼굴로 우리를 속여 온 것이 사실이겠지."

"그런 것 같아. 처음 그 얘기를 듣고 치밀어 오르는 배신감에 며칠 동안 밥도 못 먹었어. 뭐, 너처럼 당장 내게 빌려 간 돈을 내놓으라고 하지는 못했지만 말이야. 그 자식하고 척지면 순식간에 왕따가 될 테니 그것도 좀 두렵고. 당장 너만 해도 휴학을 하지 않는다면 이번 학기부터 혼자 밥 먹어야 할 거다."

성현은 의외로 솔직하게 속마음을 털어놓았다.

장호는 그런 재주가 있었다. 사람들을 홀려서 한 사람 정도는 바보로 만드는 그런 재주 말이다.

아마 방학 동안 자신에 대한 험담을 학교에 널리 퍼트려

놓았을 것이다.

"후후. 그거야 각오하고 있지. 다른 친구들도 봐야 하니 오늘만 만나고 아예 관계를 끊으려고."

"난 용기가 없어서 그냥 휴학한 후에 연락을 서서히 끊을 생각을 하고 있어. 사실 고민을 하고 있었는데 너도 휴학할 거고 경호도 휴학을 한다고 하니, 학교 다닐 재미가 없어서 그냥 처음 생각한 대로 해야겠다."

"아마 어나더 문두스 때문에 휴학하는 애들도 많을걸."

"그럴까? 아니, 그렇겠다. 나만 해도 너무 재미가 있어서 차라리 한 학기 휴학을 하고 빡세게 달릴까 하는 생각도 했었거든. 우리 먼저 출발해서 근처에서 당구나 한 게임하고 헤라로 갈까?"

"그러자. 다른 애들도 연락이 되면 좀 일찍 만나자고 하면 되겠네."

"오케이! 그나저나 생각할수록 열 받네."

막 자리에서 일어나려던 성현이가 순간 열을 냈다.

"뭐가?"

"그동안 다른 사람들에게 우리를 장호 꼬붕이나 따까리라고 생각했을 거라고 생각하면 순간 열이 확 치밀어 올라!"

"그러게. 싸가지없는 새끼!"

"그런 얘기하는 것을 누가 녹음해 놨으면 좋았을 텐데. 다른 친구들에게는 얘기해 봐야 믿지도 않을걸. 그 새끼 겉으로는 우리를 챙기는 척하면서 알바도 주선해 주고 가끔이지만 선배들에게 족보도 받아서 보여 주기도 했잖아.”

확실히 그건 성현의 말이 맞았다.

그나마 성현은 그런 얘기를 해 준 사람이라도 있었지, 자신은 예지몽에서 아무도 장호의 두 얼굴에 대한 얘기를 해 주지 않았었다.

두 사람은 잠시 화를 억누르기 위해 침묵을 지켰다.

그때 갑자기 가온의 머리에 떠오른 생각이 있었다.

'그래! 그러면 되겠어!'

좋은 생각이 났다. 벼리의 능력이 자신이 말한 대로라면 말이다.

가온은 한창 플레이 중일 벼리를 불러 보았다.

-네, 오빠!

'어디야? 아니, 접속 중이야?'

-네. 한창 수련 중이었어요. 생각보다 마법이 참 재미있네요.

가온과 달리 벼리는 마법 수련이 무척 재미가 있는 것 같았다.

'한 가지 부탁이 있어서 불렀어. 나올 수 있어?'

-당연하죠. 무슨 일인데요?

'지금 건대 입구 쪽에 있는 헤라라는 주점에 내 동기인 장

예지몽으로
히든랭커

호라는 녀석과 민호 그리고 선애라는 남녀가 만나고 있을 거거든. 세 사람이 대화를 나누는 영상과 음성을 확보할 수 있을까?'

벼리는 분명 자신이 전기 혹은 전자기로 작동되는 모든 기기를 해킹해서 제어할 수 있다고 했었다.

-어려울 것 없지요. 당장 로그아웃한 후에 시작할게요. 다만 해당인들을 비추는 CCTV와 같은 전자기기가 없다면 영상을 찍는 건 어려울 거예요. 대신 그들의 와치컴을 이용해서 대화를 녹음할 수는 있어요.

'좋아! 그럼 그렇게 해 줘.'

-문제없어요.

사실 벼리가 한 말을 조금 의심했었는데 이렇게 자신하는 것을 보니 마음이 든든했다.

'만약 오늘 만남에서 사기에 대해 언급된다면 일당인 세 명이 미리 만났을 때 그에 관한 얘기가 나올 거야.'

촉이 왔다. 분명이 그 세 명이 사기를 작당모의하고 있을 거라고.

그때 성현이 진정되었는지 다시 유순해진 얼굴이 되었다.

"자, 가자. 애들한테는 톡을 해 두었으니까 올 놈들은 올 거야."

"그래. 가자."

가온은 오랜만에 친구들을 만날 생각에 들뜬 얼굴로 자리에서 일어났다.

친구들과 만나기는 했지만 한 번에 모인 것이 아니다 보니 당구는 치지 못했다. 그냥 역사 밖에서 한 명씩 합류하면서 지난 얘기를 나누었다.

화제는 당연히 어나더 문두스였는데, 다들 가온이 멀리 떨어진 랑트에서 시작한 것을 아쉬워했다.

그렇게 약속 시간 20분 전에야 다 모였기 때문에 따로 진지한 얘기도 나누지 못하고 장호 녀석과 약속한 헤라로 향했다.

장호는 표면적으로는 가온을 반겼다.

"오랜만이네. 집안일은 잘 해결됐나?"

"아직 전부 해결된 건 아니고 위기는 어떻게 넘겼다."

"잘됐네. 자, 앉아! 앉아!"

예약실로 들어가니 학과 선배인 민호와 선애가 앉아서 그들을 맞이했다. 지난 2년 동안 종종 봤던 사이였기 때문에 서먹서먹한 것은 없었다.

이미 세팅된 안주와 함께 술이 적당히 들어갔을 때 장호는 가온이 제발 안 꺼내길 바란 화제를 언급했다.

예지몽에서 당했던 코인 채굴기에 대한 내용이었다.

장호는 들뜬 얼굴로 장황하게 코인과 채굴기에 대해 떠들었다.

"이건 100프로 되는 사업이야!"

"그러니까 4월이나 5월에 출시될 가상현실 게임인 폭풍의 제국에서 사용할 코인을 채굴하는 컴퓨터를 구입해서 관리를 위탁한다는 거네?"

귀가 얇은 경호가 예지몽 속에서의 가온이 그랬듯 혹한 얼굴로 물었다.

"그렇다니까! 이번에 어나더 문두스의 코인이 얼마나 올랐는지 너희들 잘 모르지. 누나가 좀 얘기해 줘."

거의 30분 동안 혼자 떠들었던 장호는 목이 말랐는지 선애를 끌어들였다.

"어나더 문두스가 출시될 때 골드를 10만 원에 시판했어. 그런데 지금 환율이 얼마지?"

"556,000원요."

경호가 바로 대답했다.

"그래! 채 두 달도 안 되는 사이에 무려 5.5배가 넘게 올랐다고. 만약에 1억을 투자했으면 5억 5천만 원이 된 거란 말이야. 이렇게 일단 게임이 인기를 끌면 해당 게임의 화폐 가치까지 오르는 거야."

선애가 특유의 조곤조곤한 말투로 설명하자 다들 술 마시는 것도 잊을 정도로 혹했다.

하지만 가온은 내심 코웃음을 치고 있었다.

'왜 투자 한도가 500만 원이라는 건 언급하지 않는 거지?'

사기꾼들이 하는 말의 특징 중 하나가 부풀리기다. 뭔가 현실에서 확인된 사항이 있으면 말도 안 되게 부풀려서 사람들의 기대감을 키워 버린다.

"폭풍의 제국은 세계 최고의 게임 개발사인 MSM인 4년이나 공들여서 만들어 낸 게임이야. 어나더 문두스와 달리 게임 본연의 요소를 모조리 적용시켰다고 해. 당연히 그 인기는 짐작할 수 있을 거야."

MSM은 글로벌 게임그룹으로 이제까지 출시한 대형 게임은 모조리 대흥행을 시킨 이력을 가지고 있었다. 게임을 좀 해 본 사람이면 이번에 출시되는 폭풍의 제국이 망할 거라고는 절대로 생각하지 않을 것이다.

'그런데 망하지.'

완전히 망하는 건 아니고 투자한 돈에 비해서 실패를 한다는 것이다. 극도로 현실적인 어나더 문두스에 적응하지 못하는 게이머들에게는 좋은 평가를 받았다.

그때 민호가 끼어들었다.

"아무튼 코인 채굴기는 코인 자체에 투자를 하는 것이 아니라 코인을 생산하는 채굴기에 투자하는 것이라서 망할 수가 없어요. 설령 폭풍의 제국이 예상보다 인기를 끌지 못해도 다른 코인을 생산하면 되거든. 성공이 예정된 사업이기에 이익률은 그리 높지 않아. 1년에 원금의 30% 정도밖에 안 되거든."

"애개!"

어나더 문두스의 골드화 가치가 두 달도 안 되는 사이에 5.5배나 뛰었다는 사실을 들었기에 다들 성에 안 찬다는 얼굴이 되었다.

"우리는 투기를 하려는 것이 아니라 투자를 하려는 거야. 5.5배. 좋지. 좋은데, 폭풍의 나라에서 사용할 코인도 그렇게 오르리라는 보장이 어디 있냐고? 너희들 하이 리스크에 하이 리턴이라는 말 들어 봤지. 높은 수익이 나온다는 건 그만큼 위험한 투자라는 거야."

민호의 차분한 설명에 사람들의 흥분이 급격히 식었지만 눈은 바쁘게 돌아갔다. 사실 1년에 30%의 수익만 해도 엄청나게 높은 것이다.

"그런데 저희가 투자할 수 있는 금액이 너무 적을 텐데, 괜찮을까요?"

성현이가 민호에게 조심스럽게 물었다.

"할 수 있는 능력껏 투자하면 돼. 하지만 내 생각을 말하자면 좀 달라. 우리 과를 나와서 제대로 취업하기 힘들다는 건 잘 알지. 안 그래도 제대로 된 직업도 별로 없잖아."

취업 얘기가 나오자 자리의 분위기가 무거워졌다. 지난 2년 동안은 맘 편하게 즐기면서 생활했지만, 이제는 정신을 차려야 할 때였고 실제로 다들 그 부분을 고민하고 있었다.

"높은 수익은 바랄 수 없지만, 그래도 1년에 30%의 수익이라면 꽤 높은 편 아니냐? 그래, 안 그래?"

"……그래요."

물어본 성현이가 눈치를 보며 대답했다.

"기회가 왔을 때 잡아야 하지 않겠니? 이 정보, 아는 사람 별로 없어. 폭풍의 제국이 출시되기 직전이나 되어야 세상에 떠돌 정보라고. 그때가 되면 너도나도 뛰어들 테고. 운 좋게 이런 정보를 미리 입수했으니 우리도 꿀을 빨아 봐야 하지 않겠어?"

"그렇지만 투자할 돈이……."

"야! 카드 대출이 있잖아."

"하지만 저희는 학생이라 신용이 없어서 카드를 만드는 것도, 그리고 대출도 쉽지 않을 텐데요."

"그래서 캐피탈을 이용하는 거야. 부모님 도장만 있으면 카드 세 장까지는 문제없이 만들 수 있고, 그럼 9천까지는 대출받을 수 있다고. 중금리라서 금리 조건도 나쁘지 않아. 만약 그게 부담스럽다면 폭풍의 제국이 출시되기 직전 투자 자들이 채굴기를 사기 위해서 몰려들 때 웃돈을 얹어 주고 팔면 되는 거야. 그거만 잘해도 큰돈이 될 거야."

민호가 거기까지 말했을 때 가온이 슬쩍 주위를 둘러보 았다.

다들 얼굴이 상기되고 눈이 빛나는 것으로 보아 무척 혹한 것 같지만, 그래도 바로 하겠다고 나서는 이는 없었다. 카드 대출을 받는 것에 부담을 느낀 것이다.

어떤 부모님도 이런 투자 얘기를 듣고 학생인 자식이 카드를 세 장이나 만드는 데 동의를 해 주지는 않을 것이다.

"일단 잘 생각해 봐. 참고로 말해 주면 너희가 만약 투자를 할 경우 인수할 채굴기는 대당 500만 원으로, 1차 투자자들은 400만 원을 주고 산 거야. 이미 MSM 측에서는 자금 확보가 끝나서 더 이상의 채굴기는 인정하지 않거든. 그러니까 1차 투자자들은 대당 100만 원의 이득을 보고 파는 거지. 마침 큰손이 회사 문제로 자금 문제가 생기지 않았다면 이 정도 물량도 안 나왔을 거야."

"나는 벌써 50대를 구입했어. 그리고 지금은 개인끼리 직거래하는 코인 덕분에 한 1천만 원 정도 벌었어. 그래서 가온 이 새끼한테 빌린 돈을 갚을 수 있었고."

장호가 먼저 바람을 잡았다.

"나도 민호 오빠 덕분에 50대를 구입해서 지금까지 1,200만 원 정도 벌었어. 장호보다 보름 정도 먼저 투자했거든."

장호에 이어 선애가 그렇게 거금을 언급하면서 사람들의 마음속에 도사리고 있는 탐욕을 건드리자 다들 입이 들썩들썩했다.

"지금 결정하라는 게 아니야. 하지만 적어도 3월 중순까지는 결정해야 해. 그때까지는 너희들에게만 채굴기를 구입할 수 있는 기회를 줄 생각이니까. 다들 잘 생각해 봐. 우리도 한번 잘살아 봐야 하지 않겠니?"

"자, 자, 민호 형 말대로 지금 결정하지 말고 신중하게 생각하되 절대 이 정보를 외부에 풀면 안 된다. 이게 다 이 형님이 너희들을 생각해서 민호 형에게 부탁을 해서 만든 자리니까 내 체면을 생각해서라도 설령 투자를 안 한다고 하더라도 비밀은 지켜 줘. 알았지?"

장호가 목소리를 낮추어 그렇게 말하자 다들 고개를 끄덕였다.

사실 폭풍의 제국 측이 출시 직전에 게임에서 사용하기로 한 코인을 채굴기를 통해서 생산하기로 한 것은 맞다.

MSM은 자신들이 세계 1위 게임사라는 자부심을 가지고 있었고 몇 개월 먼저 출시한 어나더 문두스가 폭발적인 인기를 끌게 되고 골드가 마치 현금처럼 사용되는 것을 확인하자, 자신들의 코인을 비트코인과 같은 위치로 격상시키기 위해서 그런 결정을 했다.

하지만 폭풍의 나라가 극소수의 게이머를 제외하고는 외면을 받게 되면서 그런 야심은 당연히 수포로 돌아갔다.

당연히 채굴기에 투자한 사람들은 폭삭 망했지만, 그래도 개인당 구입할 수 있는 채굴기 한도가 세 대밖에 안 되었고 대부분 직원들이 구입했기에 사회 문제로까지 비화되지는 않았다.

즉, 현재 민호와 선애 그리고 장호가 얘기하는 내용은 그

자체가 사기였다. 채굴기의 구입 한도가 정해져 있었고 개인 간의 거래도 인정하지 않았다.

예지몽에서도 이 얘기를 듣고 나름 조사를 했는데 민호 무리가 말한 내용 중 어느 정도는 사실이었다.

문제는 MSM 측이 채굴기의 구입 한도나 개인 간 거래 금지 등에 대한 내용을 외부에 공개하지 않았다는 점이다. 그들은 그 채굴기를 직원의 사기 진작 차원에서 직원들에게만 판매한 것이다.

어떻게 그런 사실을 알았는지 모르지만, 민호나 장호가 포함된 사기단은 채굴기의 정보를 이용해서 불법 대출을 일삼는 캐피탈과 짜고 이 사기를 저지른 것이다.

"자, 이 자리는 이 정도로 끝내고 내가 큰돈을 번 턱을 쏠 테니까 클럽으로 가자!"

민호가 호기를 부리며 친구들의 탐욕을 다시 한번 자극했다.

그 모습을 본 가온이 쓴웃음을 지었다.

'오늘부터 3월 중순까지 장호 녀석은 얼마나 벌었는지 자랑을 해 대면서 돈을 팍팍 쓰기 시작하지. 그동안 빌렸던 돈도 요구할 경우 되도록 갚고.'

그 바람에 다들 넘어갔다. 예지몽 속의 자신 역시 마찬가지였다.

'하지만 이번엔 다를 거다!'

이 자리에서 이 세 명의 사기 행각을 밝히진 않을 거다. 증거도 없이 밝혀 봐야 사기꾼들의 말발이라면 오히려 자신이 당할 테니까.

하지만 나중이라면 다르다. 벼리가 이미 이 세 명이 꾸미고 있는 음모에 대한 증거를 확보했으니 말이다.

다들 들뜬 얼굴로 세 사람을 따라갔지만 가온은 중간에 따로 빠졌다. 예지몽에서 크게 사기를 당하고 모든 것을 잃은 후 비참해진 자신을 생각하면 클럽에는 더 이상 관심이 가지 않았다.

응징

　정해진 날, 수강 신청을 한 가온은 등록금을 내는 것으로 개학 준비를 마무리했다.

　그동안 장호는 물론 민호와 선애까지 수시로 그에게 전화를 했지만 한 번도 받지 않았다. 들으나 마나 헛소리를 해 댈 것이 분명했다.

　그 시간에 차라리 어나더 문두스를 하고 말지.

　그렇게 장호의 연락을 무시한 대가로 가온은 개강 날부터 녀석은 물론 친구들과 동기들로부터 따돌림을 당했다.

　예전 같았으면 가슴이 졸아들어서 스트레스가 극에 달했을 테지만, 불과 며칠 후면 더 이상 학교에 나오지 않을 예정이기도 했고 예지몽에서 바닥까지 떨어지면서 사람의 약한

면을 확실히 봤기에 실망하지도 않았다.

그나마 같이 휴학을 결정한 성현이 아니었다면 점심도 혼자 먹을 뻔했다.

사흘 후인 금요일, 기다리던 기회가 왔다. 이른바 개강 파티로 오늘은 학장을 포함한 교수님들도 대거 참석한다고 해서 어지간해서는 모두 참석할 수밖에 없는 자리였다.

당연히 학부 활동을 거의 하지 않는 학생들까지 출석을 강요받았다. 교수님들에게 밉보이면 불이익이 많기에 자발적인 아웃사이더들도 어쩔 수 없이 참석해야만 했다.

가온도 당연히 참석해야 했지만 굳이 일찍 가지는 않았다.

모임 10분 전이 되어서야 모임 장소인 호프집 안으로 들어가자 교수님들은 물론 동기들로 가게 안에 가득했고 떠드는 소리가 음악 소리보다 클 정도였다.

"벌써 시작했나 보네."

"강의가 없는 애들은 일찍부터 왔나 보더라."

혼잣말에 대꾸를 해 준 이는 입구 쪽에 있던 미정이었다. 그녀는 2년 동안 같이 강의는 들었지만, 학과 활동은 물론 동기들과도 거의 어울리지 않는 아웃사이더였다.

"언제 왔어?"

"5분 전."

"왜 안 어울리고?"

"풋! 알면서."

하긴 미정은 이번 학년 들어서 새롭게 왕따가 된 가온과 달리 자발적 아웃사이더이기는 해도 어울릴 사람이 없는 건 마찬가지다.

"혜정이랑 경희는 안 온 거냐?"

둘은 미정과 함께 어울리는 아웃사이더들이다.

"응. 곧 올 거야. 난 장호가 설치는 게 보기 싫어서 애들이나 기다리려고."

안쪽을 보니 얼굴이 불콰해진 장호가 교수님들 앞자리에 앉아서 열심히 썰을 풀고 있었는데, 예민해진 그의 귀로 이번 봄 축제에는 자신이 손님들을 많이 끌고 와서 1위를 찍겠다고 설레발을 치고 있었다.

미정의 옆을 지나 안으로 들어간 가온은 먼저 교수님들에게 인사를 했다.

"어, 왔니. 적당히 앉아서 놀다 가라."

다른 교수님들은 별 관심을 안 보였지만 이번 학기에 '경영 분석학' 강의를 맡고 계시는 심정인 교수님이 신경을 써 주셨다.

"야, 가온, 지각을 했으면 이리 와서 교수님들께 한 잔씩 올려야지. 이 자식이 어디 버릇없게!"

밉살맞은 장호가 기회를 잡았다는 듯 사람들이 다 보는 앞에서 가온을 돌려 까고 있었다.

"말은 똑바로 하자. 공지한 약속 시간은 아직 5분도 더 남앞어. 그리고 내가 너한테 버릇없다는 소리를 들을 정도로 교수님들께 실례한 건 아닐 텐데."

"그, 자식이! 그냥 농담 삼아 한 소리에 왜 이리 민감하게 반응하니?"

당당한 가온의 태도에 장호의 태도가 대번에 주춤했다.

"넌 항상 농담으로 사람 하나를 그냥 보내 버리니까 문제지. 네가 이번에는 날 찍어서 왕따로 만드는 작업을 또다시 시작한 것 같은데, 이제 너도 3학년이야. 명색이 3학년이 되어서 이따위 치졸한 짓을 하면 안 되지. 지성인이 말이야. 안 그래?"

"가온 학생, 그게 대체 무슨 소리인가? 왕따라니!"

학부장인 조진영 교수님이 바로 반응했다. 조 교수는 경영학부에서 학생 상담을 전담하고 있었다.

"말씀드린 그대로입니다. 장호 녀석이 워낙 친화력이 좋고 두루두루 친하다 보니 이른바 말발이 좀 있습니다. 그런 녀석이 작정하고 뒷담화로 사람 몇 명을 바보로 만들더군요. 지난 2년간 이 녀석의 뒷담화로 인해서 학교를 그만둔 우리 동기만 세 명입니다."

"무슨! 이 자식이 무슨 개소리를 하는 거야!"

바로 얼굴이 벌게진 장호가 큰소리를 지르자 사람들의 이목이 단번에 이쪽으로 쏠렸다.

"개소리? 네 뒷담화와 왕따 만들기 주도로 인해서 재작년에는 상철이가, 작년에는 예진이와 소미가 학교를 그만둔 거기억 안 나? 나도 네 말발에 넘어가서 동조한 부끄러운 기억이 이렇게 선명한데."

"거, 거짓말입니다! 교수님, 저는 단연코 그런 비열한 짓을 한 적이 없습니다! 이 자식이 이번 학기 들어서 애들한테 인심을 잃고 혼자 다니다 보니 우리 학번의 중심인 저한테 오해를 했거나 앙심을 품은 모양입니다."

조진영 교수님부터 시작해서 교수들이 모두 가온의 말에 귀를 기울이는 눈치가 보이자 장호가 바로 거칠게 변명을 했다.

"개강한 지 이제 겨우 사흘밖에 안 됐어. 대체 내가 어떤 인심을 잃을 짓을 했다는 거지? 그리고 거짓말이라니? 증거도 있는데."

"이런 개또라이 새끼가! 증거? 그래, 증거가 있으면 내놔봐!"

가온은 장호의 고성에 회심의 미소를 지었다.

"그 전에 먼저 확인 하나 하자. 네가 지난 2년 동안 너와 함께 다니던 나하고 애들을 두고 선배들에게 네가 뭘 시키든다 하는 따까리라고 말한 적이 있냐? 없냐?"

거친 고성을 지른 장호와 달리 낮지만 음악을 뚫고 모든 사람의 귀에 단단히 박히는 소리의 주인공은 가온이었다.

"그, 그런 얘기를 누가 했다고 그래! 설사 했다고 해도 술

먹는 자리에서 농담으로 한 거겠지!"

녀석은 쫄리는 것이 있어서 그런지 끝까지 부인하지 않고 빠져나갈 구멍을 만들었다.

"농담이라고? 내가 들었을 때는 정말로 그렇게 생각하는 것 같던데."

"절대로 아니라고! 네가 무슨 소리를 들었는지는 모르겠지만 그거 다 날 음해하기 위해서 하는 거짓말이야!"

"그럼 네가 그렇게 따르는 민호 선배와 선애 선배한테도 그런 소리를 안 했다고?"

"안 했어!"

얼굴이 벌겋게 달아오른 장호가 버럭 소리를 지르며 부인하자 통째로 빌린 호프집 안에 있는 경영학부생들이 모두 그에게 주목했다.

"네가 방학이 끝나갈 무렵에 그 두 선배와 건대 입구 쪽에서 만났을 때 말이야. 민호 선배한테 우리는 네가 하라면 뭐든 하는 똘마니들이니까 꾀어서 사기 치는 건 문제도 아니라고 했다면서? 아니야?"

"대체 누가 그딴 소리를 해?"

눈치가 빠른 녀석이라 '사기'라는 단어와 자신에게 쏠린 시선을 느꼈는지 거칠고 격했던 장호의 목소리가 대번에 수그러든다.

"너 그제 채굴기 구입을 하지 않겠다고 한 성현이에게 카

예지몽으로
히든랭커

드 좀 빌려 달라고 했지? 비밀번호까지 알려 달라고 했고. 네 아버지가 하는 일 때문에 필요하니까 내일까지 꼭 가져다 달라고. 고객 수를 늘리기 위해서 등록을 하는 것일 뿐 아무 일도 없을 거라고 장담하면서 말이야. 그런데 너 그걸로 대출받아서 두 선배가 관여하고 있는 코인 네트워크 마케팅을 할 거잖아. 성현이 모르게 성현이 이름으로 채굴기까지 구입하고."

"에이! 시발! 그러니까 누가 그딴 소리를 했냐고?"

장호는 그러면서 슬며시 밖으로 나가려고 했지만 테이블 4개를 나란히 붙여 놓은 좌석 배치의 중간에 앉아 있었고 뭔가 수상한 분위기를 감지한 친구들이 자리를 비켜 주지 않아서 꼼짝할 수 없었다.

"끝까지 아니라는 소리는 안 하네. 야, 인마! 정신 차려! 누가 네 따까리야? 우리가 비록 너만큼 숫기가 없고 말발이 없어서 앞에 잘 나서지 못해서 그냥 어지간하면 네가 하자는 대로 하니까 우리가 네 부하처럼 보이냐? 그래?"

"누가 그렇게 말했는지 모르지만 이건 음모야!"

얼굴이 시뻘게진 장호가 억울하다는 듯 소리를 질렀지만 이미 친구들의 얼굴은 딱딱하게 굳어 있었다. 당연히 교수님들의 분위기도 심각하게 변해 있었다.

"음모 같은 소리 하네. 정 그러면 선애 선배랑 민호 선배 불러서 3자 대면할까?"

"……누구한테 무슨 소리를 들었는지 모르지만 정말 아니라고! 정말 우리 아버지 일에 필요해서 이름만 올리려고 빌리려고 했던 거라고!"

"네 아버지 사업? 그러고 보니 너희 아버지 증권 쪽에서 일하신다고 했던가?"

"그, 그래!"

가온이 아버지를 거론하자 장호의 동공이 마구 흔들렸지만 고개를 끄덕였다.

"네 부모님 시장에서 분식집 하시잖아? 아니야?"

"시장? 분식집?"

옆에 앉아 있던 경호가 인상을 찡그리며 물었다.

"그래. 성현이도 불안했는지 나한테 물어봤고 나 역시 사회를 잘 몰라서 그런지 아무리 친구라도 비밀번호와 함께 카드를 빌려 달라는 건 이해가 안 가서 확인 좀 해 봤지. 내 고교 동창 아버지가 대검찰청에서 근무하시거든. 친한 친구가 이렇게 말하는데 별일 없겠느냐고 말이야."

"그랬더니 뭐라고 하셨어?"

이번에는 장호의 오른쪽에 앉아 있던 선웅이가 이를 악물고 물었다.

"그런 일은 절대로 없다더라. 본인 확인이 되고 돈이 입금되어야 고객으로 등록되는 거지 단순히 카드로는 그 어떤 것도 할 수 없다고. 그러더니 이상하다고 알아서 조사를 해 보셨나 봐."

교수님들과 친구들의 날카로운 눈길이 장호에게 향했지만 녀석은 침만 삼킬 뿐 아무 변명도 하지 못했다.

"타인의 정보를 함부로 조사하는 건 불법이라서 내가 알려 준 장호 신상만 가지고 조회를 했는데, 우리에게 한 말과 달리 증권회사 중역이 아니라 재래시장에서 분식집을 운영하신다는 사실은 확실하게 나오더라고."

가온의 말이 거기까지 이어지자 장내 분위기는 단번에 확 바뀌었다.

"그럼 이제까지 우리에게 구라를 친 거였어?"

"이런 개시부랄 새끼! 너 당장 투자해서 불려 준다고 빌려 간 200만 원 내놔! 그거 내가 세 달 동안 주말도 못 쉬고 알바해서 만든 돈이라고!"

다른 테이블에 앉아 있던 정인이가 거친 욕설을 내뱉으며 벌떡 일어나더니 달려오며 소리쳤는데, 따라서 일어나는 애들이 열 명이 넘었다.

"에이, 시발! 사실 우리 아버지가 증권회사에서 근무하는 게 아니라 작은아버지야! 내가 그 부분에 대해서는 거짓말한 건 인정하지만 나머지는 다 사실이라고! 지금 작전 들어갔으니까 빵빵하게 불려서 줄 수 있다고!"

핀치에 몰린 장호는 교수님들이 있는 자리라는 사실도 망각한 채 변명하는 데 열을 올렸다.

"그래? 그럼 네 작은아버지가 근무하는 증권사와 성명 그리고 직위를 알려 줘 봐. 우리 외삼촌이 코리아 증권 상무시니까 금방 확인할 수 있을 거야."

이번에는 잠자코 있었던 경운이 형이 말했다. 그는 입학하자마자 휴학을 하는 바람에 2년 선배이면서도 가온 학번과 같이 수업을 듣게 되었는데, 과묵하지만 명석해서 교수님들도 좋은 평가를 하는 학생이었다.

"그, 그건…… 아! 씨발! 사람 말을 왜 이렇게 못 믿어! 그리고 가온, 너 이 새끼! 친구를 이렇게 못 믿어서 뒷조사까지 하냐? 그렇게 안 봤는데 완전히 쓰레기네! 아싸로 지내는 것이 불쌍해서 밥이며 술 사 주면서 데리고 다닌 내가 다 쪽팔린다!"

핀치에 몰린 장호가 화살을 가온에게 돌렸다.

"내가 아싸라고? 뭐 그렇다고 치자. 그런데 너, 끝까지 사과 안 할 거야?"

"뭐, 뭘?"

"애들한테 코인 채굴기 사기 치려고 했던 거."

"무슨 사기? 무슨 근거로 그딴 소리를 하는 거야? 이런 병신 같은 시뱅이가!"

장호는 반박하기 힘든 분위기를 감지했지만 자존심 때문인지 승복할 생각이 없어 보였다.

"짐작은 했지만 정말 뻔뻔하네. 그래? 그럼 한번 들어 볼래?"

가온이 외투 주머니에서 핸드폰을 꺼내 녹음 파일을 재생
시켰다.

그리고 익숙한 목소리가 흘러나오자 장호의 얼굴이 하얗
게 변하며 제자리에 힘없이 주저앉았다.

그건 분명히 장호 본인이 개학 직전에 건대 입구에 있는
헤라에서 민호와 선애 선배를 만나서 나눈 대화였다.

어떻게 가온이 그때 대화를 녹음했는지 모르지만 이젠 빼
도 박도 못하게 생긴 것이다.

'새 됐다!'

장호는 눈을 질끈 감았다.

－형, 괜찮을까요?

－괜찮아. 일 터지고 나서 한동안 네 이름이 사람들 입에 오르내리긴
할 테지만 빵에 갈 일은 없을 거야. 문제가 생기면 카드 발급과 대출에
보증을 선 네 따까리 새끼들 부모들이 대신 갚아 줄 거야. 어쨌거나 지
들 손으로 카드와 비밀번호 그리고 부모 도장까지 넘긴 거잖아. 자식이
불법 카드 발급 및 대출로 거액을 빌려서 투자를 했다가 안 갚아서 문제
가 생겼는데 어떻게 할 거야.

－하지만 이게 알려지면 당장 학교부터 난리가 날 텐데요. 내 따까리
새끼들 부모님들도 난리를 칠 거라고요. 경찰에서도 수사할지도 몰라요.

민호는 몰라도 장호의 목소리는 누가 들어도 알 수 있었다. 중저음에 약간 굵직하면서도 듣기가 좋은 목소리는 그리 흔치 않았거니와, 녀석 특유의 비음이 살짝 섞여 있었다.

−생기라지. 네가 왜 그걸 신경 써. 당하는 놈이 병신이지. 너 지금까지 채굴기에 물린 거 얼마지?
−전 8천요.

8천 원은 아닐 테니 당연히 8천만 원일 것이다. 듣던 사람들, 특히 교수님들의 눈이 휘둥그레졌다. 그들에게도 엄청나게 큰돈이었다.

−그동안 수당 받은 거 있잖아, 인마!
−수당으로 받은 돈이야 얼마 전에 여친이랑 발리 갔다 오고 애들 꼬시느라고 다 썼죠.

장호 본인이 채굴기 다단계 사업에 빠진 건 겨울방학 중인 모양이다.

−하아, 이 새끼도 정말 대책 없네. 1,500만 원을 그렇게 날렸다고?
−아무튼 제 명의로 대출받은 건 그렇다고 쳐도 아빠 몰래 카드 만들어서 대출받은 것만 5천이 넘어서 빨리 해결하지 않으면 전 죽음이에요.

형, 나 좀 살려 줘요!

　─새꺄! 너만 물렸냐? 나랑 선애는 집에서 쫓겨난 지 오래다. 그러니까 넌 내가 하라는 대로만 해. 내가 말하는 대로 3월 중순까지는 어떻게든 채굴기를 구입해야 한다고 겁박을 하란 말이야. 늦게 신청하면 못 구입할 수도 있다고 적당히 썰을 풀고. 그리고 채굴기는 코인과 달리 안전하다는 점을 중점적으로 세뇌시키란 말이야.

　─하지만 아무리 애들이 닭대가리라도 학생인데 그렇게 많은 돈을 투자하겠어요? 액수를 좀 줄이죠.

　─풋! 병신! 그럼 인마, 너도 닭대가리야.

　─아무튼 쉽지 않다고요. 이리저리 돌려 막기를 하느라고 빌린 돈도 많단 말이에요.

　─설령 애들이 카드 발급이나 대출받는 것을 거부하더라도 수는 있어. 그럼 3월 7일이 토요일이잖아. 대출 안 받겠다는 애들을 오션월드로 데리고 가서 놀기만 하라고. 우리도 같이 갈 테니까 폰은 자연스럽게 나와 선애에게 맡기게 하고. 그 전에 미리 지문은 따야겠지. 그럼 폰으로 본인 인증 다 하고 기존 카드나 그게 없으면 카드를 새로 만들어서 바로 대출 신청한 다음 통화 내역 지우면 끝이야.

　─대출받아서 채굴기 사는 거예요?

　─수당이 나올 정도만 사는 거지. 이름을 올려야 우리한테 수당이 나올 테니까. 나머지는 우리끼리 나눠 가지고 튀어야지. 고소다, 수사다 해서 한동안 해외에 나가 있어야 하는데 돈이 있어야 하잖아.

대화가 거기까지 이어지자 가게의 음악마저 끊겼다. 일이 심각성을 확인한 사장님과 알바생들마저 이쪽에 귀를 기울이고 있었다.

ㅡ근데 카드 발급은 그렇다 치고 거기 이름도 전혀 알려지지 않은 캐피탈인데 괜찮은 거예요?

ㅡ알 게 뭐냐? 우린 걔들 이름으로 산 채굴기와 직급에 따른 수당 그리고 카드 대출받아서 우리가 꼬라박은 돈 회수해서 튀면 끝이야. 캐피탈은 물론이고 채굴기 네트워크 회사도 조폭들이 관리하는 곳이라서 튄 우리보다는 부모가 능력이 있는 애들한테 받아 내려고 할 거야.

ㅡ하아! 시발! 그럼 학교도 그만둬야겠네.

ㅡ설마 정상적으로 졸업하려고 했냐? 이 새끼, 겁나 큰 걸 바라네.

ㅡ호호호! 자신을 믿는 친구들에게 사기를 치려는 애가 생각보다 순진하네.

ㅡ시발! 내가 장학금 받으려고 되도 않는 교수 새끼들한테 얼마나 아양을 떨었는데. 때마다 그 새끼들한테 아까운 양주에 선물까지 안겨 줬단 말이에요. 존나 아깝네! 에이, 시발!

"하아!"

그동안 활달하고 태도가 깍듯했던 장호에게 호감을 가지고 이런저런 편리를 봐주었던 교수님들이 일제히 놈을 노려봤다.

아무리 없는 자리에서는 나라님까지 욕한다고 해도 욕설까지는 너무했다. 장호가 그동안 교수들을 어떻게 생각하고 있었는지 그 욕설만으로도 충분히 짐작할 수 있었다.

─허어. 이 새끼 봐라! 너 나한테 욕 했냐?

─그, 그게 아니라 답답해서 그러죠.

─재수가 없었다고 쳐라. 우리도 그렇게 당했으니까. 대신 그동안 나랑 선애가 학교나 클럽에서 네 면 세워 준다고 산 술값만 돈 1천은 되니까 그걸로 위안 삼아. 한동안 그 돈으로 동남아시아로 건너가서 지내다가 잠잠해지면 돌아오면 돼.

─…….

─아무튼 내가 제대로 작업을 할 테니까 너와 선애는 바람만 제대로 잘 잡아! 그리고 카드 대출 거부하는 놈들 잘 다독여서 속기 쉬운 놈들부터 카드를 받아, 비밀번호랑. 그걸 의심하는 놈들은 적당히 이유를 대고. 그다음에 내가 잡은 날에 오션월드 같이 가는 거 잊지 말고.

─알았어요. 하아, 이왕 사기 치고 나를 생각하면 크게 쳐야 하는데.

─푸하하핫! 이 새끼 말하는 거 봐라. 역시 넌 우리와 같은 종이야. 그리고 그건 크게 걱정하지 않아도 돼. 빵에 가든 안 가든 일 터지면 한동안 널 못 잡아먹어서 안달하겠지만, 시간이 지나서 감정이 좀 가라앉으면 그때 가서 무릎 꿇고 눈물 흘려 가면서 쇼 한 번 하면 돼. 적당히 방심할 정도의 돈도 준비해서 노가다 뛰어서 마련한 거라고, 나머지는 나중에 천천히 준다고 하면 홀딱 넘어가거든. 가능하냐고? 당연하지. 그런

놈들은 정에 약하거든. 그때 가서 다시 이용해 먹으면 돼.

재생된 대화 부분이 여기까지 이어졌을 때 이곳저곳에서 울분에 찬 욕설이 튀어나오면서 분위기는 완전히 난장판으로 변해 버렸다.

증거까지 완벽하자 뻔뻔한 장호도 더 이상 아무 변명도 하지 못하고 낮은 소리로 욕설을 하고 있었다.

테이블 위로 올라간 정인이는 술병이며 안주 접시가 옆으로 떨어지는 것도 무시하고 달려갔는데 작은 체구에도 장호의 멱살을 쥐어 잡고 흔들며 욕을 하고 있었다.

돈을 빌려준 건 정인이만이 아니었다. 다른 애들도 눈이 돌아가서 장호를 붙잡고 욕을 하면서 돈을 내놓으라고 난리를 치고 있었는데, 단위가 최소 100만 원이었다.

교수님들도 너무 황당했는지 뭐라 할 말이 없는지 고개를 절레절레 흔들었다.

학부장인 조진영 교수는 그 와중에도 다른 교수님들에게 지시를 내려서 코인 채굴기 사기 건과 얽힌 학생이 있는지 확인했다.

결과는 다행하게도 집이 부유한 세 명만 간을 보느라고 채굴기를 한 대씩 구입했을 뿐 크게 사기를 당한 학생은 아직은 없었다.

하지만 대충 들어 봐도 이 자리에 있는 거의 대부분이 장호에게 돈을 빌려주었으며, 그 액수도 몇백만 단위라는 사실은 금방 확인할 수 있었다.

가온은 그 난장판을 떠나 호프집 입구로 향했다. 혹시 장호가 도망칠 수도 있으니 입구를 막아 선 건데 성현이와 경호, 선웅이 그리고 인철이가 그를 따라왔다.

가온까지 합해서 이 다섯 명이 장호에게 따까리 취급을 받았는데, 지금은 녀석과 드잡이를 할 공간도 없어 보였거니와 실망감이 너무 커서 다른 애들과 합세해서 놈을 팰 마음도 들지 않았다.

"하아! 시발! OT 때부터 적극적으로 나서서 우리를 이끌기에 리더십도 뛰어나고 술 마시는 거나 노는 게 달라서 대학 와서 좋은 친구 하나 건졌다고 생각했더니 진짜 개쓰레기였네."

"생각해 보니까 존나 개 같네. 그동안 지가 산다고 그렇게 생색낸 게 다 작업 치려고 접근했던 민호 선배와 선애 선배가 산 거였어."

"선배는 무슨! 사기꾼들이지! 안 그래도 선배들이 우리보고 장호와 그 떨거지라고 수군거리는 것을 듣고 기분이 안 좋았는데. 그동안 완전히 뒤통수를 쳤구나. 대체 선배들에게 우리를 어떻게 얘기했기에……."

"할 말이 없다. 아무튼 가온아, 정말 고맙다. 너 아니었으면 나도 모르게 카드를 불법으로 발급받아서 대출을 받은 건 물론이고, 채굴기 다단계에 얽혀서 깡패들한테 위협당할 뻔했네."

성현이 가장 먼저 고마움을 표시했다.

"나도 고맙다. 나 내일 채굴기 구입하려고 했는데 그랬으면 집에서 쫓겨났을 거다."

"시발! 나는 오늘 밤에 카드 주려고 했는데. 하마터면 아무것도 모르고 카드를 넘길 뻔했으니. 으으으. 가슴이 너무 두근거리고 식은땀이 나네."

"아! 카드! 저 새끼!"

경호와 선웅이가 하얗게 질린 얼굴로 가슴을 쓸어내리며 가온에게 고마운 마음을 전할 때 인철이는 이미 카드를 넘겼는지, 애들한테 둘러싸여 머리채를 잡힌 채 두들겨 맞으며 욕을 먹고 있는 장호 쪽으로 달려갔다.

실제로 예지몽에서는 가온은 장호 말에 혹해서 카드 발급서에 서명을 하고 부모님 도장과 폰을 맡겼다가 카드 세 장을 발급받았고, 그걸로 무려 8천이나 되는 거액을 대출받았다.

물론 그 돈 중 절반은 장호 녀석이 챙겼고 나머지는 채굴기 회사 쪽으로 들어갔다.

나중에야 사실을 알고 장호를 찾았지만 놈은 더 이상 학교를 나오지 않았다.

카드 발급서에 서명한 것은 물론 보증인으로 세울 부모님의 도장까지 자의로 넘겨주었고, 인식을 푼 폰까지 전해 주었기에 장호와 두 선배를 사기죄로 고소하기도 쉽지 않았다.

비극은 그게 전부가 아니었다. 대출을 받아서 구입한 채굴기도 결국 돌려받지 못했다.

이 사건이 언론에 알려지면서 수사가 시작되었고 결국 잡혀 들어간 간부들이 이미 수당으로 다 지급하거나 나눠 가져다 썼던 것이다.

그 결과 가온과 친구들은 학교는 물론이고 집에서도 어리석은 바보 취급을 받을 수밖에 없었다.

사기당한 돈은 결국 부모님이 평생 동안 직장 생활을 하면서 간신히 마련한 아파트를 팔아서 갚을 수밖에 없었다.

부모님 뵐 면목이 없었던 가온은 결국 얼마 안 되는 돈을 챙겨서 잠적을 하고 말았고, 그사이에 부모님은 불화가 심해져서 결국 이혼을 하기에 이르렀다.

다른 친구들의 사정은 연락이 끊어져서 알 수 없었지만, 가온 못지않게 비극적이었을 것이다.

'그래도 이 정도에 끝나서 정말 다행이다.'

결국 정인이를 포함해서 열여섯 명이 장호를 끌고 녀석의 집까지 가는 것을 끝으로 자리가 정리되었다.

다른 동기들은 자신이 장호에게 사기당하지 않았다는 것에 안도하며 가온에게 고맙다는 마음을 전했다. 알고 보니 그들 대부분도 장호에게 돈 빌려 달라는 부탁을 받았고 적은 액수라도 빌려줄 생각을 했다고 했다.

"그나저나 넌 어떻게 저 사기꾼들 대화를 녹음할 생각을 했냐? 설마 미리 눈치를 챘던 거야?"

"그러게. 저 대화 분명히 헤라에서 우리랑 만나기 전에 세 연놈이 나눈 것일 텐데 어떻게 한 거야?"

친구들은 무척이나 궁금해했지만 대답을 해 줄 수는 없었다.

"불법적인 일이라서 나도 자세히 얘기해 줄 수가 없네. 아무튼 막 방학이 시작되었을 무렵 저 새끼가 우리 뒷담화를 하는 건 물론 우리를 제 따까리이자 호구로 여긴다는 사실을 누군가가 말해 줬거든. 혹시 몰라서 부탁을 해 뒀어."

"사실 나도 그런 얘길 듣긴 했는데……."

성현만이 아니라 경호도 주위에서 그런 얘기를 해 주었던 모양인데 워낙 장호를 믿었기 때문에 무시했을 것이다.

"아무튼 정말 가온이 너 때문에 살았다! 만약 원래 내가 하려고 했던 대로 카드를 더 발급받아서 대출을 받았다면 어떻게 되었을지 생각만 하면 너무 끔찍해서 몸이 벌벌 떨린다!"

사회의 무서움을 경험해 보지 못한 대학생들이라서 더욱 놀라고 겁이 났다.

"다른 선후배들은 안 당했어야 하는데 그게 좀 걱정이네."

"그러고 보니까 장호 저 새끼는 물론이고 민호 선배와 선애 선배가 최근 선후배들과 자주 만나던데."

경호와 인철이 말을 들으니 아무래도 사기의 규모가 생각보다 더 컸던 모양이다. 예지몽에서는 자신의 동기들이 주로 사기를 당했다고 알고 있었다.

⚜

그날 일은 다음 날 학교에 널리 알려졌다.

당연히 난리가 났다.

알고 보니 민호 선배와 선애 선배는 재학 중인 5년 전에 다단계에 빠져서 동기들과 선후배 수십 명을 물귀신처럼 끌고 들어가는 바람에 신문에 날 정도로 난리가 났었다고 한다.

그나마 당시에는 1인당 피해액이 그리 많지 않았고 더 이상 사건이 확대되어 학교나 학과의 명예가 손상되는 것을 우려한 학교 측에서 힘을 쓰는 바람에 일이 흐지부지 끝났다고 했다.

동기들은 삼삼오오 모여서 장호 얘기를 하고 있었고 오늘까지 학교에 나온 가온도 친구들과 학식을 먹으며 관계된 얘기를 하고 있었다.

"그러고 보니까 선애 선배와 민호 선배가 우리와 술자리를 할 때마다 다른 선배들이나 교수님에게는 알리지 말라고 했던 것도 사실 이상했었어."

"나도 좀 이상하긴 했지만, 항상 술을 장호 새끼가 산다고 알았으니까 두 선배가 취업이 안 되어 놀고 있는 것이 쪽팔려서 그런 줄로만 알았지."

"나도! 그리고 오늘 선영 선배한테 들었는데 그동안 장호 새끼가 선배들 만났을 때는 우리는 제 따까리라고 아예 공개적으로 말하고 다녔다더라."

"생각해 보니까 장호 그 새끼, 작년부터 그 두 선배랑 같이하는 술자리를 빼고는 돈 한번 낸 적이 없네."

"하아, 그럼 한 번도 제 돈을 안 쓴 거잖아? 허구한 날 자기는 큰 자리에서 돈을 쓰기 때문에 자잘한 건 우리보고 내라고 해서 피시방이나 캡슐방 갈 때는 물론이고 밥도 늘 우리가 돌아가면서 샀잖아."

실제로 그 두 사람이 낀 술자리는 고깃집이나 클럽이었기 때문에 보통 30~40만 원씩 나왔었고, 장호가 냈다고 알고 있었기에 친구들은 사소한 것들은 돌아가면서 대신 내주었다.

"정말 사기꾼 새끼네!"

"어제 집에 돌아가서 생각해 보니까 소름이 끼치더라. 그 새끼랑 얽혀서 더 갔으면 우린 학교에서도 집에서도 바보, 병신이 되었을 테고 잘못하면 평생 그 사기꾼 새끼 부하로 살았을 거 아니야."

"그게 문제냐? 난 집 안에서 완전히 기가 죽어서 평생 제대로 허리도 못 펴고 살았을 거다."

안 그래도 형이 최상위권 대학교에 재학 중이라 매일 비교를 당하며 사는 선웅이는 생각만 해도 끔찍하다는 듯 몸을 떨었다.

"그나저나 인철이 너는 카드 찾았냐?"

"응. 다행히 그 새끼 안 주머니에 있더라. 그런데 희정이랑 형호 것도 있더라고."

자신들만 당한 게 아니었다. 놈의 사탕발림에 넘어간 애들이 한둘이 아니었다.

"애들이 쫓아간 건 어떻게 됐을까?"

"아까 정인이랑 통화했는데, 그 새끼 부모님이 다 책임진다고 했다더라고. 듣기론 가게 보증금이라도 빼서 해결해 주겠다고 했다더라."

그건 다행이다. 장호 부모 입장에서 아들이 감옥에 가게 생겼으니 어쩔 수 없는 조치일 것이다.

"오늘 어제 일이 알려지고 선배들 중에서도 피해자가 열 명이 넘게 나왔다더라. 장호랑 친했던 재현 선배는 확실치는 않은데 수천만 원을 채굴기에 투자했나 봐."

재현은 상가 건물 하나를 가진 부모를 들먹이며 거만하게 굴던 선배라 그래도 싸다는 생각이 들었지만, 나머지는 용돈을 아껴 저축한 피 같은 돈을 뜯겼을 것이다.

"와아. 정말 대단한 새끼네."

"선배들만이 아니야! 2학년에서도 여섯 명이나 채굴기를 구입하겠다고 카드 대출을 신청했다고 하더라. 다행히 카드 발급서가 그 새끼 가방에 있어서 그 자리에서 찢었다는데."

"그래서 교수님들은 물론이고 학부장님까지 엄청나게 열 받으셨나 보더라. 당장 징계위원회를 열어서 아예 퇴학을 시킨다고 하던데."

"당연히 퇴학시켜야지. 학교는 물론이고 학부 명예를 바닥까지 추락시켰는데."

가온은 친구들의 대화를 듣다가 적당히 기회를 봐서 입을 열었다.

"나 오늘 휴학계 냈다. 다음 주부터 안 나올 거야."

가온의 말에 친구들의 눈이 커졌다.

"왜?"

"혹시 보복당할까 봐 그래?"

"네가 왜 휴학을 해?"

"그따위 놈의 보복을 왜 두려워해?"

장호야 피해만 보상해 주면 고소당하는 건 면하겠지만 다시는 학교 근처에 올 일이 없을 것이다. 물론 당연히 피해를 입힌 자신들에게 다시 연락할 일도 없을 테고.

'만약 뻔뻔하게 보복하겠다고 하면 그것도 나쁘지 않지.'

예지몽에서 겪은 일이 실제 미래인지는 아직 확신할 수 없

예지몽으로
히든랭커

었기에 이 정도로 복수를 끝내기로 했지만, 사실 성에 차지
는 않았다. 그래서 가온은 놈이 정말로 보복을 하겠다고 물
리적으로 나오기를 바랐다.

"그 전에 결정한 거야. 거기에 나름 괜찮은 친구라고 생각
하고 2년 가까이 붙어 지냈는데, 배신을 당해서 그런지 모든
일이 의미가 없는 것 같아. 당분간 좀 쉬고 싶어."

"으음."

친구들은 가온의 심정을 이해하는지라 더 이상 뭐라고
하지 못했다. 자신들 역시 지난밤에 악몽을 꿀 정도로 마음
에 상처를 입었다.

"듣고 보니 일리가 있네. 너야 그래도 방학 때부터 따로
다녔지만, 우리는 더 붙어 다녔으니까 배신감이 더 커. 뭐,
생각을 굳힌 것 같은데 그래라. 사실 나도 이번에 느낀 게 많
긴 해. 왜 부모님이 친구는 가려서 사귀라고 누누이 말씀하
셨는지 알 것도 같고."

"나도 동감이다. 성현이도 어지간히 충격을 받았는지 오
늘은 아예 전화도 안 받더라."

"사실은 나도 휴학을 할 생각이야."

인철의 말에 두 친구의 얼굴이 더 심각해졌다.

"너는 왜?"

인철은 먼저 신체검사를 받았는데 양쪽 시선의 차이가 심
해서 군 면제를 받았다. 그래서 굳이 휴학을 할 필요가 없

었다.

"사실, 좀 쪽팔리지만 난 카드뿐 아니라 정인이처럼 돈을 빌려줬어."

"얼마나?"

"좀 많아. 나도 미쳤지. 왜 누나한테까지 빌렸는지. 그때 뭐가 씌었나 봐."

액수를 언급하지 않는 것을 보면 최소 500이다. 학생 입장은 물론이고 직장인들에게도 적은 돈이 아니다.

"그동안 어울려 다닌 것이 있어서 내 돈 받겠다고 이 난장판에 끼어들기도 곤란하네. 그냥 빡세게 알바라도 해서 갚아야지. 누나도 힘든 형편인데."

"휴우! 차마 말리지 못하겠네. 뭐, 나도 녀석에게 짬짬이 빌려 준 돈이 꽤 되긴 해."

선웅의 말에 경호도 썩어 가는 얼굴로 고개를 끄덕였다. 소소하지만, 쌓이면 꽤나 많은 돈을 놈에게 뜯긴 것이다.

다른 애들은 어떻게든 돈을 받으려고 했지만 같은 무리로 간주된 친구들은 그럴 엄두조차 내지 못했다.

"아무튼 우리 모두 다행이야. 최악은 면했잖아. 평생 살면서 사람 가려서 살라는 신의 계시라고."

인철의 긍정적인 말에 친구들은 격하게 동의했다.

"그래. 신은 모르겠고 액땜했다고 생각하자. 가온아, 정말 고맙다!"

"나도. 네 덕분에 살았다."

"다른 애들도 경황이 없어서 그렇지 다들 고맙다고 생각할 거야. 나야 물론 당연히 엄청 고맙고. 그 새끼 때문에 사람 믿기가 힘들게 되었지만, 우리끼리는 그래도 친하게 지내자."

인철이 마무리를 했다.

친구들은 얼마가 되었을지는 알 수 없지만 확실한 건 자신들로서는 감당할 수 없는 거액을 사기당할 뻔한 위기를 넘긴 것에 안도했다.

'정말 다행이야!'

이젠 한동안 어나더 문두스에 집중할 예정이라서 이 친구들을 언제 다시 만날지는 알 수 없지만, 그래도 만났으면 좋겠다. 다 같이 장호 따까리 취급을 당할 정도로 착하고 순수한 녀석이다.

교수님들이 발 빠르게 움직인 덕분에 장호 녀석의 사기 행각으로 인한 소란은 며칠 만에 일단락되었다.

놈은 징계위원회에 회부되어 퇴학 처리가 될 예정이었고, 돈을 빌려주었던 친구들은 온전한 금액은 아니어도 어느 정도까지는 돌려받았다.

어떻게 알았는지 바로 잠적한 민호와 선애는 고소를 당해서 수사기관의 추적을 받게 되었다. 그래서 두 사람에게 이미 채굴기를 구입한다고 돈을 보낸 경우는 받을 길이 없었다.

그 사건으로 인해서 가온의 인기는 확 올라갔지만, 실감할 수는 없었다. 이미 휴학계를 내고 학교에 나가지 않았기 때문이다.

장호와 연루된 사기 건을 미리 막은 가온은 이제부터 어나더 문두스에 올인하기로 했다.

'벼리야, 그동안 어땠어?'

-플레이를 말씀하시는 거라면 아주 흥미로웠어요.

'어떤 면이?'

-마법이 아주 재미가 있더라고요.

'내 아바타를 더 빌려줄까?'

벼리가 원한다면 당분간 새로운 온의 아바타로 플레이를 할 생각까지 하고 말하는 것이다.

-그건 아니죠. 그래서 말인데 당분간 마법 연구를 할 생각이에요.

'마법을?'

-네, 오빠. 마법과 관계된 개념서나 룬어 등 기초에 해당하는 서책들이 있으면 좋겠어요.

그거라면 스승인 볼코트에게 받은 책들이 있었다.

그 얘기를 하니 벼리의 반응이 확 달라졌다.

-정말요? 신나요! 저도 아공간을 사용할 수 있으니 이제

제대로 마법을 연구해 볼게요. 마법진 부분이 아주 흥미로울 것 같아서 기대가 커요.

이렇게 되면 볼코트 스승에게 두 던전에서 얻은 마법서들을 좀 늦게 드릴 걸 그랬다.

'내가 구해 볼게. 그런데 룬어를 익힐 수 있겠어?'

─네. 주문을 구성하는 룬어를 통해 어느 정도는 파악했는데, 이론서나 개념서를 봐야 확실해질 것 같아요. 아주 흥미로운 언어인 것 같아요.

자신은 룬어만 봐도 머리가 어지러운데 오히려 흥미롭다니 달리 초자아체가 아닌 모양이다.

'혹시 내가 참고할 상황이 있어?'

─스톤 씨 가족이 입주한 것과 낸시 부인이 빵집을 낸 것을 빼고는 특별한 건 없어요.

그러고 보니 스톤 가족이 합류한다고 했었는데 일이 벌써 진행된 모양이다.

─그리고 오빠가 온 아바타로 접속을 하면 자동적으로 제가 경험한 모든 것이 오빠의 영혼에 전해지니까 그동안의 공백은 걱정하지 않아도 돼요.

그것 참 신기한 일이지만 인공지능이 초자아체로 진화한 것이나 영혼에 귀속되는 현상에 비하면 아무것도 아니다.

'혹시 마법 수련에 성과가 좀 있었니?'

일단 어나더 문두스에 접속을 하면 알 수 있을 것 같지만 오늘은 그냥 자고 내일 일찍 접속할 생각이라 묻는 것이다.

그동안 벼리는 체술이나 검술 그리고 오행연공술 수련은 최소한으로 하고 나머지 시간은 마법 수련에 전념했다고 했었다.

–일단 매직 마스터리에 있는 마법 중 다중 캐스팅을 제외하면 모두 레벨을 올렸어요.

'정말?'

다른 스킬과 달리 그동안 자주 쓰질 않아서 그런지 마법의 경우 레벨이 오른 것은 거의 없었다.

–네. 청류 마력 서킷과 속박은 각각 2레벨씩 올라갔고 파이어와 워터, 그리스, 디그, 라이트, 윈드 마법의 경우 E등급 3레벨까지 올라갔어요. 그리고 스트렝스와 슬로 마법, 버프와 힐 마법 역시 E등급 3레벨이 되었어요.

"하하하! 정말 잘했어! 내가 바로 쓸 수 있는 거지?"

너무 기뻐서 육성이 튀어나올 정도였다. 벼리에게 실체가 있었다면 꽉 끌어안고 마구 뽀뽀를 해 주었을 것이다.

–당연하죠. 오빠와 저는 한 존재나 마찬가지인걸요.

맞다. 벼리는 자신의 영혼에 귀속된 존재이니 그녀가 거둔 수확은 자신의 것이나 다름없었다.

'빨리 접속하고 싶다!'

마음 같아서는 당장 어나더 문두스에 접속하고 싶었지만 다 자는 시간에 난리를 치고 싶지는 않았다.

예지몽으로
히든랭커

여행 준비

기존의 '온'으로 어나더 문두스에 접속한 가온은 자신의 방임을 막 확인한 순간 밀려드는 두통에 잠시 정신을 차리지 못했다.

'대체 왜?'

이런 적은 한 번도 없었기에 당황한 가운데 기묘한 변화가 일어났다.

두통과 함께 머릿속에 새롭게 들어온 지식들을 인지할 수 있었다.

'마법을 이런 식으로 조합한다고?'

이전에는 한 번도 생각해 보지 않았던 마법의 조합과 마법과 검술의 조합이 떠올랐다.

'대체 이건 뭐지? 아!'

의아했던 가온의 눈이 커졌다.

이건 자신이 새로운 온으로 플레이를 하고 장호 무리의 사기를 적나라하게 까발리는 동안 벼리가 이해할 수 없는 방식으로 '온'으로 플레이를 하는 동안 연구한 결과들이다.

얼마나 시간이 지났을까 마침내 두통이 사라졌다.

마법을 떠올리는 순간 이전과는 비교할 수 없을 정도로 깊고 다양해진 지식이 쌓였음을 느낄 수 있었다.

룬어를 비롯해서 마법이 구현되는 전 과정이 너무 쉽게 이해가 되었다.

단순히 마법에 대한 지식만이 아니라 수련한 결과까지 말이다.

마법을 익히기는 했지만 그래 봐야 기초 수준에 불과했는데, 3주 정도 만에 3서클 마법사에 준하는 마법 지식과 숙련도를 얻은 것 같았다.

'대단하네.'

가온은 새삼 벼리의 능력에 감탄했다. 달리 초자아체가 아닌 것이다.

수련에 집중한 3주간의 성과를 확인할 좋은 방법이 있었다.

상태창을 확인해 보면 되는 것이다.

이름 : 온
직업 : 전사
특성 : 올라운더
근력 : 71
체력 : 69
지력 : 85
마력 : 107
집중 : 64
신성력 : 30
화 속성력 : 28
화염 내성 : 52
그 외 내성 : 10
능력치 포인트 : 39
명예 포인트 : 17

레벨 : 83
칭호 : 초월자(강화)

민첩 : 95
감각 : 70
마나 : 401
관찰력 : 51
재생력 : 20

엄청난 변화였다. 벼리가 마법을 제대로 연구한 듯 지력의 경우 16, 집중은 20, 관찰력은 13이 높아졌다. 그것만이 아니었다. 영약을 복용한 것도 아닌데, 얼마나 마력 서킷을 많이 돌렸는지 그 짧은 기간에 마나가 400을 돌파했다.

이번에는 스킬 창을 확인했다.

소드 마스터리 : 단검술(F, 5Lv.), 투척(E, 2Lv.), 둔기술(F, 4Lv.), 강격(E, 1Lv.), 연속 베기(E, 1Lv.), 일점 찌르기(E, 3Lv.), 훈 검술(C, 2Lv.), 궁술(F, 5Lv.)
매직 마스터리 : 다중 캐스팅(SS, 1Lv.), 청류 마력 서킷(A, 3Lv.), 파이어(E, 3Lv.), 워터(E, 3Lv.), 그리스(E, 3Lv.), 디그(E, 3Lv.), 라이트(E, 3Lv.), 윈드(E, 3Lv.), 속박(E, 4Lv.), 스트렝스(E, 3Lv.), 슬로(E, 3Lv.), 버프(E, 3Lv.), 힐(E, 3Lv.)

가장 큰 변화는 벼리가 집중적으로 파고든 매직 마스터리 쪽이었다. 그녀가 말한 그대로 아직 사용할 수 없는 다중 캐스팅을 제외한 기존의 마법은 등급과 레벨이 높아졌고, 새로 익힌 스트렝스, 슬로, 버프, 힐 마법도 3레벨이나 된 것이다.

비록 자신이 이룩한 성과는 아니었지만 정말 뿌듯했다.

'아니, 내가 한 거나 마찬가지지.'

자신의 영혼에 귀속된 벼리가 자신의 육체를 사용해서 이룩한 성과이니 자신이 이룩한 것이나 다름없었다.

그렇게 뿌듯한 마음으로 스킬 창을 해제한 가온의 눈에 들어오는 아이템이 하나 있었다.

'저건 포션 조제기인데.'

안전한 곳에 오래 머물게 된 상황을 이용해서 벼리가 아공간에서 꺼내 작동시켜 둔 모양인데 그 옆에 아공간 주머니 하나가 있었다.

'뭐지?'

아공간 주머니를 쳐다보는 동안 기억이 떠올랐다. 광산으로 대박을 친 드인 상단의 헤론이 고맙다면서 선물로 보내온 것이다.

안을 살펴본 가온의 눈이 커졌다.

'세상에! 그럼 그동안 이렇게 많이 포션을 만든 거야?'

마력, 체력, 치료, 해독 네 종의 포션의 숫자는 최하급이 각각 130여 병, 하급은 20병 정도씩이나 되었다.

'이 정도로 포션을 만들 만큼 재료가 있었…… 아!'

아그레브에서 구입한 약초들로도 부족해서 벼리가 다른 별채에 입주한 스톤의 가족에게 부탁해서 거의 매일 약초를 사들인 기억이 떠올랐다.

가온은 새삼 벼리에게 감탄했다. 자신 같았으면 수련에 푹 빠져서 포션 조제기를 사용할 생각을 하지 못했을 것이다.

'이제 외상 걱정은 하지 않아도 되겠네.'

숫자가 많으니 평소는 물론 대련할 때 사용하면 될 것 같았다.

포션이 들어 있는 아공간 주머니가 포션 조제기 옆에 놓여 있는 것을 보면 벼리가 혹시 가온이 대충 넘길까 봐 걱정한 것 같았다.

아공간 주머니를 챙긴 가온은 밖으로 나갔다.

밖은 이제 막 어둠이 물러가고 있었다.

지하 연무장으로 가서 새벽 수련을 마친 가온은 여기저기에서 자신에게 인사를 하는 대원들을 볼 수 있었다.

일단 퍼슨의 수련을 참관했다. 두 사람은 처음에는 가온의 시선이 부담스러운지 검로가 좀 흔들렸지만, 이내 집중했 는지 원래의 길대로 움직였다.

'상당히 많이 발전했네.'

검을 쥔 퍼슨은 자신이 전수한 훈 검술을 거의 완벽하게 구현하고 있었다. 아직 호흡의 길이나 호흡량 그리고 보법에 맞추는 부분이 어색했지만, 이 정도면 초급 수준은 넘긴 것 이라고 볼 수 있었다.

이 정도면 신강(身强) 단계를 넘어 곧 검강(劍强) 단계에 입 문할 것 같았다.

퍼슨의 빠른 진경에 만족한 가온이 이번에는 창술을 수련 하는 패터 쪽으로 향했다.

부웅! 붕!

가온의 시선을 의식한 패터는 통짜 강철로 만든 무거운 창 으로 시리우스 창술을 1단공부터 3단공까지 차례로 펼쳤다.

'호오! 패터도 많이 노력했네.'

마나를 주입하지 않은 상태였지만, 패터는 긴 팔다리와 높 은 민첩성을 바탕으로 시리우스 창술을 제대로 펼치고 있 었다.

아직 찌를 때 힘을 폭발시키는 요령이나 창을 회수하고 물 러날 때의 움직임이 좀 투박했지만, 창술을 익힌 시간을 생 각하면 엄청난 진경이라고 할 수 있었다.

타람과 로에니가 수련하는 모습도 참관하고 싶었지만 그

예지몽으로
히든랭커

건 상대의 허락부터 받아야 했다. 자신이 직접 가르친 퍼슨과 패터와는 경우가 달랐다.

연공실을 둘러보니 헤븐힐과 매디 그리고 바로도 이미 접속해서 마력 서킷을 연공하고 있었다. 아마 자신이 한창 수련하는 중에 들어온 모양이다.

'다들 열심히 수련하네.'

동료들이 노력하는 모습을 보니 마음이 무척 뿌듯했다.

가온은 먼저 위로 올라와서 공용 목욕탕에서 땀을 씻고 길게 자란 수염까지 말끔하게 정리했다.

옷을 갈아입고 나왔을 때 유니폼으로 보이는 옷을 입은 라이자가 잰걸음으로 별채로 뛰어 들어왔다.

"대장님!"

"라이자구나. 무슨 일이야?"

"남작가에서 사람이 왔어요! 기사님이세요!"

나레인이 의뢰 때문에 보낸 사람일 것이다.

'이제 이곳도 곧 떠나야겠네.'

자신은 새로운 모험을 할 생각에 마음이 설렜지만, 라이자를 보니 마음이 무거웠다. 일찍 배우자를 잃고 혼자 아이를 키우다가 늦은 나이에 사랑에 빠진 퍼슨과 낸시가 떠오른 것이다.

"어디에 있지?"

"가게 안으로 들어오시라고 했어요."

"그래. 가자!"

가온은 라이자를 앞세우고 얼마 전까지는 식당의 홀로 쓰였던 가게로 향했다.

"나는 남작가의 기사 헬럿이다."

나레인의 전언을 가지고 온 사람은 기사였는데, 건장한 체격에 정광이 번뜩이는 부리부리한 눈이 아주 인상적이었다.

"반갑습니다. 온 클랜의 클랜장 온 훈입니다."

그저 이름을 밝힐 때와 달리 클랜을 언급하니 뭔가 좀 있어 보이는 것 같았다.

"영애님의 편지를 가지고 왔다. 자, 받아라."

가온은 헬럿이 내미는 편지에 손끝을 댔지만 얼굴은 딱딱하게 굳어 있었다.

'이런 상황에서 투기를 방출한다고?'

헬럿은 살기까지는 아니지만 적의와 같은 부정적인 감정이 실린 마나를 방출하고 있었다.

가온은 이 행동을 통해서 상대가 자신을 우습게 보고 있다는 사실을 깨달았다.

마나를 의도적으로 방출하는 것은 최소한 검강, 즉 마나로 육체나 무기를 강화할 수 있는 경지가 되어야 가능하다. 마나로드가 활성화되어야만 의식으로 마나를 체외로 방출할 수 있었다.

하지만 검광 정도는 되어야 자유롭게 마나를 방출할 수 있었다. 그래서 헬럿이 검광을 피울 수 있는 3급 기사라는 사실을 알 수 있었다.

'남작가의 기사치고는 실력이 높은 건가?'

3급 기사는 남작가나 자작가가 보유한 기사단의 단장이 될 수 있었다. 물론 3급 중에서도 상위의 실력을 가지고 있어야만 하지만 말이다.

가온은 이 헬럿이라는 기사가 나레인과 나르멜을 호위할 거란 사실과 함께 자신의 기를 죽이기 위해서 일종의 길들이기를 시도하고 있다는 사실을 깨달았다.

'그렇다면…….'

자신의 실력을 보여 주면 될 것이다.

가온은 그동안 벼리가 마나 연공을 통해서 확장하고 넓힌 마나로드를 이용해서 마나를 방출했다.

고오오오!

일시에 방출된 마나 파장은 순식간에 홀을 가득 채웠고 헬럿이 방출하는 마나 파장을 잡아먹었다.

휘청!

오만한 눈빛으로 가온을 쳐다보던 헬럿의 얼굴이 창백하게 질렸고 몸은 비틀거렸다.

"괜찮습니까?"

가온이 손을 내밀어 휘청거리는 헬럿의 어깨를 잡으며 마나 방출을 멈추었다.

"고, 괜찮소."

"아침 식사를 못 한 상태에서 무리하게 수련을 한 모양이네요. 수련도 좋지만, 식사는 꼭 해야 합니다."

가온의 말에 헬럿은 아무 말도 하지 못하고 편지와 선금이든 작은 주머니를 준 후 황급히 가게를 빠져나갔다.

빠르게 사라지는 그의 등을 쳐다보고 있던 가온이 편지를개봉했다.

닷새 후 아침에 성문 앞에서 만나요.

짧은 내용이었지만 이제 수련을 멈추고 준비를 해야 한다는 사실을 알려 주었다.

주머니를 살펴보니 선금 100골드가 들어 있었다.

'이제 다시 달릴 시간이다.'

뛰기 위해서 움츠려야만 했던 시간은 끝났다.

그러고 보니 초랭커들은 벌써 레벨 70 전후까지 실력이 높아졌다. 5 레벨 안에 무려 1만 명이나 들어 있었다.

그에 반해 그의 레벨은 83이다. 초반에 비해서 격차가 많이 줄긴 했지만, 역시 비공식 세계 1위 자리를 유지하고 있었다.

어차피 순위에 등록되지 않기 때문에 랭킹에는 신경을 안

쓰려고 했지만, 그게 마음대로 되지 않는다. 남들과 달리 예지몽을 꾸었고 초자아체로 진화한 벼리가 있는 상황에서 1위 자리를 뺏기는 건 자존심이 상하는 일이었다.

'어차피 나중에는 뺏기겠지만 유지할 수 있을 때까지는 노력해야지.'

이번 여행에서 초랭커들과 확 격차를 벌릴 생각이다. 당분간 순위에는 신경 쓰지 않아도 될 정도로 말이다.

무엇보다 이번 여행에서는 되도록 많은 사냥을 해서 명예 포인트를 획득할 생각이다. 그리고 그 포인트를 이용해서 헤로트성 근처에 있는 대형 던전을 찾을 것이다.

그럼 레벨 업은 물론 엄청난 자금까지 얻을 수 있을 것이다.

그런 생각을 하는 가온은 더욱 여행이 기대되었다.

각오를 다지던 가온은 마침 주방에서 나오는 라이자에게 식사를 부탁했다. 일찍부터 수련을 했더니 배가 고팠다.

홀은 가게로 만들었기 때문에 식당은 예전의 큰 주방을 분리해서 따로 만들었다. 식당이라고 해 봐야 20명이 한꺼번에 앉을 수 있는 긴 탁자와 의자밖에 없었지만 말이다.

가온이 막 자리에 앉았을 때 퍼슨과 패터가 들어왔다.

"대장님, 남작가에서 기사가 다녀갔다고요?"

"그렇습니다. 닷새 후에 성문 앞에서 만나자는 내용의 편지를 들고 왔습니다."

"드디어!"

패터는 수련이 싫지는 않았지만 그래도 자신의 실력이 단기간에 확 올라갔기 때문에 발휘를 하고 싶은 마음에 들떴다.

하지만 퍼슨은 스톤의 여동생과 음식을 조리하며 웃고 있는 낸시 쪽을 쳐다보며 살짝 얼굴이 굳었다. 그녀를 두고 장기 여행을 떠나려니 마음이 안 좋은 모양이다.

그러다가 마음을 다잡은 듯 고개를 한 번 끄덕이더니 가온을 향해 입을 열었다.

"그동안 로에니와 틈틈이 여행 준비는 해 두었습니다."

"고생하셨습니다."

어련히 알아서 잘했을 거라고 생각은 하지만 자신도 남은 시간 동안 틈틈이 시장에 들러 필요할 수 있는 물건을 구입해 둘 생각이다.

여행 얘기를 하고 있을 때 식사가 나왔다. 넓적하게 눌러서 구운 호밀 빵과 함께 고기와 다양한 야채를 함께 볶은 것이 전부였지만, 향신료를 아끼지 않고 넣어서 그런지 아주 맛이 좋았다.

새벽 수련을 충실하게 해서 시장했던 세 사람은 대화도 없이 먹는 데 집중해서 순식간에 자신의 몫을 해치웠다.

막 물로 입안을 헹굴 때 패터가 묘한 미소를 지었다.

"왜?"

"대장, 내 경지가 좀 오른 것 같아."

"정말?"

자신의 수련에 매진해서 얼마 간 확인하지 못했지만 가온이 알고 있는 패터의 경지는 마나로 육체 능력을 높이는 신강을 지나 마나로 무기의 강도와 절삭력을 높일 수 있는 단계다.

마나 연공술과 창술을 익힌 지 채 두 달도 되지 않는다는 점을 고려하면 믿기지 않는 진경이지만, 옆에 붙어서 세세한 지도를 아끼지 않은 가온과 그가 구해 준 마나 영약 덕분이었다.

"한번 봐 줘."

자리에서 일어난 패터는 이제 늘 가지고 다니는 강철 창을 들더니 정신을 집중했다.

우우웅!

창이 부르르 떠는가 싶더니 이내 희미한 빛이 뿜어지기 시작했다.

"창광!"

늦게 수련을 마치고 씻은 후 이제 막 식당으로 들어오던 타람과 로에니가 경호성을 질렀다.

희미한 빛이긴 하지만, 패터는 확실히 창광을 방출했다. 창이란 무기가 검에 비해 표면적이 크다는 점을 고려하면 아주 놀라운 성과였다.

창광은 금방 사라졌지만 패터는 의기양양한 얼굴이었다.

"대체 언제?"

"어제 아버지가 전사의 전당에서 며칠 전부터 팔고 있는 중급 마나 영약을 사 오셨거든. 그것을 복용하고 마나 연공술을 수련한 후 불현듯 대장이 말해 주었던 한 구절이 떠올라서 시도해 봤는데, 창신에 빛이 어리더라고. 아버지는 나보다 더 빨라."

패터의 말에 퍼슨을 쳐다보니 그가 조금 민망한 얼굴로 고개를 끄덕였다.

"한번 보여 줘요!"

어느새 다가온 로에니가 재촉하자 퍼슨이 기다렸다는 듯 일어나서 자신의 대검에 마나를 주입했다.

지이잉.

검명과 함께 대검 전체가 희미한 빛에 휩싸였다. 확실한 검광으로 패터보다 발현되는 속도가 빨랐다.

"오! 정말 검광을 피웠군요."

가온은 진심으로 놀랐다.

본래 검술을 어느 정도 익히기는 했지만 마나 연공술을 배우지 못해서 그저 그런 실력이었던 퍼슨은 놀랍게도 검광 실력자가 되어 있었다.

아무리 중급까지 마나 영약을 차례대로 복용했다고 해도 짧은 시간에 이 정도로 성취가 높아질 줄은 몰랐다. 검광은 마나양이 많다고 발현할 수 있는 경지가 아니었다.

"대장님이 알려 준 마나에 대한 개념과 마나 운용을 조금 깊게 생각해 보면서 수련을 했더니 이렇게 되었습니다."

퍼슨은 조금은 쑥스러운 얼굴이었지만, 막 음식을 내오다가 그 모습을 확인한 낸시는 그런 퍼슨이 무척 자랑스러운지 눈에서 꿀이 떨어지려고 했다.

그의 검광은 입문 단계에 불과했지만 짧은 기간 동안 얼마나 노력했는지 충분히 알 수 있는 증거였다.

검광을 발현할 정도라면 검술은 확인해 보지 않아도 된다. 무조건 검에 마나만 주입한다고 해서 검광을 발현할 수는 없으니 마나 운용력만큼이나 검술도 성취가 있을 것이다.

짝! 짝! 짝!

가온은 진심을 담아서 박수를 쳤다. 타람과 로에니도 두 사람에게 엄지를 들어 보이며 함께 축하를 해 주었다.

"정말 대단합니다. 둘 다 수고했습니다!"

아무리 입문 단계라고 해도 검광과 창광을 발현했다는 것은 그동안 퍼슨과 패터 부자가 얼마나 노력했는지를 명확하게 보여 주는 증거였다.

"이게 다 대장님 덕분입니다."

"아버지 말이 맞아! 이게 다 온 대장 덕분이야!"

가온은 진심으로 두 사람에게 감탄했다. 그리 많이 준 것 같지 않은데 이런 엄청난 성과를 거둔 두 사람이 더 대단했다.

"자, 앉아서 식사를 하세요. 세 분에게는 차를 내올게요."

타람과 로에니는 자리에 앉자마자 낸시가 내온 음식 접시에 코를 박고 허겁지겁 식사를 시작했다. 수련 시간이 길어서 너무 시장한 것이다.

차는 금방 나왔다. 미리 끓여 두었다.

"그나저나 퍼슨 씨가 좀 많이 서운하겠습니다."

가온이 막 주방으로 들어가는 낸시를 보며 말했다.

"서운하기야 저 사람이 더하겠지요. 뭐, 저도 마찬가지지만요. 그래도 더 오랫동안 풍요롭게 여생을 즐기려면 지금은 열심히 일해야 한다고 오히려 저를 위로하더군요."

퍼슨은 정말 뒤늦게 좋은 여자를 만난 것 같다.

그런데 가온만 그렇게 생각하는 게 아닌 모양이다.

"확실히 아버지보다는 새엄마가 현명하시긴 하지."

패터의 말에 버릇없다고 화를 내지 않는 것을 보니 퍼슨 역시 같은 생각인 모양이다.

"그러고 보니 라이자가 안 보이네?"

식사 준비를 거들어야 할 라이지가 어느 순간부터 보이지 않았다.

예지몽으로
히든랭커

"방금 아카데미에 갔습니다."

"아카데미요?"

"라이자는 사흘 전부터 상업 아카데미에 다니고 있습니다."

생각해 보니 유니폼이라고 생각했던 옷은 아카데미의 교복인 모양이다. 아카데미에 가려던 라이자가 방문한 기사를 데리고 온 것이다.

"상업 아카데미라……."

"가게도 그만두었고 빵집은 스톤이 여동생과 같이 운영할 테니 더 이상 일을 도울 필요가 없어서 하고 싶은 게 있으면 말하라고 했더니, 회계 쪽을 공부해 보고 싶다고 하더군요. 그래서 서둘러 아카데미에 입학 신청을 했는데 다행히 합격했습니다."

남작령에 불과한 랑트에도 아카데미는 있었다. 물론 상급은 아니고 중급이며 상업 아카데미였다.

그래도 초급 아카데미를 졸업한 지 몇 년이나 흘렀고, 그동안 홀을 맡아서 힘들게 생활해 왔는데, 늦게 용기를 내어 배움의 길을 선택한 것을 보면 패터와 다르게 의지가 강한 모양이다.

어쨌거나 새로운 가정을 이룬 네 식구 모두 열심히 자신의 길을 걸어가는 것 같아서 지켜보는 가온도 뿌듯했다.

그러는 중에 헤븐힐과 매디 남매가 식당에 잠시 얼굴을 내

밀었다가 이내 사라졌다.

"우리 마법사들도 참 부지런하네."

퍼슨이 세 사람이 사라진 곳을 보며 말했다.

"처음에는 이계인이라고 꺼리는 마음이 없지는 않았는데 지켜보면 볼수록 대단한 것 같아요."

"그러게 말이야. 잠이야 자신들 세상에 돌아가서 잔다고 하지만 매일 새벽에 건너와서 2시간 정도 수련을 하고 또 마탑 통합 지부로 가서 해가 질 때까지 마법 수련을 할 정도니 우리도 자극을 받을 수밖에 없지."

세 사람은 파괴력이 강한 공격 마법 때문에 할 수 없이 플레이어들이 사냥을 나가고 없는 시간에 마탑 통합 지부의 수련장을 이용하고 있었다.

가온도 알고 있었지만 퍼슨과 패터가 감탄할 정도로 열심히 수련해 주어서 고마운 마음이 들었다.

사냥을 하는 것이 아니라서 기껏해야 스탯이나 스킬 레벨이 오르는 것이 전부인 수련을 이렇게 열심히 할 줄은 몰랐다.

그런저런 얘기를 하는 사이에 타람과 로에니가 식사를 마쳤다.

의뢰 건부터 시작해서 얘기를 하다 보니 두 사람도 이번의 집중 수련을 통해서 많은 것을 얻었다고 했다.

"검기를 발현할 수 있게 되었다고요?"

"하하하. 입문, 그것도 초입에 불과합니다. 그래도 로에니가 저보다 약간 빨랐습니다."

새로운 마나 연공술을 익힌 것이 주효했는지 아니면 집중적인 수련 때문인지는 알 수 없지만, 두 사람은 비록 아주 짧은 시간에 불과하지만 검기를 발출할 수 있게 되었다는 것이다.

'나도 빨리 검기 경지에 올라서야 해!'

불과 얼마 전까지만 해도 같은 검광 실력자였기에 가온도 크게 자극을 받았다.

식사를 마친 사람들은 다른 때 같았으면 좀 쉰 후에 다시 수련을 하러 지하 연무장으로 내려갔을 테지만 이젠 달랐다.

퍼슨과 로에니는 그동안 여행 준비를 해 왔지만 혹시 빠졌을 수도 있는 물건들이 있는지 다시 확인했다.

패터와 타람은 말들을 살피러 마구간으로 갔다. 말 관리사가 따로 없었기 때문에 그동안 두 사람이 말들을 관리해 왔었다.

가온은 그 자리에 남아서 자금을 확인했다.

'아무래도 내 개인적인 물품도 구입해야 하는데 돈이 부족하네.'

갓 상점에서 영혼의 끈을 구입하느라 출혈이 너무 컸다. 두 던전에서 챙겼던 환금성 물건들까지 거의 모두 처분했기 때문이다.

외성 마을에 처리를 맡겼던 돈이 로에니에게 있으니 그것 중 일부를 달라고 해도 되지만 굳이 그러고 싶지는 않았다.

'사냥이라도 해 볼까?'

그런 생각을 하면서 아공간을 연 가온의 눈이 빛났다.

'새로운 온으로 플레이하면서 사냥한 것들을 처리하지 않았구나!'

아공간에는 거의 1천여 구에 달하는 고블린과 오크의 사체가 들어 있었고, 적출한 마정석들에 그 전에 있던 것들 중 처분하지 않은 것들도 있었다.

원래 명예 포인트로 환산하려고 따로 처분하지 않고 챙겨 둔 것들로, 골드는 아공간에 있던 것을 사용했으니 사체나 마정석을 처분할 필요가 없었다.

'사체는 갓 상점을 통해서 처리하고 마정석 일부는 현금으로 바꾸자.'

가온은 바로 외출해서 제리네 가게에서 마정석의 일부를 처분했다.

최근 이계인의 숫자가 폭증하고 있어서 최하급과 하급 마정석의 공급량 역시 급격히 늘었지만, 시세는 크게 떨어지지 않았다. 그만큼 두 등급의 마정석은 광범위하게 사용되고 있었다.

마정석의 일부만 처분했음에도 300골드에 가까운 거금이

들어왔다.

가온은 제리에게 원하는 품목을 말해 주었고 그는 자신의 가게와 다른 가게들을 훑어서 물건들을 구해 주었다. 주로 독이었지만 지난번에 트롤을 포획하는 데 큰 효용을 발휘했던 스파이더 웹과 같은 것들도 있었다.

300골드에서 순식간에 100골드가 빠져나갔다. 독은 그만큼 비쌌고 사냥이 활성화되면서 가격이 빠르게 올라가고 있었다.

다음으로 퍼슨과 잘 아는 주인이 운영하는 무구점에 들러서 석궁과 볼트를 구입했다. 퍼슨이 자신에게 준 연발 석궁은 매디에게 주었기 때문에 자신이 쓸 것이 필요했다.

일단 생각나는 것들은 모두 구입했지만 시장을 돌다 보면 더 필요한 것이 생길 거라는 생각에 시장을 한 바퀴 돌았다.

'예전보다 물건이 많아졌네.'

이계인들로 인해서 안전한 영역이 넓어지고 랑트성의 사냥꾼들과 용병들도 활동을 시작해서 그런지, 약초부터 시작해서 과일 등의 식품류부터 시작해서 시장에서 파는 물건들의 종류가 아주 다양해졌다.

하지만 따로 더 구입하고 싶은 물건은 눈에 띄지 않았다. 여행하는 동안 자주 씻을 생각으로 20리터짜리 물주머니를 100개나 구입한 것이 끝이었다.

그렇게 시장을 나온 가온은 문득 웨일 마을 사람들의 근황이 궁금해졌다.

'딱히 할 일은 없으니 웨일 마을이나 다녀오자.'

가온의 발걸음은 내성 밖으로 향했다.

⟨⟨✺⟩⟩

오랜만에 방문한 웨일 마을에는 촌장을 포함한 청장년층이 거의 보이지 않았다.

다행히 안면이 있는 아낙으로부터 마을 사람들의 근황은들을 수 있었는데, 듣는 내내 흐뭇했다.

외성 마을의 청장년들은 가온의 조언대로 아침 일찍 이계인들을 따라 사냥을 나가서 안전한 후방에 자리를 잡고 사체를 사들여서 바로 도축을 해서 저녁에 가지고 오는 생활을하고 있었다.

그런데 그것도 곧 변화가 생길 모양이다. 오가는 데 너무시간이 걸린다고 결론을 내린 사람들은 아예 안전한 영역에목책을 두른 거점을 건설하고 있다고 한다.

거점이 완성되면 용병대를 고용해서 안전을 확실하게 확보하고 이계인을 상대하는 상인들에게 자리를 빌려주고 임대료를 받는 것은 물론, 이제까지 해 오던 도축 사업을 본격적으로 시작할 예정이라고 했다.

사실 예지몽에서는 상인들이나 영주들이 진행할 사업이지

만 예지몽보다 서너 달은 빨라서 외성 마을 사람들에게는 큰 도움이 될 것이다.

그렇게 헛걸음은 했지만 흐뭇한 마음으로 아지트로 돌아온 가온은 오랜만에 스톤을 만났다.

"스톤, 그동안 많이 바빴다고요."

같은 집에서 생활을 한 지 몇 주가 되었지만 스톤의 얼굴을 보긴 힘들었다. 여동생과 조카들을 위해 챙길 것들이 많다고만 들었다.

"바쁜 일은 거의 끝났습니다. 그래서 말인데 드릴 말씀이 있습니다."

"그럼 제 거처로 가서 차 한잔하지요."

마음이 급한지 뜨거운 차를 한 모금 마신 스톤이 긴장한 얼굴로 입을 열었다.

"말도 안 되는 부탁이기는 한데 제가 온 클랜이 들어갈 수 있겠습니까?"

"네?"

그럴 생각이 있었다면 그동안에 몇 번 기회가 있었을 텐데 그런 의중을 전혀 드러내지 않았기에 가온도 놀랐다.

"온 대장님 덕분에 과분할 정도로 큰돈을 벌었기에 낸시와 동업하기로 한 여동생에게 적지 않은 도움을 줄 수 있었고, 조카들도 아카데미에 보낼 수 있게 되었습니다."

그동안 바빴던 것이 그 일 때문인 모양이다.

"이제 살 방도는 마련해 주었으니, 가족들은 알아서 열심히 살 겁니다. 하나밖에 없는 손자 역시 온 님 덕분에 당분간은 학비 걱정 없이 아카데미를 수학하고 있으니, 더 바랄 건 없습니다. 원래라면 이제 쉬엄쉬엄 살아도 되겠지만, 대장님을 따라다니면서 가슴에 바람이 잔뜩 들어갔는지, 이제는 넓은 세상을 두루 구경하고 싶습니다."

스톤의 나이도 되지 않았고 살아온 환경도 그와는 전혀 다르지만 왠지 이해할 것도 같았다.

"제가 가진 재주라야 사냥감과 짐승이 다니는 길을 찾고 사냥을 하는 것밖에 없지만, 그래도 조금이라도 소용이 있다면 온 님을 따라서 세상으로 나가고 싶습니다."

스톤의 사냥 솜씨라면 도움이 되면 되었지 방해가 되진 않는다.

문제는 자신이 앞으로 걸어갈 길이 스톤의 실력 정도로는 목숨을 장담할 수 없을 정도로 위험하다는 것이다.

이제부터는 주로 던전을 탐험하고 클리어하게 될 텐데 자신조차 장담할 수 없는데, 마나를 사용하지 못하는 스톤이라면 너무 위험했다.

그래서 거절을 해야 하는데 이상하게 그 말이 나오지 않았다. 왠지 남은 삶을 바라보는 그의 담담하면서도 열정이 넘치는 마음이 마음을 움직인 것이다.

"제 능력이 온 님의 동료가 되기에 너무 낮다는 것은 잘

압니다. 그래도 마음에 걸리는 일들을 어느 정도 정리했기에 도중에 죽어도 아무 여한이 없습니다."

스톤은 가온의 태도를 보고 어떤 결정이 내려질지 짐작하는 것 같았지만, 예상은 한 듯 얼굴은 무척 담담했다.

"위험한 길이 될 텐데, 정말 괜찮겠습니까?"

"물론입니다. 제 능력이라면 그리 오래 모험을 하지는 못할 거라는 사실을 잘 알고 있습니다. 이렇게 부탁을 드리면서 마음에 걸리는 건 제가 온 님과 온 클랜원들에게 도움이 안 되는 건 아닐까 하는 것밖에 없습니다."

모험 도중에 죽음을 강하게 예감하고 있는 스톤의 태도에 가온은 왠지 모르게 가슴이 뭉클했다.

"알겠습니다. 함께 가도록 하지요."

"저, 정말입니까?"

스톤은 믿기지 않는 듯 눈을 끔뻑였다.

"대신 마나 연공술을 전수할 테니 열심히 수련해야 합니다."

지금 상태로는 던전에서 횡액을 당하기 십상이니 등을 맡길 수 있는 동료가 되려면 실력부터 높여야만 했다.

"저, 제가 마나 연공술을 익힐 수 있다고요?"

"그래야 우리 클랜을 위해 제대로 된 역할을 할 수 있을 테니까요."

"……감사합니다!"

스톤은 가온이 이렇게 나올지는 전혀 생각하지 못한 듯 뜨거운 눈물까지 흘렸다.

"대신 신강 수준이 될 때까지 보수는 우리 클랜 수익의 1%로 하겠습니다."

"아, 안 주셔도 됩니다!"

"그럴 수는 없지요."

"퍼슨의 조언 덕분에 부탁할 용기를 냈지만 정말 대장님이 저를 받아 주실 줄은 몰랐습니다."

아무래도 퍼슨과 미리 상의를 했던 모양이다.

"그동안 함께하면서 스톤 씨의 성실함이나 능력은 충분히 알 수 있어서 내린 결정입니다."

"그렇게 봐 주셔서 정말 감사합니다. 그런데 한 가지 부탁을 더 드려도 될까요?"

"뭡니까?"

"랄프가 짐꾼이라도 좋으니 따라가고 싶다고 하는데 그 녀석을 받아 주실 수 있을까요?"

스톤은 가온이 자신을 받아들여 준 것만 해도 말로 표현하기 힘들 정도로 감사한 일이라, 이 상황에서 랄프 얘기까지하는 건 아니라고 생각하면서도 어쩔 수 없이 말을 꺼냈다.

랄프 얘기를 들은 가온은 고개를 갸웃했다.

랄프를 몰라서가 아니다. 기초 방패술과 기초 창술에 불과하지만, 어느 누구보다 열심히 수련을 했고 유난히 힘이 좋아서 기억하고 있었다.

'안 그래도 가르쳐 볼 생각이 있었는데, 통했나?'

퍼슨과 패터를 본격적으로 가르치면서 가끔 랄프 생각이 났다. 체격이나 괴력이라고 표현할 정도로 힘이 좋은 랄프는 머리도 좋은 편이라서 기초 방패술과 기초 창술을 금방 습득했었다.

성실한 점도 마음에 들었다. 다른 청년들도 열심히 수련했지만, 그는 좀 달랐다. 자신이 해야 할 일을 끝낸 이후에는 남의 눈을 의식하지 않고 내내 방패술과 창술 수련에 매진했었다.

"랄프라면 도움이 되긴 할 겁니다. 좋습니다. 대신 보수는 일당 5실버로 하지요."

가온은 스톤과 함께 랄프도 가르쳐 보기로 했다. 따라오는 건 이들의 몫이다.

"감사합니다! 감사합니다! 죽은 대런이 이젠 편하게 잠들 수 있을 겁니다!"

나중에 말을 들었는데 랄프는 스톤이 아끼는 사냥꾼이었던 대런의 아들로 오크가 마을을 습격했을 때 대런은 끝까지 남아서 추격하는 오크들을 상대하다가 죽었다고 했다. 그래서 스톤이 랄프를 챙기는 것이다.

"아까 마을에 잠깐 들렀는데 랄프는 보이지 않던데요?"

"거점 건설하는 곳에 있습니다. 제가 미리 말은 해 두었지만 혹시 몰라서 내일 오후에 데려올 생각입니다. 그때 같이 다른 클랜원들에게 정식으로 인사를 하겠습니다."

"네. 그렇게 하시지요."

이렇게 스톤과 랄프 두 명이 클랜에 합류했다.

점심을 먹으러 올라온 대원들에게 스톤과 랄프 얘기를 하자 다들 기쁘게 받아들였다. 다들 스톤의 능력을 잘 알고 있었고 랄프의 성실함과 잠재력도 인정했기 때문이다.

오후부터 지하 연공실에서 클랜원들과 검술 수련을 한 가온은 연공실로 들어갔다.

'될지 모르겠지만 검기 발현에 도전해 보자.'

벼리가 그동안 마법을 중심으로 수련을 했기에 검술 쪽의 발전은 미미했다.

일단 마나가 400을 넘겼으니 마나양은 충분했다.

'그래도 벼리가 아침저녁으로 마나 연공을 했기 때문에 마나로드는 충분히 확장되었어!'

마나 영약을 복용한 이후에는 마나를 한도까지 검에 주입해 본 적은 없었다. 효과적인 마나 사용을 위해서 검광이 발현될 정도까지만 마나를 주입했었다.

검기를 발현하는 요체에 대해서는 이미 나크 훈에게 들은 바가 있었다.

검신에 마나를 주입하다 보면 어느 순간 한계라고 느껴질

예지몽으로
히든랭커

때가 온다고 했다. 거기에서 멈추면 안 되고 폭발적으로 마나를 더 주입하면 검신 밖으로 유형화된 마나, 즉 오러가 빠져나오는데 그게 바로 검기라고 했다.

즉 마나양이 충분하고 마나를 마음대로 운용할 수 있으며 검신의 재질이 주입되는 마나를 견딜 수 있다면 검기를 얼마든지 발현할 수 있었다.

가온은 흑검에 마나를 주입시켰다. 이젠 검광을 피울 수 있는 마나양을 본능적으로 알 수 있었고, 마나로드가 확장된 만큼 순식간에 검광이 발현되었다.

가온은 거기에 그치지 않고 더욱 많은 마나를 주입시켰다. 그러자 검이 뿜어내는 빛이 더욱 강렬해졌다.

그렇게 마나를 주입하다 보니 나크 훈이 말했던 감각을 느낄 수 있었다, 검이 한계까지 마나를 받아들였다는.

가온은 흑검을 믿기에 주저하지 않고 마나를 폭발적으로 더 주입했다.

쑤욱!

어느 순간 빛이 사라지더니 검신을 아지랑이처럼 얇게 덮은 무언가가 보였다.

'이게 오러구나!'

검기를 직접 눈으로 본 건 처음이다.

나크 훈에게 듣기론 검기에도 세 단계가 있다고 했다. 지금처럼 검신 전체를 감싸고 있는 오러 형태가 가장 기초적인 검기이며, 두 번째는 검신이 확장된 것처럼 검첨밖으로 오러가 삐져나온 것으로 보통 검기라고 부른다.

마지막 세 번째 단계는 검신과 동일한 형태이되 얇은 검기와 달리 실처럼 가느다랗지만 굵기는 검신과 동일하거나 얼마든지 바꿀 수 있다. 길이 역시 바꿀 수 있었다.

세 번째 단계는 달리 검사라고 부르기도 하는데 이른바 검강의 기초 단계에 해당한다.

실험을 해 보니 처음 발현한 검기, 즉 오러는 놀라운 위력을 가지고 있었다. 아공간에 있는 오크의 글레이브를 가볍게 잘라 버렸다.

아공간에 있는 가죽과 뼈으로 실험한 결과도 마찬가지였다. 무엇이든 매끈하게 잘라 버린 것이다.

그렇게 처음 발현한 검기는 약 3분이 지나자 사라졌다. 401에 달하는 마나로도 그 정도가 한계였다.

'이래서 스승님이 필요할 때만 검기를 사용해야 하며 그러기 위해서는 부단히 노력해서 순간적으로 검기를 만들었다가 순식간에 거둘 수 있도록 해야 한다고 말씀하신 거구나.'

검기의 위력은 기대한 것 이상으로 강력했지만 아쉽게도 현재 마나양으로는 유지 시간이 너무 짧았다.

결론은 둘 중 하나였다. 마나양을 대폭 늘릴 방법을 찾든가 아니면 스승이 말한 대로 효율적으로 사용할 수 있는 능력을 배양해야만 했다.

마나양을 늘릴 방법은 꾸준히 마나 연공술을 수련하는 것 말고는 없으니 마나 운용 능력을 더욱 갈고닦아서 검기를 효과적으로 사용해야만 했다.

딱 필요한 만큼만 마나를 사용해서 검기를 발현하고 필요한 순간에만 발현하는 것이 앞으로 할 수련의 요체였다.

그래도 타람과 로에니의 성장만큼이나 자신 역시 성장했다는 사실을 확인하고 나니 조금은 마음이 여유로워졌다.

가온은 마나를 회복하기 위해서 마나 연공에 들어갔다.

이제 마나로드가 많이 확장되어서 그런지 경로가 긴 오행 마나 연공술임에도 불구하고 5분여 만에 모든 마나를 회복할 수 있었다.

연공을 끝으로 수련을 일단 마무리하고 저녁을 먹으러 나온 가온은 마침 헤븐힐 일행이 수련을 마치고 돌아오자 의뢰건과 두 사람의 합류 소식을 알려 주었다.

세 사람도 두 사람의 합류를 반겼다. 함께하면서 정도 들었지만 스톤의 능력이나 랄프의 성실함과 괴력은 인정하고 있었다.

"이제 드디어 모험을 시작하는군요!"

"안 그래도 매일 수련만 하려니까 지겨웠는데 정말 잘됐어요!"

"이제 다시 폭렙 모드로 들어갈 수 있겠구나."

다행히 셋 모두 무척 기대가 된다는 얼굴로 받아들였다.

한때 국내 랭킹 상위권에 이름을 올렸던 세 사람은 한 달여 동안 수련에만 매진하면서 한참 아래로 내려간 것이다.

　세 사람이 로그아웃을 한 후에도 계속 수련을 하던 가온은 문득 한동안 세 사람과 현실에서 못 봤다는 사실을 깨닫고 서둘러 로그아웃을 했다.

출발

캡슐에서 나오니 벌써 8시였다.

간단하게 씻고 나온 가온은 헤븐힐에게 전화를 걸었다.

-가온!

"하하하. 제가 너무 오랜만에 전화했죠."

-그래. 죽은 줄 알았잖아.

벼리가 몇 번 전화가 왔다고 전해 주었는데 그녀가 수련 중이라 피곤할까 봐 일부러 받지 않았다.

"죽기는요. 마법을 제대로 공부하려고 했더니 머리에 집 어넣을 것이 너무 많아서 로그아웃만 하면 그냥 쓰러져서 잠들 정도였어요."

-아무튼 독하다. 그러게 뭐 하러 탄 대륙 마법사의 길을 걷겠다고 고

집해서.

위력은 약하다지만 쉽게 배울 수 있는 길이 있는데 왜 굳이 그 힘든 길을 선택했는지 헤븐힐은 이해할 수 없었다.

-아무튼 오늘은 나온 거야?

"네. 이제 막요."

-그럼 한잔해야지. 우리도 좋은 일이 있거든.

"그럼 그래야지요."

-애들은 내가 부를게. 밑에서 보자.

"네. 치킨은 알아서 시켜 놓을게요."

-오케이. 샐러드도.

3주가 넘게 사냥도 못하고 수련만 한 것을 고려하면 목소리가 괜찮아 보였다.

전화를 끊은 후 바로 씻고 아래로 내려간 가온은 그동안 같이 어울리는 동안 파악한 세 사람의 기호대로 치킨과 샐러드를 시켜 두었다.

10분 정도가 지났을 때 헤븐힐과 매디가 가게 안으로 들어왔다.

3월 초임에도 벌써 봄이 성큼 와서 그런지 두 사람의 옷차림은 무척 화사했고, 워낙 기본적인 미모가 있다 보니 가온의 눈을 즐겁게 해 주었다.

그런데 오늘따라 매디는 자신을 제대로 쳐다보지 못하면

서도 마주쳤을 때는 눈빛이 유난히 뜨겁게 느껴졌다.

"어서 와요."

"뭐야? 힘들게 마법 공부를 한다고 하더니 왜 얼굴은 더 좋아진 거야?"

"그러게요. 가온 씨 얼굴 피부가 더 좋아졌어요. 설마 마법 공부를 핑계대고 성형이라도 한 건 아니죠?"

보자마자 무슨 소리인지, 가온은 자신도 모르게 얼굴을 매만졌지만 뭐가 어떻게 변했는지 알 수 없었다.

사실 본인은 잘 인식하지 못했지만, 르테인의 흡수율이 높아지면서 자연스럽게 피부 상태가 좋아지고 이목구비의 균형이 맞추어져서 이전보다는 훨씬 잘생겨졌다.

그때 주문했던 치킨과 샐러드가 나와서 세 사람은 자연스럽게 자리에 착석했다.

"바로는요?"

그렇게 물으며 매디를 조심스럽게 살폈는데 뭔가 변한 것 같긴 한데 잘 모르겠다.

"지금 오고 있어요."

지난번에 이쪽으로 이사를 온다고 들었는데 아직인 모양이다.

"그런데 같이 살면 되는 거 아닙니까?"

"컴퓨터나 모니터도 그렇고 개 짐이 워낙 많아서 정신 사나울 것 같아서 싫다고 했어요."

하긴 캡슐만 해도 어지간한 방 절반을 차지할 정도이니 방 두 칸짜리 오피스텔은 좀 좁을 것이다.

"한창 수련하고 있다면서요?"

이번에는 헤븐힐에게 물었다.

"대장님에게 들었어?"

"네."

"새로 익힌 마법 숙련도를 높이려고 3주 동안 마탑 지부 수련실로 출근하고 있지."

"어려운 건가 봐요?"

"나는 광역 힐과 광역 버프, 매디는 홀리 파워, 바로는 파이어 필드를 새로 익히고 있거든. 4서클에 해당하는 마법이라서 숙련도를 높이는 게 쉽지 않았어."

"벌써 4서클이라니! 대단하네요!"

가온은 진심으로 감탄했다. 벼리가 열심히 수련을 해 준 덕분에 마나양만 생각하면 자신도 4서클 마법을 구현할 수 있지만, 3서클까지의 마법과 달리 4서클은 차원이 다르다고 할 정도로 구현하는 게 어려웠다.

"어렵긴 하지만 대장님부터 시작해서 다들 폐관 수련을 하고 있으니 우리도 가만있을 수가 없었어요."

"매디 말대로 우리 능력이 떨어져서 제 역할을 못 하면 미안하잖아. 안 그래도 플레이어라는 한계 때문에 여정에 제한도 있는데."

매디와 헤븐힐은 클랜원들의 발목을 잡을까 봐 걱정이 되는 것 같았다.

"좋은 클랜이네요."

"현재로서는 아주 만족해요. 로그아웃한 후 자주 게임즈 인포나 다른 게시판을 살펴보는데, 플레이어 길드들은 한결같이 문제가 많더라고요."

"문제가 있어요?"

가온은 매디의 말에 의아해졌다. 아직은 길드가 우후죽순 생기는 때라서 그런 문제가 두드러지게 나타날 때가 아니었다.

"친목 길드들을 제외한 길드들은 모두 기업이나 군대와 같은 조직 체제를 갖추어서 운영을 하고 있더라고요. 그러다 보니 분위기가 굉장히 딱딱하고 무거운 것 같아요."

"그렇군요."

예지몽 속에서 지금은 대부분의 길드가 친목 길드로 시작해서 규모를 키워 가는 시기다. 즉 대형 길드도 거의 없었고, 상명하복으로 운영하는 길드도 많지 않았다.

예지몽의 끝 무렵, 즉 올해 연말이 가까워지면서 기업형 길드들이 빠르게 증가한다.

그들은 현실의 기업과 동일한 체제와 조직 문화를 갖추고 어나더 문두스에 뛰어들어서 본격적으로 영리 활동을 했고, 현실에까지 그 영향을 미쳐서 많은 이들이 새로운 산업이 탄

생했다고 말했다.

'대체 왜 이렇게 빨라진 거지?'

곰곰이 생각해 보니 아무래도 자신이 던전 정보를 경매에 올린 일에 대한 나비효과가 아닌가 싶었다.

어나더 문두스를 통해서 수십억에 달하는 거금을 벌 수 있다는 사실이 이런 사태를 초래한 것이 아닌지 의심스러웠다. 큰돈이 된다니 너도나도 뛰어드는 것 같았다.

"그런데 랑트에 있기는 한 거지?"

"네. 온하고는 스승님께서 잠깐 볼일을 보러 외출하셔서 시간이 난 김에 만났거든요. 그런데 곧 먼 길을 떠나야 할 것 같아요."

"왜요?"

이번에는 매디가 물었다.

그동안 수련을 위해서 마탑 통합 지부로 출근한다고 들었는데, 이계인이다 보니 그쪽 사정이 어두운 모양이다.

가온은 볼코트의 현재 상황에 대해 설명을 하고 스승을 따라가기로 결정했다고 말해 주었다.

"그럼 가기 전에 만나자고. 가온의 아바타도 한번 구경하게."

"그래요. 내일 괜찮아요?"

"내일 어디에서 볼까?"

"살 게 좀 있는데 내성 시장 앞에서 볼까요?"

"좋아!"

그렇게 약속을 정했을 때 바로가 들어왔다.

이런저런 얘기를 하다가 다시 길드가 화제에 올랐는데, 바로가 뜻밖의 소식을 전했다.

"오늘 들어온 따끈따끈한 정보입니다. 국내 100대 기업 상당수가 어나더 문두스에 뛰어들었다는 소문이 은밀하게 퍼지고 있어요."

"그들이 왜 게임판에 끼어들어?"

그렇게 묻는 헤븐힐이나 같은 얼굴을 하고 있는 매디는 소문의 사실 여부보다는 대기업들이 어나더 문두스에 관심을 가지는 이유가 더 궁금한 모양이다.

"돈이 되잖아요. 세이뷰어 컴퍼니 측이 어나더 문두스의 골드를 책임지고 현실 화폐로 바꿔 주고 있고요. 우리만 해도 온 님이 넘겨 준 던전 정보로 두 차례에 걸쳐서 꽤 많은 돈을 벌었고요."

"대기업들이 달려들 정도로 이게 돈이 된다고?"

바로의 설명에도 헤븐힐은 여전히 이해를 못 하는 얼굴이었다.

"당연히 되죠. 우리 생각을 해 봐요. 대장님이 특별히 배려해 주기는 했지만, 드인 상단의 의뢰만으로도 우리 각자 200골드 정도의 보수를 받았어요. 우리야 그냥 마법에 관련된 물건을 구입하느라 그 돈을 써 버렸지만, 만약 환전을 했다면 얼마 안 되는 기간 동안 무려 1억 원이 넘는 거금을 번 거라고요.”

“듣고 보니 정말 엄청난 돈을 번 거네.”

“아하!”

헤븐힐과 매디는 이제야 이해했는지 탄성을 터트렸다.

“그 돈은 일반 직장인의 연봉 두세 배에 해당해요. 모두가 우리와 같지는 않을 테지만 게임을 통해서 생활비 이상의 돈을 벌 수 있다는 사실이 중요해요. 당연히 사람들이 더 많이 몰려들고 영리를 목적으로 하는 기업들도 뛰어들 수밖에 없어요.”

맞는 말이다. 통상 1골드 정도 하던 오크 가죽이 70실버까지 떨어질 정도로 플레이어들의 사냥 실력이 빠르게 높아졌다.

만약에 혼자 힘으로 오크 한 마리를 잡으면 무려 50만 원에 가까운 돈을 벌 수 있다.

어나더 문두스는 계정비나 캡슐 구입비 등 투자해야 하는 돈도 많지만, 제대로 된 팀을 이루어서 사냥의 효율을 높인다면 일반인들도 제법 큰돈을 만질 수 있었다.

현실에서는 제대로 된 일자리가 많지 않은 상황이니 사람들이 더욱 몰릴 수밖에 없었다.

“아무튼 우리에게 꼭 나쁜 것만은 아니에요.”

“나쁜 게 아니라고?”

가온은 바로의 말을 이해할 수 없었다.

"그렇잖아요. 사실 우리가 부모님에게 당당하게 어나더 문두스를 한다고 말씀드릴 수 있는 분 있어요? 하지만 이렇게 대기업들이 어나더 문두스에 진출하게 되면, 그곳은 또 다른 현실이 되어 우리는 합법적, 아니 뭐라고 표현해야 할지 모르겠지만…… 당당하게 할 수 있게 되잖아요."

바로의 말에 세 사람의 고개가 차례로 끄덕여졌다.

당장 가온만 해도 휴학하고 어나더 문두스를 종일 플레이하고 있다는 사실을 부모님에게 알리지 못하고 있었다. 두 분이 기함할 정도로 엄청난 돈을 벌면서도 말이다.

"제 예상이지만 앞으로는 게임에 대한 부정적인 시각이 많이 사라질 거예요. 특히 어나더 문두스는 새로운 산업으로 부상해서 현실 못지않게 심한 경쟁을 해야 할 거고요."

"그런 면에서 보면 우리는 물주를 제대로 잡았지, 가온 씨 덕분에."

"호호호. 생각해 보니 그러네. 온 대장님만 따라다니면 돈 벌 걱정은 하지 않아도 될 테니까."

가온은 바로의 말에 자신이 생각한 미래 계획이 인정을 받은 것 같아서 내심 기뻤다.

네 사람은 앞으로 어나더 문두스가 현실에 미칠 영향을 화제로 한참 동안 대화를 나누었는데, 가온은 내심 크게 감탄했다.

'매디와 바로는 정말 똑똑하네!'

두 사람은 어나더 문두스의 미래를 비교적 정확하게 예측하고 있었다.

금수저 출신에 명석한 머리와 소탈한 성격 그리고 미모까지 갖춘 이들과 친해진 것은 정말 행운이라는 생각이 들었다.

다음 날 아침 가온은 캡슐방에서 접속해서 새로운 온의 모습으로 세 사람을 처음 만났다.

"어멋! 현실하고 거의 비슷하네! 가온도 외모에 크게 신경을 쓰지 않는 나와 성격이 비슷한 모양이야."

"이쪽이 조금 더 나은 것 같기도 하고……."

매디는 가온을 보고 특히 눈을 반짝였다.

"형님, 커스터마이징에 좀 공을 들이시지. 정말 헤븐힐 누나처럼 귀찮은 것을 싫어하시나 봐요."

비로소 어나더 문두스에서 온을 처음 본 헤븐힐과 매디 그리고 바로의 감상평이었다.

가온의 외모와 별로 차이가 없어서 그런지 세 사람은 금방 적응했다.

그렇게 만난 네 사람은 내성 시장을 활보하면서 개인적으로 필요한 물건들을 구입하고 간식을 사 먹으면서 즐겁게 쇼핑하는 시간을 가졌다.

예지몽으로
히든랭커

장보기가 끝나고 점심 식사를 마친 후 가온은 세 사람에게 작별 인사를 했다.

"오늘 저녁에 출발해야 해서 지금 가서 마지막 준비를 해야 해."

"에이. 아쉽다! 진작 만났으며 같이 사냥도 하고 즐겁게 보냈을 텐데."

"맞아요. 그렇지만 힘든 길을 선택해서 남들과 다른 플레이를 즐기는 온 아니, 가온 님 모습이 참 보기 좋아요!"

매디가 수줍은 얼굴로 눈을 반짝이면서 말하는데 연상임에도 불구하고 무척 귀엽게 보였다.

"형님, 우리가 그쪽으로 갈 기회가 되면 연락할게요."

"그래. 연락할 일이 있으면 온에게 마법 전신을 보낼게."

가온은 물론 세 사람도 무척 아쉬워했지만, 이 정도로 그치는 것이 좋다고 생각했다. 양쪽 모두 남은 기간 동안 할 일이 많았다.

"건강한 모습으로 다시 만납시다!"

가온은 마지막으로 하급 포션 네 종을 각각 세 병씩 선물하고 작별을 고했다.

서둘러 집으로 돌아온 가온은 이제 막 오전 수련을 마친 벼리와 배턴터치를 했다. 그래서 마침 아지트로 돌아온 헤븐힐 일행을 천연덕스럽게 맞이할 수 있었다.

"온을 만나고 온 거야?"

"네. 현실과 거의 똑같더라고요."

"이곳에서 본 건 처음이었는데, 외모가 거의 비슷해서 이질감이 거의 없더라고요. 그래서 더 정감이 갔어요."

"그런데 대장님과 온 형님은 외모는 완전히 다른데 정말 분위기가 비슷해요."

용모가 많이 다름에도 불구하고 헤븐힐은 두 사람이 비슷하다고 생각했지만, 그럼에도 불구하고 동일인이라고는 절대로 생각하지 않았다.

'이거 한번 거짓말을 하니 여간 귀찮은 게 아니네.'

가온은 내심 쓴웃음을 지었지만 자신을 친하다고 생각하는 사람들에게 거짓말쟁이가 되지 않아서 다행이라고 생각했다.

"그런데 마탑 지부에는 안 가 봐도 돼?"

이번에는 매디에게 물었다.

"이제 곧 출발한다고 생각하니 마음이 들떠서 그런지 수련이 잘 안 되더라고요."

마법사는 언제나 평정 상태에 있어야만 했다. 그런 의미에서 보면 오늘 같은 날에는 차라리 수련을 하지 않는 편이 나았다.

"그리고 오늘 오후에 스톤 씨와 랄프가 온다고 하지 않았어요?"

"그렇지. 오늘 정식으로 인사를 하고 환영식을 해 줘야지."

"랄프는 제대로 훈련을 시키면 우리 세 사람을 제대로 지켜 줄 수 있을 것 같은데, 대장님이 신경 좀 써 주세요."

"알았다."

바로는 가온이 랄프를 클랜원으로 받아들인 이유 중 하나를 정확히 캐치하고 있었다.

사실 가온은 랄프가 급성장해서 근접 딜러가 되기보다는 세 마법사를 지켜 주는 탱커 역할을 수행하길 바라며 받아들였다.

세 사람이 마나 연공을 하겠다고 연공실로 들어가고 얼마 후에 스톤이 랄프를 데리고 도착했다.

"대장님, 온 클랜에 받아 주셔서 감사합니다! 평생 이 은혜는 잊지 않겠습니다!"

랄프는 간절하게 바라기는 했지만 자신이 진짜로 온 클랜에 받아들여질 줄은 예상치 못한 듯 가온을 보자마자 무릎을 꿇고 감사 인사를 했다.

"은혜는, 네가 그만큼 열심히 하니 다들 동료가 될 자격이 있다고 인정을 한 거야. 지금은 일종의 견습 개념으로 받아들인 거야. 열심히 노력해서 정식 클랜원이 되어 주었으면 좋겠다."

"명심하겠습니다!"

누구에게는 별일이 아닐 수도 있지만 오크의 습격으로 인해 졸지에 가장인 아버지를 잃은 랄프에게는, 이렇게 믿을 수 있고 따르고 싶은 이들이 있는 클랜에 소속된다는 것이 엄청난 의미가 있었다.

"다들 수련 중이니까 일단 두 사람도 수련을 하고 저녁에 정식으로 자리를 갖도록 하지. 스톤, 마나 연공술부터 전수할 테니 따라와요. 아! 랄프는 옆에서 참관해도 되지만 절대로 입을 벌리거나 소리를 내면 안 된다!"

"네, 대장님."

가온은 퍼슨과 패터에게 그랬듯 비약과 명상법으로 스톤의 마나 친화력을 끌어 올린 후 직접 몸 안에 마나를 주입해서 마나 연공술을 전수했다.

비록 나이는 많았지만 살아온 시간의 절반 이상을 자연 속에서 지낸 스톤은, 퍼슨보다 쉽게 마나시드를 생성했고 더 빠르게 마나 연공을 스스로 할 수 있게 되었다.

'놀랍구나.'

보통 이 나이면 마나로드가 거의 닫혔을 텐데 스톤은 너무 달라서 가온도 깜짝 놀랐다.

가온이 생각하기론 그가 사냥을 위해 바깥에서 많은 시간을 보내면서 마나를 많이 함유하고 있는 허브들을 장복했기 때문에 체내에 많은 마나를 가지고 있었고, 활동량 덕분에 마나로드 역시 자연스럽게 열려 있는 것 같았다.

그런데 랄프의 경우는 스톤보다 더했다. 세 사람보다 훨씬 높은 마나 친화력을 가지고 있었고 마나로드도 쉽게 뚫을 수 있었으며 생성된 마나시드의 크기도 굉장히 컸다.

'육체 능력만 높은 것이 아니었네.'

세 번만 마나를 이끌어 주었을 뿐인데 랄프는 스스로 연공을 하는 데 성공했다. 그리고 금방 연공에 몰입할 정도로 집중력도 높았다.

첫 연공을 성공적으로 끝낸 두 사람은 감격에 겨워 마치 울 것 같은 얼굴이 되었지만, 검술을 전수한다는 말에 억지로 진정했다.

가온은 저녁 식사 시간이 될 때까지 두 사람에게 퍼슨처럼 훈 검술을 가르쳤다.

스톤은 받아들이는 것이 좀 느렸지만 그래도 퍼슨만큼 쫓아왔고 랄프는 놀라운 흡수력으로 훈 검술을 받아들였다.

랄프의 경우 워낙 힘이 좋아서 마나로 검의 강도와 절삭력을 현격하게 높여 주는 검강 단계가 아님에도 불구하고 신강 단계만 입문해도 비슷한 위력을 낼 것 같았다.

'둘 다 기대가 되네!'

두 사람의 자질을 확인한 가온은 함박웃음을 지었다. 거의 기대하지 않았기에 더욱 기뻤다.

저녁 식사를 겸한 회식을 했다. 스톤의 가족들까지 모두 불러서 아공간에 있는 사슴 고기를 구워먹으면서 술까지 곁들였다.

스톤의 여동생과 조카들은 늦은 나이지만 스톤이 마나의 길에 입문했으며 온 클랜원이 되었다는 사실에 진심으로 부러워하며 축하해 주었다.

랄프도 클랜원의 진심 어린 축하와 환영에 몇 번이나 울먹이는 모습을 보였는데, 그 모습이 대원들의 마음을 더욱 움직였다.

비록 음악도 없는 자리였지만, 사람들은 술과 고기를 즐기며 서로에 대해 좀 더 많은 것을 알 수 있는 시간을 가졌다. 그리고 그 시간은 그만큼 서로의 거리를 좁혀 주었다.

그런데 자리가 거의 끝나갈 때 찾아온 손님이 있었다.

"거메인 상두님."

바로 드인 상단의 거메인이었다.

반갑게 인사를 나누었는데 어째 그의 얼굴이 홀쭉한 것이 수심이 가득했다.

"상단에 무슨 일이라도 생긴 겁니까?"

"일이 있기야 했지요."

그렇게 말하는 것을 보니 확실히 뭔가 일이 생긴 모양

이다.

"사실은 타르벨 상단에서 독촉이 좀 심해서 마음고생을 하고 있습니다."

"타르벨 상단이라면 알폴광산의 전 주인이 아닙니까?"

이미 광산을 유바르의 알몬 상단에 넘겼으니 더 이상 관련될 것이 없을 텐데, 이상했다.

"그렇습니다. 당시에 광산을 매입할 때 조건을 하나 걸었는데 제가 바빠서 그만 잊어버리고 있었습니다."

"잊은 게 있었다고요?"

"네. 그쪽에서 광산을 넘기는 대신 우리 쪽에서는 대금과 함께 3개월에 한 번씩 트롤의 생혈 100리터씩을 공급하기로 했거든요."

"아!"

생각해 보니 들은 적이 있었다.

"대장님, 혹시 가지고 계신 생혈이 있습니까?"

원래라면 100리터 이상 있어야만 했다. 그런데 볼코트 스승님께 선물도 했고, 지금 가온의 방에서 작동되고 있는 포션 조제기의 재료로 사용했기 때문에 지금 있는 양은 70리터 정도에 불과했다.

"얼마 남지 않았습니다. 이거, 사냥이라도 할 수 있으면 좋을 텐데, 근처에 트롤이 있을지 모르겠네요."

이제 트롤 정도는 어렵지 않게 포획할 수 있다고 생각했기에 한 말이었다.

"정말 사냥하실 수 있는 거지요?"

"그렇습니다."

거메인의 수심은 가온의 대답에 순식간에 사라졌다.

"그렇다면 안심입니다. 일전에 저희가 통과했던 트롤의 숲을 알고 계시지요?"

"거기에 다른 트롤이 자리를 잡은 겁니까?"

"그건 아니고 그곳에서 말로 2시간 정도 달리면 또 다른 트롤의 서식지가 있습니다. 경로에서 좀 벗어나긴 하지만 도와주셨으면 좋겠습니다."

"그래요? 그럼 그렇게 하지요."

안 그래도 여행 준비를 하느라고 공금을 제법 많이 쓴 상태였다.

오크 가죽 등의 부산물 처리로 450골드가 더 들어와서 대원들에게 15골드씩을 지급하고 390골드가 남아서 기존의 100골드와 나레인으로부터 받은 선금 100골드를 합해서 로에니가 관리를 했다.

그런데 지하 연공실을 만들고 여행 준비와 대원들의 무구 구입비로 300골드 남짓을 지출해서 지금은 290골드밖에 안 남았다.

거기에 지출할 항목이 더 있었다. 스톤과 랄프에게도 제대로 된 무구를 구해 줄 생각이었다.

예지몽으로
히든랭커

당연히 돈이 필요했다. 그런 의미에서 트롤의 생혈은 그야 말로 골드나 다름없었다.

가온은 네 마리 정도만 잡으면 여행 중에 쓸 경비는 충분하겠다고 생각했다.

"그럼 저도 이번 여정에 합류하겠습니다."

"샘슨과 타이린도 가겠군요?"

"네."

두 호위라면 좋은 동행이 될 것이다.

그렇게 합류할 마지막 구성원이 완성되었다.

다음 날 아침, 전투마를 탄 가온 일행은 나레인 일행이 오기를 기다렸다.

얼마 후 말 다섯 필과 마차 한 대가 나타났다.

말을 탄 사람은 멋을 낸 하드레더를 입은 기사 한 명과 수련기사 둘 그리고 종자들로 보였는데, 예상대로 마차 안에는 나레인과 나르멜이 호위기사 두 명과 하녀 두 명이 타고 있었다.

막 인사를 나누려고 할 때 거메인이 샘슨과 타이린을 포함해서 다섯 명의 상단 호위를 대동하고 달려왔다.

거메인의 주도로 서로 인사를 나누었는데 안면이 없는 이는 기사 일행밖에 없었다.

기사는 제론이라는 이름의 3급 기사로 나이는 서른 초반으로 인상은 그리 나쁘지 않았지만, 가온 일행을 용병대로 생각했는지 별로 말을 섞고 싶지 않다는 얼굴이었다.

그에 반해서 수련기사인 융과 레온은 선망하는 얼굴로 가온 일행과 인사를 나누었다. 나중에 알았지만, 두 사람은 전사의 전당에서 나크 훈과 함께 있는 가온을 본 적이 있다고 했다.

랄프 또래인 두 종자는 새벽부터 일어나서 온갖 준비를 했는지 벌써 지친 얼굴이었지만, 용병들에게 밀릴 수는 없다는 듯 뻣뻣한 태도로 인사를 했다.

"온 경, 잘 부탁드릴게요."

"최선을 다할 테니 마음 놓으십시오."

"온 경, 지난번에도 뵈었죠. 나르멜입니다. 아카데미까지 부탁드리겠습니다."

나르멜은 지난번에 봤던 그대로 무척 유약한 모습이었지만, 타의에 의해 멀리 떠나게 되어서 그런지 눈빛은 조금 더 강해져 있었다.

"물론입니다. 안전하게 호위할 테니 걱정하지 마십시오."

"우리는 온 대장님만 믿겠습니다."

거메인이 다가와 웃으며 말했다.

"거메인 경은 아그레브까지만 가시겠군요."

"아닙니다. 단주께서 영애와 영작이 무사히 헤로트성에 도착하는 것까지 확인하라고 하셨습니다."

예지몽으로
히든랭커

"그럼 오래 동행하겠군요. 잘 부탁합니다."

"무슨 말씀을요. 오히려 저희가 부탁을 드려야지요. 샘슨과 타이린은 물론 호위 무사들도 대장님의 지휘를 받을 테니 편하게 부려 주십시오."

자신의 호위는 물론이고 상단 호위 무사들의 지휘권까지 주는 것을 보면 확실히 믿음이 큰 것 같았다.

제론 기사는 거메인의 말을 들었는지 기가 찬다는 듯 코웃음을 치며 멀찍이 떨어졌다.

"그런데 호위 기사가 헬럿 경 아니었습니까?"

지난번에 편지를 가지고 왔던 헬럿이 생각나서 슬쩍 물어보았다.

"헬럿 경을 아시는군요. 저도 그분이 호위를 맡기로 했다고 알고 있었는데, 본인이 고사를 했다고 하더군요. 이유는 딱히 밝히지 않고요."

가온은 헬럿이라는 기사가 갑자기 호위 임무를 고사한 이유를 알 것 같았다. 명색이 기사인데 용병으로 알고 있는 자에게 투기로 밀렸으니, 이번 임무를 맡을 의욕이 사라진 것이리라.

하지만 나레인이나 나르멜의 얼굴을 보아하니 그런 사실은 전혀 알려지지 않은 것 같았다.

"그래도 제론 기사는 헬럿 경 다음으로 실력이 뛰어나니 괜찮은 전력이 될 겁니다."

"그렇다면 다행입니다."

가온은 제론의 태도가 좀 걸렸지만 상대가 도발을 하지 않는다면 그냥 넘어가기로 했다. 어쨌거나 기사이니 앞으로의 여정에서 서로 협력을 해야 하니 말이다.

그렇게 다 모이자 숫자가 꽤 많았다. 나레인 일행이 열한 명이고 거메인 일행이 여덟 명. 그리고 온 클랜이 열 명에 달해서 무척 든든했다.

그렇게 인사를 나눈 사람들은 스톤과 퍼슨을 필두로 아그레브로 향하는 여정을 시작했다.

트롤 사냥

플레이어들이 이쪽으로도 많이 진출했는지 나가가 가끔 출몰한다는 습지대 구역 전까지는 별일 없이 지나갔다.

가온은 예전에 자신을 죽음 직전으로 몰고 갔던 그리핀이 다시 나타날까 신경을 곤두세웠지만, 다행히 아무것도 나타나지 않았다. 검기 발현에 성공한 지금도 놈을 상대하는 건 자신이 없었다.

햇살이 강한 대낮이라서 그런지 습지대를 통과하는 동안에도 다행히 별일은 없었다.

이어지는 구간은 넓은 초지에 드문드문 크고 작은 숲이 자리한 예전 트롤의 영역이다.

여기서부터는 거메인이 인도하는 방향으로 움직이기로

했다.

"트롤을 사냥하겠단 말입니까?"

뒤늦게 들었는지 거메인의 말에 따라붙은 제론의 말이 들려 가온은 청력을 높였다.

"그렇습니다."

"지금 정신이 있는 겁니까? 트롤이라니요? 검기 실력자라야 겨우 상대할 수 있는 상급 몬스터를 우리 전력으로 어떻게 사냥한단 말입니까?"

"온 대장은 이전에도 트롤을 포획한 적이 있습니다. 무려 네 마리로 구성된 가족이었지요."

"상두 정도면 용병들이 얼마나 과장을 잘하는지 잘 알 텐데요."

제론이 거메인의 말에 코웃음을 치며 말했다.

"내 눈으로 똑똑히 봤습니다. 그리고 온 경은 용병이 아닙니다."

"용병이 아니긴 무슨! 그가 기사라도 된단 말입니까?"

제론이 말하는 것을 보니 사전에 온에 대한 정보를 전혀 모르는 것 같았다.

"자유 기사입니다. 온 경의 스승님이 누군지 아십니까?"

"자유 기사라……. 흠. 뭐 그럴 수도. 서임되지 못한 수련 기사들도 자유 기사니 방랑 기사니 떠벌리고 다니니. 그런데 그의 스승이 누굽니까? 나크 훈 남작님이라도 된답니까?"

최근 랑트에서 가장 유명한 기사가 바로 나크 훈이니 제론은 자연스럽게 그를 떠올린 모양인데 정답이었다.

"알고 있었습니까, 아는 사람이 그리 많지 않은데……."

"저, 정말 나크 훈 님의 제자입니까?"

거메인의 대답을 들은 제론의 안색이 확 변했다.

"그렇습니다. 그래서 나크 훈 자작님이 랑트에 머무는 동안 온 대장님도 우리 랑트에서 지낸 겁니다. 지도를 받기 위해서요. 그리고 지금은 스승님이 떠났기 때문에 랑트를 떠나는 거고요."

"……."

"제론 기사님."

"네. 말씀하십시오."

"같은 기사이시니 잘 알겠지만 온 경은 자존심이 굉장히 강합니다. 실력은 더 말할 나위가 없고요. 조심하십시오. 본래 경 대신 호위를 하기로 했던 헬럿 경이 온 경을 만나고 마음을 바꾼 것을 보면 뭔가 일이 있었던 것 같으니까요."

거메인이 그렇게 말하자 제론도 뭔가 떠오른 듯 얼굴이 심각해졌다.

"으음. 혹시 온 대장의 실력을 알고 계십니까?"

"나야 상인이니 그런 구체적인 것까지야 알겠습니까마는 검에서 눈이 멀 것 같은 빛이 방출되는 건 본 적이 있습니다."

"……검괭이라니. 뭐 나크 훈 님의 제자라면 당연한 거지만. 실수하기 전에 미리 알려 주셔서 감사합니다."

그 후론 제론은 아무 말 없이 묵묵히 말을 몰았다. 가끔 가온 쪽을 기묘한 눈빛으로 쳐다보긴 했지만 말이다.

2시간이 넘게 달린 말들이 큰 나무들이 듬성듬성 서 있는 숲이 보이자 속도를 늦추었다. 거메인이 말한 또 다른 트롤의 영역이 시작되는 구간이다.

"지금부터 스톤과 퍼슨은 나와 함께 전방 지역을 부채꼴 방향으로 정찰합시다."

본대와 300여 미터 거리를 두고 스톤은 정서쪽, 퍼슨은 북서쪽, 그리고 가온은 남서쪽을 맡아서 정찰을 실시하며 움직이기로 했다.

그렇게 세 사람이 정찰을 맡았고 일행은 말의 속보에 맞추어서 이동했다.

스톤이 트롤을 발견한 건 1시간 정도가 지나서였다.

스톤이 피운 연기 신호를 보고 그가 있는 위쪽으로 달려간 가온은 벌써 쫓기고 있는 스톤과 퍼슨의 모습을 볼 수 있었다. 퍼슨의 경우 그보다 가까운 곳에 있어 바로 합류를 한 모양이다.

그 모습을 확인한 가온의 얼굴이 심각해졌다.

'골치 아프게 됐구나.'

트롤의 숫자는 무려 넷이나 되었다. 다 자란 성체로 그중 한 놈은 다른 개체들보다 머리 하나는 더 크고 체격도 건장했다.

'위험! 위험해!'

제법 커다란 숲의 입구 쪽에서 달려 나오는 트롤들은 말을 타고 도망을 치는 스톤과 퍼슨을 향해서 꺾은 굵은 나뭇가지나 돌을 던지고 있었는데, 그 크기가 엄청나서 맞으면 치명상을 입을 것 같았다.

그나마 말이 제대로 훈련되었고 전속력으로 도망치고 있어서 나뭇가지나 돌에 맞지 않았지만, 말들이 전속력으로는 오래 달릴 수가 없어서 위험했다.

트롤을 제대로 사냥해서 생혈을 뽑으려면 지난번처럼 지형지물을 적절히 이용해야 하는데, 지금은 먼저 노출이 되어 버린 것이다.

스톤과 퍼슨은 각각 두 마리씩을 끌고 다른 방향으로 도망을 치고 있었다. 이대로 트롤 네 마리를 본대로 끌고 갔다가는 사냥을 하는 건 고사하고 학살을 당할까 걱정이 된 것이리라.

그래서 가온이 일부러 자신을 드러냈다.

곧 트롤들도 가온을 발견했다.

그러자 트롤 중 가장 큰 개체가 가온 쪽을 향해 달려왔다. 스톤을 추격하던 놈들 중 하나였다.

"스톤은 곧장 본대로 달려가요! 퍼슨은 한 바퀴 돌아서 이 자리로 돌아와요!"

스톤을 쫓고 있는 트롤은 네 마리 중 가장 작아서 이제 막 성체가 된 것으로 보이니 본대에서 어떻게든 사냥할 수 있을 것이다.

그렇다고 현재 자리에서 트롤을 상대하면 다른 놈들도 합류할 수 있으니, 일단 적당히 떨어진 곳으로 끌고 가야만 했다.

하지만 가온의 의도는 실패했다. 한번 멈추었다가 다시 되돌아 달리는 바람에 말이 제대로 속력을 내지 못해서 얼마 후 달려오는 트롤에게 따라잡힌 것이다.

주위를 둘러본 가온의 눈이 빛났다. 그나마 이용할 수 있는 환경이 보인 것이다.

밑동의 직경이 3미터는 될 것 같은 나무 네 그루가 4미터 정도의 간격을 두고 서 있는 공간을 확인한 가온이 말 엉덩이에 채찍질을 해서 속도를 높였다.

잎이 무성한 한 나무의 아래쪽에 도착한 가온이 은신 스킬을 발동한 상황에서 말 등을 박차고 위로 뛰어올랐다.

말이 나무 사이를 빠져나가고 얼마 후 트롤이 도착했다.

크르르르.

키가 5미터에 이르는 트롤이 내뿜는 숨결에서 썩은 내가 진동했다.

트롤은 나무 하단부에서 3미터 정도 높이에 있는 나뭇가지가 앞을 보는 데 방해하자 손에 쥐고 있던 몽둥이로 마구 내리쳤다.

빠지직!

직경이 1미터는 될 것 같은 굵은 나뭇가지들이 순식간에 무성한 잎과 함께 부러져 나갔다.

그때 어느 틈에 지상에서 10미터 높이까지 올라가서 은신하고 있던 가온이 트롤의 머리를 향해 거꾸로 떨어졌는데, 두 손에는 오러로 둘러싸인 흑검이 쥐여 있었다.

푹!

이미 검기까지 발현된 상태였기 때문에 트롤의 두꺼운 두개골도 흑검을 막아 내지 못했다. 흑검은 자루까지 깊이 놈의 머리에 박혔다.

부르르.

시뻘건 트롤의 눈이 공중에서 한 바퀴 돌면서 멀찌감치 착지한 가온을 향해 살기를 뿜어냈다.

놈은 본능적으로 몽둥이를 들어 올리고 가온에게 걸어가려고 했다.

가온은 꼼짝도 하지 않았다.

쿵! 쿵!

두 걸음 만에 트롤의 눈에서 빛이 사라졌다. 죽은 것은 아니지만 뇌가 엉망이 되어 신경으로 명령을 내리지 못하는 상태가 된 것이다.

그냥 놔두면 그 상태로 다시 뇌가 재생되면서 정상까지는 아니지만, 정신을 차린 트롤이 흑검을 빼고 다시 생생하게 움직이게 될 것이다.

그 모습을 본 가온은 잠시 고민을 하다가 흑검을 그대로 둔 채 통째로 아공간에 집어넣었다. 이렇게 하면 진공 상태인 아공간에서는 가사 상태에 빠질 테고 나중에 생혈을 추출할 수 있었다.

'이놈에서 뽑아낼 생혈과 내가 가지고 있는 것을 합하면 타르벨 상단과 약속한 100리터는 충분하겠지.'

이제 나머지 세 마리는 굳이 포획을 하지 않아도 된다.

가온이 나무 뒤쪽으로 달리며 휘파람을 불자 도망은 쳤지만 주인에게 멀리 벗어나지 않도록 훈련을 시킨 말이 주위를 배회하다가 곧 달려왔다.

트라이던트 한 자루를 꺼내 든 가온이 다시 말을 타고 아까 그 자리로 달려갔다.

'아직이군.'

부디 퍼슨이 따라잡히지 않고 두 마리를 이곳으로 끌고 왔으면 좋겠다.

일각이 여삼추처럼 느껴지는 시간이 얼마나 흘렀을까 거친 숨소리와 대지를 박차는 말굽 소리가 들려왔다.

"여깁니다!"

마나가 실린 가온의 목소리를 들은 퍼슨이 트롤 두 마리를 달고 꽁지가 빠져라 달려왔다.

그런데 금방이라도 따라잡힐 듯 양측의 거리가 가까웠다.

철창 2개를 더 꺼낸 가온은 퍼슨이 타고 있는 말을 향해 잡고 있는 몽둥이를 금방이라도 후려칠 것 같은 트롤들을 향해 차례로 던졌다.

마나가 실린 창들은 트롤들을 향해 빠르게 날아갔다.

깡! 깡!

이제 곧 먹잇감을 따라잡을 것 같은 상황에 뭔가 빠르게 자신들을 향해 날아오는 것을 감지한 트롤들은 굵은 몽둥이를 휘둘렀고, 창들은 부러지고 휘어져 주위로 날아갔다.

창에 담긴 힘이 강력했던 만큼 트롤들은 걸음을 멈추어 섰고 그 짧은 틈을 이용해서 퍼슨이 거리를 벌렸다.

"이쪽으로!"

다행하게도 퍼슨의 말은 땀을 흘리고는 있었지만 아직 지치지 않았다.

스톤은 가온을 따라 다시 거대한 나무 네 그루가 서 있는 곳으로 도망쳤다.

"나무를 지나치는 순간 짧게 한 바퀴를 돌아서 나무 쪽으로 다시 돌아와요!"

"네, 대장님!"

두 사람을 태운 말은 차례로 나무 사이로 난 공간을 빠져

나갔다.

물론 가온은 다시 은신 스킬을 펼친 상태에서 말 등을 박차고 나무 위로 뛰어올랐다.

"엇!"

나무 사이를 빠져나온 스톤은 앞에 있던 가온이 어느 틈에 사라진 사실을 발견하고 눈을 끔뻑거리며 경호성을 토했지만 돌아볼 여유는 없었다.

'그냥 시킨 대로 하자!'

퍼슨이 채찍질로 가온이 타고 있던 말을 따라잡은 후 방향을 이끌었다.

트롤 두 마리는 앞서거니 뒤서거니 하면서 말 두 필이 빠져나간 나무 사이로 뛰어들었다.

앞선 놈이 나무 사이를 빠져나오고 뒤따르던 트롤이 막 나무 사이로 들어섰을 때 무성한 가지와 나뭇잎을 헤치고 세 갈래로 갈라진 창이 무서운 속도로 떨어져 내렸다.

푹!

3개의 창날에 솟아난 창기는 마치 그 단단한 트롤의 두개골을 두부처럼 쉽게 파고들었다.

그 상태에서 서너 걸음 더 달려간 트롤이 휘청거리더니 이내 앞으로 무너졌다.

쿵!

재빨리 놈을 아공간에 챙겨 넣은 가온이 은신 스킬을 사용해서 다시 나무 위로 올라갔다.

트롤을 끌고 짧게 원을 그리며 도망을 치던 퍼슨은 어느 순간 자신을 쫓던 트롤 중 한 마리가 사라졌다는 사실을 깨달았다.

'한 마리는 대장님이 처리하신 건가?'

아마 그럴 것이다.

어떤 식으로 처리를 하는 건지는 알 수 없지만 대장이 말한 대로만 하면 될 거라는 자신감이 솟았다.

그는 화가 잔뜩 난 트롤을 끌고 다시 나무 네 그루가 있는 곳으로 달려갔다.

다행히 말들은 아직 달릴 힘이 남았고 쫓아오는 트롤이 쥐고 있는 몽둥이 권역과 거리를 두고 있었다.

나무 네 그루가 있는 곳에 도착해서 주위를 둘러봤지만 통과했던 나무 사이에는 아무것도 없었다.

퍼슨은 짧은 순간 고민을 했다.

'어디로?'

이전에 통과했던 첫 번째와 두 번째 나무 사이의 공간과 달리 두 번째와 세 번째 나무, 그리고 세 번째와 네 번째 나무 사이의 공간에는 하단부에 굵은 나뭇가지가 있어서 트롤의 추격을 방해할 수 있을 것 같았다.

결국 그가 모는 말이 향한 곳은 아까 통과했던 나무 사이의 공간이었다.

'대장이 하라는 대로!'

구체적으로 저 나무 사이를 다시 통과하라는 말은 없었지만 왠지 그래야 할 것 같았다.

쾅!

바람 소리와 함께 트롤의 몽둥이가 바로 뒤쪽의 땅바닥을 내리쳤다.

잠깐 망설였는지 좀 위험했다.

퍼슨은 뒤에 가온이 탔던 말이 있었지만 그쪽에 신경을 쓸 겨를이 없었다. 그저 쏜살같이 나무 사이를 빠져나가는 데 전념했다.

그렇게 나무 사이를 빠져나온 퍼슨은 문득 말의 움직임이 이상하다는 사실을 깨달았다. 규칙적이던 요동이 불규칙하게 바뀐 것이다.

'큰일이다!'

결국 말이 지친 것이다.

가슴이 철렁 내려앉은 퍼슨의 얼굴이 창백해졌다. 믿었던 가온은 보이지도 않고 말은 지쳤는데 갈아탈 여유도 없으니 절망감이 엄습한 것이다.

본능적으로 바로 뒤에 쫓아올 트롤을 돌아봤던 퍼슨의 눈이 튀어나올 듯 커졌다.

막 나무 사이를 빠져나오고 있는 트롤의 머리 위로 뭔가 빠르게 떨어져 내렸다.

푹!

멀리 떨어지지 않아서 그런지 섬뜩한 파육음(破肉音)과 함께 트롤의 머리 가까이 떨어져 내리던 가온의 몸이 공중에서 크게 회전하더니 트롤 앞에 착지했다.

그런 가온을 향해 트롤의 몽둥이가 위로 올라가는가 싶더니 놈이 휘청거렸다.

"헙!"

놀랍게도 트롤의 머리 위에는 창 자루가 보였다. 하얀 뼈로 만들어진 그 창은 분명히 라지드맨들이 사용했던 트라이던트였다.

그리고 트롤이 가온을 향해 절을 하듯 엎어졌다.

쿵!

큰 소리를 내며 앞으로 쓰러진 트롤이 가온이 손을 대는 순간 거짓말처럼 사라졌다.

"자, 갑시다!"

가온이 달려오면 외쳤다.

"대, 대장님, 트롤들은?"

대답을 알고 있었지만 워낙 믿을 수가 없어서 묻는 것이다.

"세 마리 모두 잡았습니다. 본대가 어떻게 되었는지 궁금하니 바로 이동하지요. 아!"

가온이 거품을 물고 있는 퍼슨의 말을 보더니 서둘러 포션 두 개를 꺼내 주었다.

"하나는 말을 먹이세요. 숨을 고른 후 천천히 따라오십시오."

가온은 그 말을 남기고 자신의 말 위에 훌쩍 올라타더니 먼지구름을 남기고 바로 사라졌다.

얼마 후 멀리에서 본대를 확인한 가온은 지친 말의 고삐를 당겨서 걸음을 멈추었다.

'역시 잡았군.'

사실 트롤이 완전한 성체가 아닌 데다가 이쪽 전력을 생각하면 그리 걱정할 필요가 없었다.

나레인이나 드인 상단 측에도 검광 실력자들이 있었고 거기에 타람 남매나 마법사 전력까지 생각하면 더욱 그랬다.

그래도 혹시나 싶어 걱정을 했던 것인데 역시 기대를 저버리지 않고 트롤을 사냥한 것이다.

그런데 문제가 있었다.

'얼마나 난도질을 한 거야!'

얼마나 다구리를 쳤는지 트롤의 꼴은 엉망이었다. 화계 마법에 반복해서 당한 놈의 가죽은 성한 곳이 거의 보이지 않았고 잘린 머리 부위를 제외하고도 찔리고 베인 자국이 무수하게 보였다.

'쯧!'

저래서는 생혈은커녕 죽은 피, 즉 사혈도 별로 챙기지 못할 것이다.

마나를 눈으로 끌어 올려 안력을 높이자 사람들, 특히 거메인이 땅으로 스며든 트롤의 피를 아까워 발을 동동 구르는 모습이 보였다.

가온은 말 머리를 돌렸다.

이대로 가서 그들을 안심시켜 주고 싶었지만, 사람들에게 어마어마한 용량의 아공간을 노출하고 싶지는 않았다.

퍼슨이 따라오는 경로를 되돌아가던 가온은 적당한 곳이 나타나자 트롤 한 마리와 생혈 추출기 세트를 꺼냈다.

시간이 많이 지나지 않아서 그런지 트롤은 아직 살아 있었다. 단지 뇌가 손상되어 운동신경이 제대로 작동하지 않는 것뿐이다.

가온은 나무 옆에 트롤을 세워 놓고 스파이더 웹으로 나무와 트롤의 몸을 둘둘 감싼 후 머리에 깊이 박힌 흑검을 천천히 뺐다.

잠시 피가 흘러나왔지만 생각했던 대로 다른 동물과 달리 피가 분수처럼 뿜어지지는 않았다. 이제 손상되었던 뇌 부분이 맹렬하게 재생되기 시작할 것이다.

내친김에 다른 두 놈 역시 차례로 꺼내어 마찬가지로 스파이더 웹으로 나무와 몸을 단단히 감은 후 창을 빼냈다.

먼저 바늘에 마나를 주입해서 한 놈의 대동맥에 찔러 넣은 가온이 바늘 위에 부착된 작은 손잡이를 돌리자 바늘과 연결된 튜브를 통해서 짙은 푸른색 피가 빠르게 흘러나와 투명한 자루 안으로 들어갔다.

가온이 연신 투명한 생혈 보관용 자루를 바꾸는 동안 퍼슨이 가온의 말까지 끌고 도착했다.

"정말 트롤들을 모두 잡으신 거군요."

"운이 좋았습니다. 그보다 고생했습니다. 하마터면 큰일이 벌어질 뻔했습니다."

"그러게 말입니다. 스톤이 말하길 막 울창한 숲을 들어가려다가 먼저 트롤들을 발견해서 그나마 거기까지 도망친 거지 숲 안에서 조우했다면, 죽었을 거라고 하더군요. 생각보다 트롤의 주력이 엄청났습니다. 거리가 금방 좁아지더라고요."

처음에는 거리가 꽤 있었는데 트롤들이 따라잡은 모양이다.

그렇게 얘기하는 동안 5리터짜리 자루가 13개나 꽉 차고서야 더 이상 피가 나오지 않았다. 당연히 트롤의 심장은 활동을 멈추었다.

"마정석은 제가 적출하겠습니다."

가온은 퍼슨이 단검에 희미한 검광을 피워 간신히 트롤의 심장에서 마정석을 적출하는 동안 나머지 두 마리의 생혈도 성공적으로 추출해 냈다.

두 마리 모두 65리터에 가까운 생혈을 가지고 있어 모두 합하면 200리터에 약간 못 미치는 양을 얻을 수 있었다.

가온이 잠시 쉬는 동안 마지막 트롤로부터 마정석을 적출하고 체력 포션과 마나 포션을 복용한 퍼슨은 빈 아공간 주머니로 들어가는 트롤 사체를 보면서도 믿기지가 않는지 고개를 절레절레 저었다.

'이전에도 그랬지만 폐관 수련을 한 후에는 완전히 괴물이 된 것 같아.'

가온이 어떤 방식으로 트롤을 사냥했는지는 퍼슨도 대충 짐작했다. 미리 나무 위에 올라가서 은신하고 있다가 바로 아래쪽을 지나가는 트롤을 창으로 기습 사냥을 한 것이다.

하지만 아무리 기습으로 사냥했다고 해도 그 대상이 트롤이다. 오우거 다음으로 강력한 몬스터로 머리를 베어 내지 않으면 끊임없이 재생하는 능력을 가지고 있어서 2급 기사가 아니면 감히 사냥할 엄두도 내지 못하는 놈을 혼자서 무려 세 마리나 잡은 것이다.

'타고난 사냥꾼이야!'

드인 상단 측 사람들은 가온을 방랑 기사나 자유 기사로 알고 있었지만, 퍼슨은 가온을 천생 사냥꾼이라고 생각했다.

자신이 가진 능력과 지형지물을 최대한 이용해서 적의 숨통을 끊거나 포획하는 것이 바로 사냥꾼이다.

퍼슨이 아는 기사들은 대부분 자신이 익힌 검술이나 능력을 과시하듯 드러내는 성향이 강했다.

기사들은 정면으로 싸우는 것을 선호하기 때문에 기습이나 함정을 이용하는 것을 본능적으로 꺼린다. 그런 행동은 불명예스럽게 생각하는 것이다.

그사이 가온은 미뤄 두었던 안내음을 떠올리고 있었다.

'제기랄! 이제 트롤 세 마리를 잡았는데도 레벨이 겨우 6밖에 안 올라가네.'

레벨 차이는 아직 꽤 나는데도 한 마리당 2레벨씩밖에 안 오른 것이다.

'정말 던전이 아니면 이제부터는 레벨 올리는 게 쉽지 않겠어.'

남들보다 경험치를 더 받는데도 불구하고 이런 식이라면 답은 던전밖에 없었다.

트롤 세 마리를 끌고 멀리 도망쳤다고 했던 가온과 퍼슨이 건강한 모습으로 본대와 합류하자 걱정을 하고 있었던 사람들이 환한 얼굴로 반겼다.

트롤 두 마리를 유인하는 임무를 맡은 아버지 때문에 노심초사하고 있던 패터도 비로소 안도했다.

"온 대장님, 트롤들은요?"

스톤으로부터 이미 얘기를 들은 나레인이 달려오며 물

예지몽으로
히튼랭커

었다.

"잡았습니다."

무뚝뚝한 가온의 대답에 사람들의 얼굴이 경악과 흥분으로 붉게 물들었다.

"어, 어떻게?"

"대장님, 그럼 생혈은 어떻게 되었습니까?"

어지간해서는 나레인과 가온 사이의 대화에 끼어들지 않을 거메인이 몸이 달았는지 불쑥 끼어들었다.

아무래도 가온의 예상대로 이쪽 트롤에게서는 생혈을 거의 추출하지 못한 것 같았다.

"100리터는 충분히 넘습니다."

가온의 대답에 거메인은 주먹을 쥐고 흔들었고 숨죽여 대답을 듣고 있던 나레인의 얼굴도 환해졌다.

처음부터 드인 상단의 지분을 가지고 있기도 했지만 광산 투자를 위해서 드인 상단에서는 그녀와 나르멜의 추가 투자를 원했고 대신 지분을 주었다.

그래서 타르벨 상단과의 약속을 지키지 못할 경우 받을 상단의 피해도 두 사람과 상관이 있었다.

"역시 가온 대장님이십니다! 고생하셨습니다!"

거메인은 굳이 확인해 볼 생각도 하지 않았다. 그가 거짓말을 할 리가 없으니 말이다.

그런데 믿지 못하는 사람이 한 명 있었다. 바로 기사 제론이었다.

"사체를 좀 구경했으면 좋겠는데……."

트롤 한 마리도 온 클랜원들의 도움을 받아서 겨우 죽이는데 성공한 그로서는 가온과 퍼슨이라는 중년 모험가가 트롤 세 마리를 사냥했다고 도저히 믿을 수가 없었다.

안 그래도 트롤을 세 마리나 잡았지만, 레벨이 겨우 6밖에 오르지 않았고 따로 나온 보상도 없어 기분이 좀 그랬던 가온의 얼굴이 얼음처럼 차갑게 변했다.

"제론 경, 지금 나한테 명령한 겁니까?"

"아니, 그건 아, 아닙니다!"

예상하지 못한 상대의 거친 반응에 당황한 제론은 얼음을 뒤집어쓴 듯 정신이 들었다.

'흡! 이 정도 실력자라고?'

상대의 눈빛을 마주한 순간, 마치 뱀을 앞둔 생쥐처럼 상대가 순간적으로 내뿜은 살기에 자신의 몸이 굳어 버렸음을 인지한 것이다.

'헬럿 부단장이 영애님의 편지를 전하러 갔다가 이자에게 당한 게 맞구나!'

제론은 이제야 놓치고 있었던 가온의 진면목을 엿본 것 같았다.

이렇게 눈빛 하나로 3급 기사인 자신에게 공포감을 줄 수 있는 존재는 2급 기사를 앞두었거나 2급 기사는 되어야만 했다.

"앞으로 언행에 신경을 좀 쓰도록 하시오."

기분은 나빴지만 그렇다고 드잡이를 할 수도 없는 일이었다. 게다가 제론은 호위 대상인 나레인과 나르멜이 믿고 신뢰하는 기사가 아닌가. 굳이 이런 일로 척질 필요는 없었다.

가온은 굳은 얼굴로 아공간 주머니를 열어서 생혈을 모조리 빨린 트롤 세 마리를 꺼냈다.

제론은 자신의 무신경한 언행으로 가온에게 밉보였다는 것을 알았지만, 이왕 벌어진 상황이라 이제 핏기가 전혀 없으며 쪼그라든 트롤의 사체를 살펴보았다.

그리고 곧 그의 얼굴이 경악으로 일그러졌다.

'대체 무슨 수로!'

막 재생이 되다가 멈춘 머리 부분의 상처를 빼고는 죽음에 이를 정도의 상처는 없었다. 다른 부위에는 검에 베이거나 찔린 상처가 아예 없는 것이다.

제론도 명색이 기사인지라 트롤 사냥을 어떻게 하는지 잘 알고 있다.

최소한 검광 실력자 십여 명이 고가의 마법 그물을 사용하는 경우가 아니라면 목을 단숨에 자른 후 절단면에 혈액 응고제를 대량으로 뿌려 피가 흘러나오지 않게 한 상태에서 피를 추출한다.

그런데 남은 흔적만 보면 가온은 어떻게 한 건지는 모르겠지만 머리에 검이나 창을 쑤셔 넣어서 단숨에 끝장을 낸 것이다.

'대체 어떻게?'

가죽을 보고 의구심은 폭증했지만 확실하게 알게 된 사실도 있었다.

'내 상대가 아니다!'

기사인 자신을 두고 용병으로 보이는 가온에게 의지하는 것 같은 나레인의 행동에 내심 분노했지만, 와병 중인 주군 랑트 남작의 간곡한 부탁을 받았기에 소란을 일으키지 않으려고 나름 애를 썼다.

그래도 기사 된 자로서 용병, 아니 많이 봐주어서 겨우 방랑 기사에 불과한 자를 리더로 인정하기 싫었던 제론은 상대의 공적을 믿기가 힘들었다.

그래서 확인하고 싶었다. 과연 트롤 세 마리를 혼자서 어떻게 사냥했는지도 궁금했고.

퍼슨이라는 자야 이게 겨우 마나의 길에 들어선 정도이니 도움이 안 되었을 것은 확실했다.

그런데 어떻게 했는지 모르겠지만 검이나 창으로 단 한 방에 트롤을 끝장내었다는 증거가 확실했으니, 어떻게 처신을 해야 할지 순간 당혹스러웠다.

그가 아무 말도 하지 않고 당혹감이 가득한 얼굴로 망연자

실하고 있을 때 사람들이 몰려들어서 이제 세 구의 트롤 사체를 확인하고 화들짝 놀라서 소리쳤다.

"세상에! 이렇게 말끔하게 트롤을 사냥한 건 처음 봐!"

"상처라곤 검과 창이 들어간 머리의 작은 구멍밖에 없어!"

"설마 단 한 방에 끝장을 낸 겁니까?"

물론 사람들이 아무리 흥분해서 물어도 가온은 어떻게 트롤 세 마리를 사냥했는지 설명해 주지 않았다.

하지만 그 순간부터 가온이 일행의 리더라는 사실에 불만을 가진 사람은 더 이상 없었다.

아니, 다들 안심했다. 트롤 세 마리를 홀로 사냥할 정도의 실력자가 자신들을 이끌게 되었으니 안도할 수밖에 없었다.

베어울프

트롤의 영역을 지난 후로는 별다른 위험은 만나지 못했다.

간혹 고블린이나 오크가 멀리 보이기는 했지만 말을 탄 사람들의 숫자를 보고 겁을 먹었는지 금세 도망쳤다.

분위기도 좋았다. 이계인 대원들 때문에 하루에 12시간 정도만 이동하고, 잠자리도 가온이 아공간에서 꺼낸 가시나무 덩어리를 이어 붙였기 때문에 안전했다.

거메인이 눈치를 주긴 했지만 사람이 많아서 이번에는 안전텐트의 사용을 지양했다.

덕분에 여정은 순탄했지만 아그레브를 하루반 정도 남겼을 때 예상하지 못했던 위기가 찾아왔다.

푹 터진 초원 지대는 허브에 속하는 수많은 종류의 풀이

자라고 곳곳에 크고 작은 물웅덩이들이 있어서 초식동물이 살기에 적당했지만, 그들을 잡아먹고 사는 포식자들이 무리를 이루고 있었다.

해가 뜨겁기 때문에 새벽에 일어나서 간단히 아침을 먹고 출발한 지 얼마 되지 않았을 때 가온 일행이 마주한 위험은 바로 베어울프 무리였다.

"역시 주위에 광대한 초원 지대가 펼쳐진 아그레브 주변에는 울프 종이 엄청나네요."

"아그레브에서 플레이할 때가 생각나네. 다양한 종류의 늑대들 때문에 플레이어들도 힘을 합쳐야 해서 우리와 같은 직업군이 아주 귀찮았지."

버퍼 겸 힐러인 헤븐힐이나 사제인 매디가 아그레브에서 플레이할 때 사람들에게 시달린 이유가 있었다.

울프 변종에 속하는 베어울프는 본디 크게 무리를 짓지 않지만, 이놈들은 달랐다. 대략 사오십 마리에 달할 정도로 큰 무리를 형성해서 초원 지대에 자리를 잡은 고블린이며 오크는 물론이고 다른 울프 종까지 사냥하며 영역을 넓히고 있었다.

곰처럼 거대한 동체를 가진 베어울프는 마나를 주입한 무기와 비슷한 강도와 예기를 가진 발톱과 날카로운 이빨에, 시력은 물론 후각까지 뛰어났으며 특히 지구력이 아주 뛰어났다.

일단 놈들의 공격 목표가 되면 어지간해서는 떨치기 힘들 정도로 집요하게 추격을 했고 지능도 높은 편이라서 포위나 유인 혹은 매복 공격까지 할 줄 알았다.

마수 등급은 4등급으로 비슷한 울프 변종이 보통 2, 3등급 이라는 점을 고려하면 아주 위험한 놈들이다.

품고 있는 마정석도 최하 중급이고 상급도 종종 나올 정도 이니 얼마나 위험한 놈들인지 잘 알 수 있었다.

초원 지대라고 해서 지형이 내내 평탄한 것은 아니다. 곳 곳에 낮은 언덕들이 있었고 덤불이나 가시나무처럼 키가 낮 은 나무들도 작은 숲을 이루고 있어서 육안 정찰도 쉽지 않 았다.

운 나쁘게도 베어울프 무리가 먼저 가온 일행을 발견했다. 체고가 높은 말을 타고 있기도 했지만, 속도가 느릴 수밖에 없는 마차가 있기 때문이었다.

반나절 정도만 더 가면 이계인들이 개척했을 것으로 생각 되는 지역으로 진입하기에, 경계심이 낮아진 것도 한몫했을 것이다.

물론 퍼슨과 스톤은 놈들을 발견하기 1~2시간 전부터 신 경이 무척 예민해졌지만, 베어울프들이 포위를 한 상태로 멀 리에서부터 접근하고 있는 것은 눈치를 채지 못했다.

길게 자란 풀이 자세를 낮춘 상태로 접근하는 놈들의 거대 한 동체를 감추어 주기도 했지만, 오늘따라 바람이 거의 없어서 놈들의 냄새를 맡지 못했다.

퍼슨이 가장 먼저 놈들을 발견했을 때는 놈들이 이미 300미터 거리까지 접근한 상태였다.

"이런! 베어울프다!"

여차하면 마차를 버릴 각오를 했었고 잘 훈련된 말들만 챙겼지만, 이 정도 거리면 놈들을 떨쳐 버리기에는 너무 가까웠다.

그렇다고 베어울프 무리에 포위되어 싸우는 것은 너무 위험했다. 베어, 즉 곰처럼 강력한 힘과 치악력을 가진 놈들이라 검광 실력자라도 단독으로 상대하기 쉽지 않았던 것이다.

근처에 나무 몇 그루가 보였지만 어지간히 굵은 것이 아니면 베어울프를 상대하는 데 도움이 되지 않는다.

'지금은 저기밖에 없군.'

가온은 그나마 주위에서 조금 높은 곳으로 달려가서 일행을 향해 소리쳤다.

"모두 이쪽으로!"

빠르게 모여드는 사람들은 하마한 후 마차를 중심으로 말 머리를 가운데로 모았다.

"마법사들은 이리로!"

모인 마법사들은 가온이 지시한 대로 디그 마법을 연속으로 사용해서 언덕 한쪽에 길게 깊은 구덩이를 파기 시작했다.

아공간에서 철창을 잔뜩 꺼낸 가온이 다시 소리쳤다.

"최대한 길게! 그리고 깊고 넓게 파야 합니다! 종자들과 호위들은 마법사들이 판 구덩이의 바닥에 창을 거꾸로 꽂아요!"

마법사들이 할 작업을 지시한 후 이번에는 밤에 마수나 몬스터의 접근을 막는 용도로 사용해 왔던 가시덤불 덩어리를 꺼내 두 겹으로 방어막을 세웠다.

물론 육중한 몸집과 질기고 두꺼운 가죽을 가진 베어울프라면 가시가 큰 위협은 되지 않았지만 그래도 단번에 뛰어넘지는 못하니 그쪽은 피하게 될 것이다.

'시간만 충분했으면 해자와 같은 역할을 할 수 있는 깊은 참호를 파서 놈들을 효과적으로 상대할 수 있었을 텐데 아쉽네.'

그래도 이것으로 일단 베어울프의 공격 예상 범위를 전 방향 360도에서 200도 정도로 줄일 수 있었다. 바닥에 창이 거꾸로 박힌 넓고 깊은 구덩이 쪽으로 공격하기는 쉽지 않을 테니 말이다.

다음으로 일전에 오크 무리를 사냥할 때 유용하게 사용했던 캐터펄트 10기를 꺼내 마법사들이 파고 있는 방향의 반대편에 거치했다.

"패터, 랄프, 다른 사람들에게 사용법을 주지시켜!"

제론과 나레인의 호위 기사들을 제외한 종자 두 명과 이쪽의 세 명을 포함하면 5기 정도는 충분히 운용할 수 있었다.

다른 마수나 몬스터라면 효과가 좋았을 화살이나 볼트는 베어울프에게 별 피해를 주지 못한다. 독을 바른다고 해도 놈들의 밀생한 긴 털과 두꺼운 가죽을 뚫기가 힘들 테니 말이다.

하지만 강력한 장력을 가진 캐터펄트 시위로 날리는 거대 화살이라면 베어울프에게도 충분히 통할 것이다. 게다가 낮기는 해도 언덕 위에서 아래쪽을 향해 발사하니 위력은 더욱 강해질 것이다.

가온의 빠르고 정확한 명령 덕분에 사람들은 짧은 시간에도 불구하고 베어울프를 상대할 수 있는 대충의 방비를 갖추게 되었다.

베어울프들은 완벽하게 포위를 했다고 생각했는지 풀 위로 모습을 드러냈는데, 일부는 뒷다리로 섰고 네 발로 선 놈들도 체고가 거의 성인의 가슴에 육박해서 무척이나 위협적이었다.

놈들은 천천히 접근하고 있었는데, 놀랍게도 숫자가 100여 마리에 달했다. 스톤이나 퍼슨이 본 개체수보다 훨씬 더 많았다.

'골치 아프군.'

그냥 사냥을 하는 거라면 자신의 능력을 이용해서 어떻게든 다 잡아 죽일 자신이 있었다.

하지만 지금은 나레인과 나르멜 그리고 거메인을 호위하는 것이 그의 임무였다.

자신이 마음대로 움직일 수 없다는 얘기였다. 한 번에 놈들을 다 죽이지 못하면 호위 대상의 생명이 위험해질 수 있었다.

놈들이 확실하게 눈에 들어온 순간 일행의 대비도 어느 정도 이루어졌다.

참호는 가온의 기대만큼은 아니지만 그래도 베어울프들이 단번에 뛰어넘지 못할 정도로 넓고 깊은 데다 상단 호위 무사들이 창을 거꾸로 박아 둔 상태라서 그쪽으로는 공격하기 쉽지 않을 것이다.

퍼슨과 스톤 그리고 패터는 창을 거꾸로 박는 작업을 마치고 참호 위로 올라온 두 종자와 랄프와 함께 캐터펄트를 운용할 태세를 갖추었고, 마법사들은 포션을 마신 후 짧게 명상에 들어갔다.

나레인과 나르멜 그리고 두 하녀와 거메인은 언덕 가장 높은 곳, 즉 중심에 위치한 마차 안쪽으로 들어갔고 제론과 샘슨이 그 위로 올라갔다.

나레인의 호위인 두 호위는 세 마법사의 호위를 맡기로 했다.

잠시 고민하던 가온은 마침 자신을 바라보며 명령을 기다리는 타람 남매를 보았다.

"내가 놈들을 사냥하는 동안 두 분은 베어울프들이 마차 쪽으로 접근하지 못하도록 해 줘요."

"알겠습니다!"

"대장, 몸조심하세요!"

타람은 몸이 근질거리는 것 같았지만 로에니가 충분히 통제할 수 있을 것이다. 그들이 그동안 맡아서 처리한 의뢰 중에는 호위 임무도 적지 않았기에 어느 정도 믿을 수 있었다.

'어떻게 해야 저놈들을 효과적으로 사냥할 수 있을까?'

동체가 큰 데다 긴 털과 질기고 두꺼운 가죽을 가진 놈들이 무려 100마리나 된다. 만약 놈들이 한꺼번에 공격을 해 오면 피해는 필연적으로 발생할 수밖에 없었다.

검광 정도는 되어야 베어울프의 가죽을 뚫거나 벨 수 있는데 호위 임무 때문에 네 명 모두 몸을 쉽게 뺄 수가 없었다.

그렇다고 자신 혼자 나가서 놈들을 저지하기도 힘들었다. 퍼슨에게 들은 바에 따르면 놈들은 지능이 일반 울프들보다 훨씬 높다고 했다. 자신 하나에게 몰리지 않을 거란 얘기였다.

결국 가온의 생각은 마법으로 향했다.

일단 동료 마법사들의 실력으로는 단독으로 베어울프를 상대로 큰 피해를 줄 수가 없었다.

그렇다면 남은 건 하나밖에 없었다.

리자드맨 던전 안쪽에 있던 히든 던전에서 얻은 마법 스크롤들을 떠올린 가온의 눈이 빛났다.

'전격 마법이라면…….'

마법 스크롤의 경우 라이트닝 볼트 네 장과 체인 라이트닝 세 장이 있었다.

문제는 마법 스크롤의 숫자보다 베어울프의 숫자가 훨씬 더 많다는 것이다.

'그렇다면 위력을 더 높여야 해!'

전격 마법의 위력을 높일 방법은 두 가지다. 하나는 목표를 좁은 범위 안에 밀집시키는 것이고 다른 하나는 전격의 위력이 높아질 수 있는 환경을 만드는 것이다.

첫 번째는 거의 불가능한 만큼 전격의 위력을 높일 수 있는 환경을 조성하는 것이 필요했다.

하지만 근처에는 물웅덩이조차 없었다.

다행히 근처에 있는 풀 상태를 보니 완전히 마르지는 않았다. 아직 아침녘이고 오늘따라 구름이 아주 많아서 밤새 내린 이슬이 바닥과 풀잎에 약간 남아 있었다.

'이 정도로는 안 되는데. 비가 내리면 좋을 텐데.'

구름은 많지만 당장 비가 내릴 정도는 아니다.

워터 마법을 응용해서 일정 범위의 공간에 습도를 높일 수도 있지만, 동료 마법사들의 능력으로는 어림도 없었다.

그래도 고심하다 보니 해 볼 만한 아이디어가 하나 떠올랐다.

"바로, 내가 물주머니를 던질 테니 떨어지기 직전에 매직 미사일로 맞힐 수 있겠어?"

매직미사일 마법은 위력은 그리 높지 않지만 목표를 유도 공격한다는 장점이 있었다. 즉 목표를 놓치지 않고 타격할 수 있었다.

"가능해요!"

매직 미사일은 마법사들이 전사 없이 사냥할 때 필수적인 마법이라 바로도 익혀 두었다.

바로의 자신감 넘치는 대답을 들은 가온은 아공간에서 물주머니를 꺼내 목표한 상공으로 던졌다.

동물의 위로 만든 물주머니는 20리터 들이였기 때문에 무게만 무려 20킬로그램에 달했지만, 가온의 근력은 그것을 거의 20미터 가까운 높이까지 던져 올렸다.

"지금!"

한껏 올라갔다가 다시 떨어져 내리려는 순간 매직미사일이 날아갔다.

팟!

가죽 찢어지는 소리와 함께 물주머니가 산산이 터지면서 마치 비가 내리듯 물이 넓게 퍼져 떨어져 내렸다.

공중에서 물주머니가 터지는 소리와 마치 비가 내리는 것 같은 광경에 놀란 베어울프가 걸음을 멈추었다.

아마 인간들이 뭐 하나 궁금했나 보다.

그사이 가온은 다른 물주머니를 위로 던져 올렸다. 이번에는 위치가 좀 달랐다.

이게 무슨 상황인지 알 수 없어 베어울프들이 접근을 멈춘 사이에 20개에 달하는 물주머니가 높이 날아올랐다가 매직 미사일 마법에 맞아서 터졌고, 그 안에 담겨 있던 물들은 아래로 넓게 퍼져 떨어졌다.

그 와중에서도 가온은 오크를 사냥하고 챙겼던 글레이브 등 금속 무기들을 곳곳에 던졌다.

그것에 맞은 놈들은 화들짝 놀라기도 했지만 큰 충격이 없자 금세 관심을 끊었다.

'됐다!'

양이 충분한 건 아니지만 가시덤불 덩어리로 만든 방어벽부터 약 30미터 거리 내에 있는 풀들은 어느 정도 물에 젖어 있었다.

거기에 전기 전도율이 높은 금속제 무기들도 곳곳에 자리를 잡았다.

잔뜩 경계한 눈으로 상황을 지켜보던 베어울프들도 별일 아니라고 생각했는지 다시 움직이기 시작했다.

하지만 준비가 모두 끝난 것은 아니다.

'되도록 많이 끌어들여야 해!'

인공 강우가 내린 범위는 방어벽에서부터 30미터 거리에 불과했다. 그 안에 최대한 많은 베어울프를 몰아넣어야만 했다.

그러자면 방어벽을 넘지 못하게 만들어야만 했다.

"바로, 타이린, 파이어볼 마법 가능합니까?"

"네, 대장님!"

"저도 가능해요!"

"내가 신호하면 참호가 없는 쪽의 가시덤불 덩어리에 파이어볼을 날려서 불을 붙여요!"

"네?"

1차 방어벽인 가시덤불 덩어리를 태우라는 명령에 바로와 타이린이 눈을 끔뻑거린다.

두 사람은 이어지는 가온의 행보를 영 이해할 수 없었지만 일단 명령에 따르기로 하고 빠르게 주문을 외우기 시작했다.

얼마 후 베어울프 선두가 가시덤불 덩어리로 이루어진 1차 방어벽 앞에 도착했다.

놈들은 막고 있는 2미터 높이의 가시덤불 벽이 거추장스러운 듯 앞발로 강하게 후려쳤다.

크르르르.

베어울프들이 강한 통증을 느끼고 껑충 뒤로 물러났다. 길고 날카로운 마른 가시들이 앞발의 털이 없는 부위에 박힌 것이다.

가시덤불 덩어리는 눌리고 터져 모양이 망가졌지만, 그래도 방어벽 역할을 할 수 있었다.

동료들의 모습을 지켜본 뒤 열의 베어울프들이 자리를 바꾸었다.

"지금!"

화르락!

파이어볼이 계속 날아갔고 바싹 마른 가시덤불 덩어리는 쉽게 불이 붙어서 순식간에 전체가 타오르기 시작했다.

바로 앞에서 타오르는 불길에 놀란 베어울프들이 황급히 뒤로 물러났지만, 뒤에서 밀고 들어오는 동료들 때문에 거리를 크게 띄울 수는 없었다.

순간 물러나려는 놈들과 뒤에서 전진하는 베어울프들로 인해 무리가 혼란스러워졌다.

그때였다.

우우우우!

대장 늑대의 낮은 울음소리가 퍼지자 물러나려던 선두 쪽의 베어울프들이 몸을 돌렸다. 대장의 명령이 불에 대한 원초적인 공포심까지 극복하게 만든 것이다.

어쨌거나 베어울프들은 좁은 지역에 빼곡하게 들어찼다.

그때 가온이 미리 준비했던 스크롤들을 차례로 빠르게 찢었다. 물론 찢어진 방향을 향해 전격 마법이 튀어 나갔다.

지지지직!

추츠츠즈!

라이트닝 볼트와 체인 라이트닝이 좁은 지역에 모인 베어울프들을 덮쳤다.

시퍼런 뇌전 화살과 뇌전 가닥들은 풀을 적신 물을 타고 삽시간에 넓게 퍼졌다. 마치 뇌전의 바다가 생긴 것 같았다.

그 푸른 바다에 빠진 베어울프들의 털은 꼿꼿이 섰고 온몸은 바위처럼 딱딱하게 굳었다.

긴 털은 오그라들거나 타 버렸지만 죽은 개체는 많지 않을 것이다.

"캐터펄트 발사!"

이제 막 꺼져 가는 불길과 연기 사이로 거대 화살들이 튀어 나갔다.

정확히 조준할 필요는 없었다. 베어울프들이 몰려 있었고 앞으로 가로막을 가시덤불 덩어리도 불에 타 버려서 더 이상 없었다.

쐐액!

푹!

비명도 없었다. 어느새 뇌전의 바다가 사라지고 있었지만, 벼락에 당한 놈들은 정신도 차리지 못하고 있었다.

"버프와 축복을!"

가온은 자신을 대상으로 버프를 건 후 명령을 내렸다.

굳이 지치지 않았어도 헤븐힐과 매디가 모두를 대상으로 버프와 축복을 해 주었다.

"타람, 로에니, 제론, 샘슨, 창으로 마무리를 해요! 나

예지몽으로
히든랭커

머지는 마차 주위에 포진해서 창과 방패로 접근하는 놈들을
막고!"

가온의 명령에 가까이에 있던 타람과 로에니가 창 다발을
들고 아직 정신을 못 차리고 있는 베어울프 쪽으로 날아갔
고, 마차 위에 있던 제론과 샘슨도 날아 내리더니 바닥에 있
는 창 다발을 집어 들었다.

가온은 점핑 앤 플라잉 스킬을 펼쳐 우두커니 서 있거나
쓰러져 있는 베어울프를 징검다리 삼아 순식간에 뇌전이 아
직도 남아 있는 지역을 넘어갔다.

중복된 버프와 매디가 내린 축복의 효과로 인해 능력이
3할 이상 높아진 상태여서 그의 컨디션은 최고조였다. 몸이
마치 새가 된 것처럼 가볍게 원하는 대로 움직였다.

뇌전 마법이 펼쳐진 영역 밖에는 사십여 마리의 베어울프
들이 있었는데, 동료가 당한 참상을 목격하고 놈들도 많이
놀란 상태였다.

그래도 시퍼런 전격이 여전히 남아 있어 전진할 엄두를
내지는 못하고 있었다.

그때 한 베어울프의 머리통을 강하게 박차고 날아오른 가
온의 팔이 앙헬의 보조에 맞추어 빠르게 움직였다.

그때부터 마치 빛살처럼 날아가는 창들의 향연이 펼쳐지
기 시작했다.

젖혀진 팔의 각도에 맞게 앙헬이 내주는 창을 쥐고 마나를

주입하는 데 3초.

근육과 신경 그리고 관절 부위에 집중시킨 마나의 효과로 인해서 높아진 근력으로 창을 던지는 데 2초.

창은 5초에 한 자루씩 날아갔는데, 그 와중에도 그의 몸은 뇌전이 남아 있는 영역에서 몸이 굳은 베어울프들을 박차는 방식으로 공중에서 이리저리 날아다니고 있었다.

마나가 주입된 창은 뇌전으로 인해 놀라 순간적으로 투기를 잃어버린 베어울프의 미간을 정확하게 파고들었다.

뭔가 시커먼 것이 가까워진다 싶어 본능적으로 눈을 감았을 때 미간이 화끈해지더니 엄청난 고통과 함께 다시 뜬 눈앞이 하얗게 변하며 전신에서 힘이 빠져나갔다.

우우우우!

가온의 공격이 시작되고 2분 정도 지났다.

후미에 있던 베어울프 보스가 정신을 차리고 경계의 의미가 담긴 포효를 내질렀을 때, 사태는 이미 베어울프들에게는 절망적으로 변했다.

뇌전 영역 밖에 있던 베어울프 중 절반이 넘는 놈들이 미간이며 정수리에 창이 깊숙이 박힌 상태로 죽어 나자빠져 있었다.

베어울프들이 정신을 차리고 가온의 존재를 인식했을 때 그는 죽거나 죽어 가는 놈들을 징검다리처럼 박차고 대장으로 짐작되는 거대한 동체의 베어울프를 향해 날아가고 있었다.

쐐액!

까앙!

강력한 파공성과 함께 날아가는 빛나는 창이 거대한 베어울프 보스의 앞발과 충돌하더니 옆으로 튕겨 나갔다.

힘에 밀려 뒤로 젖혀지는 앞발에서 느껴지는 격통에 거대한 베어울프의 눈빛이 흉흉해졌지만 뭘 할 수 있는 여유는 없었다.

또다시 빛나는 창이 날아왔다.

까앙!

크르르.

베어울프 보스는 빛나는 인간의 검도 부러뜨린 적이 있었던 자신의 앞발톱이 3개나 부러지는 순간 자신도 모르게 고통스러운 신음을 토했다.

앞발톱만 부러진 것이 아니다. 강력한 힘이 관절에 강력한 부하를 주었고 몸 전체도 조금 뒤쪽으로 밀려 버렸다.

10미터 거리에서 죽어 가는 수하의 머리를 박차고 날아오르는 가온의 신형을 쳐다보는 대장 베어울프의 눈에서 흉광이 번뜩였다.

파악!

바닥을 박차고 상대를 향해 뛰어오른 놈은 날아오는 창을 보자 순간적으로 육중하고 거대한 몸을 유연하게 틀어서 피했다.

하지만 놈이 다시 원래대로 돌아오기 전에 몸의 움직임이 공중에서 덜컥하며 멈추었다.

"속박!"

4성급 마수답게 어마어마한 마나를 품고 있는 놈이라서 속박 마법은 순식간에 풀렸지만 날아오는 창을 피할 여유는 사라졌다.

푸욱!

유달리 빛나는 창은 벌린 입안으로 파고들었다.

그리고 곧이어 한 번도 경험해 본 적이 없는 끔찍한 격통이 찾아왔다.

하지만 놈은 창이 입안으로 파고드는 순간 얼굴을 틀었기 때문에 창촉은 옆 턱을 뚫고 밖으로 빠져나갔다.

베어울프 보스는 격통을 느끼는 중에서도 이빨에 힘을 주어 창대를 부러뜨려 버렸다.

그럼에도 불구하고 베어울프 보스는 얼마나 고통이 심했는지 바닥에 제대로 착지도 하지 못하고 다른 베어울프의 몸통을 박아 버렸다.

놈은 여전히 격통을 느끼면서도 적의 존재를 잊지 않았는지 어떻게든 자세를 잡으려고 시도하면서 주위를 돌아보았다.

하지만 인간은 보이지 않았다. 그럴 수밖에 없는 것이 가온은 놈의 시야 밖, 즉 놈의 바로 위쪽 상공에 있었다.

거꾸로 떨어져 내리는 가온의 손에는 빛나는 창이 들려 있었다.

푸욱!

강철보다 더 강도가 높은 베어울프의 두개골을 파고드는 빛나는 창!

창에 담긴 가공할 힘에 대장 베어울프의 머리통은 바닥까지 강제로 내려갔다.

크르르르.

눈에서 빛이 꺼져 가는 베어울프 보스는 어떻게든 머리를 움직이려고 했지만, 머리를 꿰뚫은 창은 바닥 깊숙이 박혀 있었다.

대장 베어울프가 당하는 것을 목격한 베어울프들은 혼란에 빠졌다.

어떤 놈은 도망을 치기 위해서 몸을 돌렸고, 어떤 놈들은 이제 막 깨어나서 움직이기 시작하는 앞쪽에 있는 놈들과 함께 인간들을 공격하려고 했다.

하지만 어떤 결정을 하든 그 결과는 이미 정해져 있었다.

쐐액!

빠악!

푸욱!

파공성이 들린다 싶으면 여지없이 섬뜩한 소리와 함께 창이 귀나 안면 옆 부분 혹은 미간 사이를 깊이 파고들었다.

샘슨과 제론이 가온의 명령을 받아서 공격에 나서는 순간 두 호위와 함께 마차 위로 올라와서 전투를 지켜보던 나레인과 나르멜은 엄청난 충격을 받았다.

"누나, 저, 저게 가능한 거야?"

도무지 가온이 사람으로 보이지 않았던 것이다.

날개가 없는 인간이라면 날 수 없는 것이 당연한데 가온은 마치 투명한 날개라도 달고 있는 것처럼 공중을 날아다니며 연신 빛나는 창을 던져 베어울프의 숨통을 끊고 있었다.

너무 현실감이 없는 광경에 나레인의 대답은 한참 후에야 나왔다.

"······정말 대단한 사람이네."

검강, 즉 마나를 검에 주입해서 검의 강도와 절삭력을 높이는 수준에 오른 나레인이 보기에도 가온은 경지를 논할 수 있는 대상이 아니었다. 자신이 아는 그 어느 누구도 그처럼 하늘을 날아다니지는 못하니 말이다.

체공 시간도 그렇지만, 자세를 한번 바꿀 때마다 몸이 다시 솟구치거나 몇 미터 옆으로 이동하는 데 더욱 놀라운 것은 그 와중에서도 창에 마나를 주입해서 목표를 향해 정확하게 던진다는 사실이다.

'2급 기사라면 다 저렇게 할 수 있을까?'

그건 아니다. 그녀가 수학했던 아카데미의 교관 중 2급 기사도 있었지만, 저렇게 놀라운 스킬을 보여 주지는 못했다.

단순히 그 기사가 하지 않아서 자신이 보지 못한 것이 아니라 그가 저런 스킬을 발휘할 수 없다고 확신할 수 있었다.

'사람이 아니야!'

살아남은 베어울프들이 꼬리를 말고 도망을 치려고 했다. 놈들도 가온이 자신들을 초월하는 두려운 존재임을 알았으리라.

하지만 놈들 중 도망을 치는 데 성공한 개체는 한 마리도 없었다.

가온의 창은 그런 놈들의 뒷다리를 정확하게 맞혀 부러뜨리는 방식으로 도망을 칠 수 없도록 만든 것이다.

베어울프는 상대를 잘못 골랐다.

"베어울프가 불쌍해."

나레인은 나르멜의 혼잣말에 실소를 터트렸다가 이내 고개를 끄덕였다. 자신이 생각해도 베어울프가 왠지 불쌍하게 느껴졌던 것이다.

'저분만 우리를 도와준다면…… 아니야! 저 실력으로 서임도 안 받고 실력 상승을 위해서 용병처럼 떠도는 분인데 무슨 수로.'

잠깐 욕심을 부렸던 나레인은 이내 욕심을 내려놓았다. 자신도 기사 수업을 받았기에, 기사 중에는 돈이나 명예 혹은

권력을 전혀 욕심내지 않고 본인의 실력을 올리는 데만 관심
이 있는 부류가 있다는 건 잘 알고 있었다.

'나도 저분을 따라다니고 싶어!'

문득 같은 여자이자 용병인 로에니가 부러워졌다. 남작 영
애라고 해서 마냥 인형처럼 살아온 것도 아니지만, 그래도
자신을 옥죄는 이 모든 것들을 모두 털어 버리고 세상을 구
경하고 이야기로만 들었던 온갖 것들을 경험하고 싶었다.

안 될 줄 알면서도 가온이 활약하는 것을 보면 자꾸 욕심
이 난다.

'헤이셜을 꼬셔 볼까?'

자유분방한 성격으로 몇 번이나 가출을 했던 경험이 있는
그녀라면 자신을 도와줄 수도 있을 것 같았다.

마르키아 거점 마을

　사냥을 마치고 한낮의 더위를 피해 3시간 정도 쉰 가온 일행은 빠른 속도로 아그레브로 향했다.

　앞을 가로막는 위협적인 존재는 거의 없었다. 드넓은 지역을 영역으로 하는 베어울프 때문에 그렇게 많은 고블린이나 오크도 거의 보이지 않았던 것이다.

　해가 질 무렵까지 빠른 속도로 이동하던 가온 일행은 이전에는 보지 못했던 마을 하나를 발견할 수 있었다.

　"새로 생긴 마을인 것 같습니다."

　종자들을 보내 확인해 보니 주로 이계인을 상대하는 상단들이 연합해서 개척한 마을로 수많은 상인과 이계인 들로 들끓고 있었다.

"오늘은 저곳에서 쉬기로 하지요."

마르키아라는 이름의 개척 마을은 상인들과 이계인들을 위한 숙박시설을 갖추고 있었는데, 수준이 생각보다 높았다. 상인들의 발길이 그만큼 잦다는 증거였다.

마르키아는 직경이 1미터 정도인 통나무를 땅에 깊이 박아서 세운 5미터 높이의 목책으로 둘러싸여 있어 비교적 안전해 보였다.

가온 일행은 마을 안쪽에서 가장 큰 여관 하나를 통째로 빌렸다.

이계인들의 경우 이 탄 대륙에서 잠을 자지 않고 자신들 세계로 복귀하기 때문에 여관은 상인들이 이용했는데, 대부분 행상이었기에 이 정도 수준의 여관은 비싸서 이용하는 사람이 많지 않아서 통째로 빌릴 수 있었다.

귀족인 나레인과 나르멜 때문이었는데 공용 목욕탕까지 갖추고 있었고 음식 수준도 뛰어난 편이라서 다들 만족했다.

물론 여정 동안 사용하는 비용은 나레인 측이 부담하기로 했기 때문에 가온 일행도 당연히 만족했다.

저녁 식사를 마친 직후 헤븐힐과 매디 남매는 로그아웃을 했다. 일찍 일어났기에 제한 시간을 꽉 채운 것이다.

나레인과 나르멜 남매는 거메인과 함께 여관에 남아 휴식을 취하기로 했고 제론 일행이 호위하기로 했다.

덕분에 가온은 홀가분하게 일행과 함께 밖으로 나왔다.

이전부터 아는 사이였지만 같은 클랜원이 된 이후 마치 형제처럼 친해진 퍼슨과 타람 그리고 스톤은 술집으로 향했고, 로에니는 남아서 휴식을 하기로 해서, 가온은 패터와 랄프를 데리고 시장 구경을 나섰다.

생긴 지 얼마 되지 않는 개척 마을이지만 상점은 물론이고 간판도 상당히 많았다.

아그레브에 자리를 틀고 있는 상단들이 연 상점들은 대부분 이계인들을 위한 물품, 즉 무기나 방어구가 대부분이었다.

"후아! 엄청 비싸네!"

이곳까지 물건을 가져오는 수고비나 위험을 생각하면 당연한 일이지만 무구는 랑트나 아그레브에 비해 대략 30% 이상 비싼 것 같았다.

물론 다른 상점들도 있었다. 주로 파는 게 아니라 구입하는 곳이지만 말이다.

그런 상점들은 이계인들이 사냥한 마수와 몬스터 부산물, 그리고 보상으로 나온 아이템들 구입하는데, 보통 이계인은 접속 제한 시간이 있기 때문에 저녁 이후에는 보기 힘들었다.

마을을 한 바퀴 돌았지만 특별히 관심을 가질 만한 곳은 없었다.

결국 패터는 랄프를 데리고 몇 안 되는 술집 중 젊은이들이 많은 곳으로 향했고, 가온은 여관으로 돌아왔다.

　그도 술을 즐기는 편이고 이곳은 비교적 안전하지만, 자신이 의뢰의 책임자이니만큼 가능하면 의뢰가 끝날 때까지는 마시지 않을 생각이다.

　결국 가온은 자신의 방에서 평화로우면서도 기대가 되는 시간을 보낼 수 있었다.

　'일단 칭호부터!'

　오랜만에 받는 칭호 보상이다.

칭호 : 크랙 헌터

등급 : 희귀
상세 : 다수를 상대할 때 하루에 한 번, 30분 동안 스텟 30% 증가

　가온의 눈이 커졌다.

　'이건 크다!'

　다수가 자신이 생각하는 것처럼 둘 이상을 의미한다면 어떤 상대건 3할의 능력이 높아진 상태로 사냥할 수 있게 되는 것이다.

　하루에 한 번이나 30분이라는 유지 시간은 큰 한계가 될 수 없었다.

　충분했다.

칭호 : 타고난 전술가

등급 : A
상세
−목표와 지형지물 등 정보의 질과 양이 상승하면 상황에 알맞은 전략 혹은
 전술을 구상할 수 있다.
−지력 +15

 이번에 얻은 특성은 칭호와 내용이 비슷했는데 그 내용이
놀라웠다. 어떤 상황에서든 전술 쪽 능력을 제대로 발휘할
수 있게 된 것은 물론 지력이 15나 상승했다.
 이번에는 스킬이다.

백발백중

등급 : B
상세
−목표를 인식하고 무기를 투척할 경우 어떤 자세건 무조건 원하는 부위에 적
 중한다.
−회당 마나 10 소모

 "와! 이건 정말 끝내주네."
 마나 소모가 크기 때문에 최고라고는 할 수 없지만 B등급
스킬답게 끝내주는 내용이었다. 던지는 게 무엇이든 목표를
명중시킬 수 있도록 스킬이 보정을 해 주는 것이다.
 거리까지 늘려 주는 건 아니지만 자세와 상관없이 던지는

족족 급소에 맞힐 수 있다는 건 정말 놀라운 스킬이 아닐 수 없었다.

투창이나 검술과 같은 직접 스킬은 아니지만 직접 스킬의 위력을 크게 높일 수 있어서 더욱 효용성이 높은 보조 스킬이다.

마나 소모량이 많기는 하지만 충분히 감수해도 될 정도로 만족스러웠다.

마지막으로 아이템을 확인했다.

투명 날개

등급 : 서사
상세
-장착형 아이템으로 눈에 보이지 않는 날개 한 쌍으로 이루어져 있다.
-의식으로 날개를 조종할 수 있으며 초당 3의 마나가 소모된다.
-동기화와 소유자의 성장 정도에 따라서 날개의 운용 능력이 높아지며 날개의 방어력과 비행 능력이 상승한다.

입이 떡 벌어진다. 베어울프 무리를 사냥한 것이 이렇게 큰 업적이었는지 새삼 다시 생각해 보게 되었다.

칭호나 특성의 경우 그 정도에 해당하는 것들이 있었지만, 아이템은 파르를 얻은 후 처음이다.

서사 등급답게 내용이 엄청나다.

'이걸 장착하면 점핑 앤 플라잉 스킬의 등급이 최소 두 단

계는 높아져!'

오늘 아침에 맞닥뜨린 베어울프 무리를 상대할 때를 생각하면 더욱 그랬다. 굳이 어떤 발판을 밟고 도약력을 얻어야 할 필요가 없이 하늘을 날면서 놈들을 향해 창을 날리기만 하면 되는 것이다.

아마 베어울프들이 보기에는 와이번을 상대하는 것 같지 않았을까 싶다.

상대가 아무리 강력해 봐야 날 수 없는 육상 마수일 뿐이다. 데미지를 줄 수 없다면 날아서 피하면 그만이니까.

문제는 소모되는 마나가 꽤 많다는 점이다. 이건 현재로서는 달리 해결할 방도가 없었다.

'오늘 얻은 보상 중 레벨 보상이 가장 짜네!'

오늘 얻은 보상으로 가온의 전력은 적어도 5할 이상은 높아졌다. 당연히 지금 수행하고 있는 호위 의뢰의 난이도도 크게 낮아졌다.

보상을 확인한 가온이 뿌듯한 마음으로 연공을 하려고 할 때 손님이 찾아왔다.

"쉬고 있지 않으셨습니까?"

쉬겠다고 남았던 거메인이었다.

"아그레브에 남겨 두었던 직원이 찾아왔습니다."

"아! 그래요."

"그런데 좀 충격적인 소식을 가지고 와서 온 대장님께는 알려 드려야 할 것 같아서요."

"말씀하십시오."

"그런데 이게 제정신으로는 좀 하기 어려워서……."

"술집이라도 갈까요?"

"아닙니다. 나레인 영애와 같이 한잔하면 어떨까 싶어서 모시고 가려고요."

"그러지요."

가온은 거메인을 따라 방을 나섰다.

나레인의 방은 여관에서 가장 큰 방 중 하나였는데, 두 여자 호위와 제론 기사가 자리하고 있었다.

"어서 오세요."

나레인이 반갑게 그를 맞이했고 나머지 사람들도 묵례로 반겼다.

"초대해 주셔서 감사합니다. 안 그래도 술이 한잔 생각났습니다."

"그랬다니 다행이네요."

방 한쪽에 있는 테이블에는 말린 과일과 치즈 그리고 와인 두 병이 세팅되어 있었다.

호위가 와인 병을 따자 나레인이 직접 와인을 따라 주었다.

"감사합니다."

나레인은 가온을 시작으로 제론과 거메인 그리고 자신의 두 호위에게도 와인을 따랐고 그녀의 잔은 거메인이 채워 주었다.

"건배를 하지요. 불쌍한 유바르를 위해서!"

나레인이 진지한 얼굴로 건배를 외쳤다.

"……위해서!"

건배는 지구만의 풍습이 아니었다. 이 세계에서도 건배를 하는 문화가 있었는데, 차이는 잔을 부딪치지 않고 시늉만 하는 것이다.

와인을 마시는 법은 교양으로 수강했던 서양사에서 배운 적이 있었다.

먼저 향을 음미하고 한 모금을 마신 후 10초 정도 혀를 굴려서 맛을 음미했다. 삼키고 나서 그 뒷맛도 음미해 보았다.

'떫은맛이 좀 강하네.'

미각이 좋아져서 그런지 엷은 나무 향과 입안을 감싸는 묵직한 맛을 느낄 수 있었다.

그런 가온의 모습을 쳐다보던 나레인과 제론이 고개를 끄덕였다. 자주 와인을 마셔 본 것처럼 마시는 법을 제대로 알고 있는 것처럼 보인 것이다.

"그런데 불쌍한 유바르가 대체 무슨 뜻입니까?"

"알몬 상단이 알폴광산을 차지했다는 건 온 대장님도 잘 아시죠?"

"그렇습니다."

"1차에 이어 2차 후발대가 도착해서 본격적으로 광산도시 건설과 채굴을 병행해서 시작했다는 소식을 출발하기 직전에 들었거든요."

매장량이 어마어마하고 조금만 파 들어가도 철광석이 나오니 욕심 많은 알몬 상단이 작정을 하고 개발을 하는 것이다.

"혹시 사고가 있었습니까?"

"네. 우리가 예상했던 대형 사고가 벌어졌어요."

그렇다면 근처에 있는 대형 오크 부락에서 전사들을 보낸 것이 틀림없었다. 놈들이 광산을 차지한 인간들을 그냥 두고 볼 리가 없었다.

"광산 인부와 자체 상단 호위에 고용한 용병을 합치면 1천 명 정도는 될 것 같은데요."

"그랬지요. 하지만 새벽에 쳐들어온 오크 전사 1천 마리는 감당할 수 없었다고 해요."

"1천 마리나요?"

전사만 1천이라니 어마어마했다. 놀랄 수밖에 없었다.

"주술사 열 마리에 대전사장 네 마리가 포함되었다고 들었어요."

그렇다면 인간의 필패일 수밖에 없었다. 자신이야 독과 다양한 꼼수를 사용해서 어찌 사냥했지만, 본디 오크 대전사장

예지몽으로
히든랭커

은 검기를 쓸 수 있는 실력자에 해당한다.

"얼마나 살았습니까?"

"자정까지 채굴하라는 명령 때문에 광산에서 채굴을 하다가 그곳에서 자고 있던 광부 200여 명과 그들을 감시하던 용병 50여 명을 제외하고는 모두 죽었다고 들었어요. 대략 850여 명이 죽은 거지요. 유바르 부단주를 포함해서요."

"후유!"

쌤통이라는 생각이 안 든 것은 아니지만 그런 생각을 하기엔 너무 많은 죽음이 나왔다.

"혹시 알몬 상단에서 항의를 해 오진 않았습니까?"

들은 대로라면 알몬 상단주는 능히 그러고도 남을 자였다.

"역시 예상하시는군요. 맞아요. 하지만 랑트의 상계에서는 드인 상단이 알몬의 압력을 못 이겨 광산을 헐값에 넘겼다고 알고 있어서 씨알도 안 먹힙니다."

거메인이 나레인 대신 대답을 했다.

참 사람의 운명이라는 게 기이하다. 본래라면 나레인과 드인 상단이 당했을 불행한 일을 욕심을 부린 알몬 상단이 대신 당한 것이다.

'인과응보는 아니고. 뭐라고 해야 할지 모르겠네. 아무튼 확실한 건 잘됐다는 거지.'

가온이 그런 생각을 하고 있을 때 침중한 얼굴을 하고 있던 나레인이 와인 한 모금을 더 삼킨 후 입을 열었다.

"불행한 일인데 사실 좀 통쾌한 부분도 있어요."

"……."

"두 숙부가 광산의 가치를 알고 뒤늦게 자신들이 오랫동안 부려 왔던 용병들을 그곳에 보냈다고 해요. 심지어 한쪽에는 기사까지 포함되었고요. 그런데 단번에 그 용병들이 사라진 거지요."

그건 확실히 나레인 입장에서 보면 통쾌한 일이다.

"아무튼 온 대장님을 이 자리에 초대한 것은 감사한 마음을 전하기 위해서예요. 대장님이 아니었으면 그 불행한 일을 우리가 당했을 테니까요."

"그렇게 생각할 일은 아닌 것 같은데요."

"아니에요. 건설이 어느 정도 진행된 시점이라면 저는 물론 우리 나르멜까지 그곳에 있었을 거예요. 그럼 한 줌의 희망도 없이 우리 남작가는 두 숙부의 손아귀로 들어갔을 거고요."

그렇게 생각하니 그런 것도 같았다.

"어찌 되었건 루의 은총이 내린 거라고 해 두지요."

"맞아요. 아무튼 온 대장님을 만난 것은 저와 나르멜에게는 정말 행운이라고 생각한다는 점을 알아주셨으면 좋겠어요."

"저 역시 두 분을 만난 것을 행운이라고 생각합니다."

진심이다. 나레인과 드인 상단의 의뢰 덕분에 엄청난 돈도 벌었고 갓 상점의 존재도 알게 되지 않았던가.

"이제 무거운 마음을 털어 버리고 남은 일정의 안전을 위해서 건배를 하지요."

술자리는 연신 건배를 외치던 나레인이 터질 것처럼 붉어진 얼굴로 쓰러지고 나서야 끝이 났다.

그런데 나레인보다 제론이 먼저 테이블에 머리를 박았다는 건 그 자리에 참석한 사람들만의 비밀이다. 강인한 정신과 육체의 표본이라고 할 수 있는 기사의 체면을 손상시킬 수는 없으니 말이다.

그렇게 아그레브로 입성하기 전날이 지나고 있었다.

◈

사람들이 한창 잠이 든 새벽.

잠을 자던 가온은 뭔가 불편한 감정에 눈을 떴다.

눈에 들어온 방 안 풍경은 별다를 것이 없었다.

옆 침대에는 패터가 있었는데 코를 골면서 자고 있었고 커튼이 쳐 있지 않은 창으로 달빛이 들어오고 있었다.

방 안 풍경은 평화로웠지만 가온은 자리를 털고 일어났다. 뭔가 불길한 기분이 잠을 싹 날려 버렸기 때문이다.

'뭐지?'

벗어 놓은 방어구를 다시 챙겨 입은 가온은 정신을 집중해서 감각을 외부로 확장했다.

타다닥. 타닥.

이히이잉!

푸르르.

다수가 소리를 줄여 걷는 소리와 낮은 말 울음소리가 들려왔다.

이곳이 여관이라는 점을 생각하면 그리 이상할 것도 없는데, 문제는 가온 일행이 여관을 통째로 빌려서 이미 문을 닫아걸었다는 점이다.

가온은 살짝 문을 열고 밖으로 나갔다.

방 밖은 거실로 방 다섯 개가 반원을 그리며 있는 별채였다.

여관에는 그런 별채가 다섯 채가 있었는데, 한 채는 여관 주인과 일하는 이들이, 그리고 나머지 네 채는 모두 가온 일행이 차지하고 있었다.

다른 별채로 감각을 집중하니 사람들이 곤하게 자면서 내는 소음들밖에 안 들렸다.

문제는 다섯 별채와 연결이 되는 본채였다. 지금 시간에는 문을 닫아건 본채 대문 앞에 말을 탄 다수가 가까이 접근해 있는 상태였다.

"그냥 잘라 버려!"

깡!

누군가의 명령에 철로 된 문의 잠금장치가 부서지는 소리
가 들렸다.

"별채와 연결되는 문도 잠겨 있습니다."

"젠장, 어떻게든 소음을 내지 말고 열어. 모두 명심해! 문
이 열리면 일시에 치고 들어가서 잠에서 막 깨어난 자들을
포박부터 해야 한다는 점을 잊지 마라."

"네."

"아, 그리고 말도 훈련이 잘된 귀한 놈들이니까 너와 너,
둘이 마구간으로 가서 챙겨! 평범한 상행으로 보인다고
했지만 혹시 일이 여의치 않으면 말만이라도 챙겨서 달아나
야 해."

아무래도 대화를 들어 보니 강도인 것 같았다.

원래라면 사람들을 깨워야겠지만 강도들이라면 그럴 필요
도 없었다.

가온은 본채와 별채가 통하는 문 앞에 흑검을 쥐고 섰다.

이번에도 잠금장치가 잘 열리지 않는지 결국 제법 큰 소음
이 들리고 나서야 무거운 문이 열리기 시작했다.

"자, 모두 명령한 대로 움, 헙!"

도검과 창으로 무장을 하고 검은 두건으로 얼굴을 가린 시
커먼 복색의 강도들이 열린 문 사이로 달려 나오려다가 가온
을 보고 멈칫했다.

"누, 누구냐?"

검을 들고 기다리고 있는 것을 보면 금방 상황을 알 수 있을 텐데 이런 질문이라니, 어지간히 얕보였거나 강도들이 멍청한 것이리라.

"죽을래, 살래?"

다른 플레이어와 달리 이 탄 대륙이 게임의 무대가 아니며, NPC라고 알고 있는 존재가 실제로 살아 있는 인간이라는 사실을 잘 알고 있는 가온이지만, 살인에 대한 거부감은 별로 없었다.

이 탄 대륙은 지구와 달리 법치 문명이 아니다. 특히 마수와 몬스터가 창궐한 지금은 더욱 그랬다.

남을 죽이려는 자는 자신의 죽음을 각오해야 하는 건 지구나 이곳이나 동일하다.

거기에 이미 붉은갈기 기마대원들을 죽인 적도 있었다.

"미친놈! 모두 저놈을 쳐라!"

키가 작은지 앞에 있는 놈들 때문에 보이지도 않는 강도단의 두목이 그렇게 명령을 하지 도검을 든 자들의 기세가 흉흉해졌다.

파앗!

가온은 기다리지 않았다. 이왕 손을 쓰기로 했으면 머뭇거리면 안 된다는 건 나크 훈의 가르침이기도 했지만, 그간의 경험을 통해 알고 있었다.

순간 3미터의 거리를 순간 이동하듯 날아간 가온의 검이 검은 선을 그린 순간 가장 앞에서 서 있던 목 세 개가 붉은 피와 함께 날아갔다.

"으악!"

방금 전까지 바로 앞에 서 있던 동료의 목이 사라지고 절단면에서 튀어나온 뜨거운 피가 사방으로 튀자 비명이 터져 나왔다.

"조용!"

마나가 깃들어서 낮지만 심혼을 강하게 옥죄는 가온의 말에 연쇄적으로 터져 나오던 비명이 멈추었다.

그때 피를 쏟아 내던 머리 없는 사체들이 하나둘 쓰러졌다.

"한 번만 더 묻겠다. 죽겠느냐? 아니면 살겠느냐?"

덜덜덜덜.

실제 검날보다 더 날카로운 가온의 살기 어린 눈과 마주친 자들은 겁에 질려 거세게 떨었다.

"검기!"

어느새 다시 올라간 흑검의 날에는 빛나는 검은색의 오러가 생성되어 있었다. 바로 검기였다.

털썩!

검기를 확인한 강도들은 감히 달아날 생각도 하지 못하고 약속이라도 한 듯 대부분 무릎을 꿇었다.

하지만 그럴 생각이 없는 자들도 있었다. 명령을 내린 것으로 추정되는 키 작은 두건인과 그를 에워싼 세 명이었다.

놈들은 어느새 본채 입구까지 도망친 상태였다. 그만큼 판단도 빠르고 소리 없이 움직이는 스킬을 보유한 자들이었다.

굳이 서라고 소리칠 생각은 없었다.

'앙헬!'

흑검을 왼손으로 옮기고 빈 오른손을 뒤로 젖히는 순간 그의 손에 창이 잡혀 있었다.

창이 순간적으로 빛나는가 싶더니 이내 엄청난 속도로 날아갔다.

푹!

"커억!"

"윽!"

쿠다당!

가온이 던진 창에 얼마나 강력한 힘이 실렸는지 동일한 궤적에 있던 두 놈의 등을 뚫어 버렸다.

두 놈이 창에 꿰뚫려 앞으로 구르듯 쓰러지자 작은 키에 건장한 체격을 가진 두건인이 뒤를 돌아보고 화들짝 놀랐다.

자신을 뒤쫓아 은밀하게 자리를 뜨던 두 수하가 하나는 등판에 구멍이 나서, 그리고 다른 한 명은 바닥까지 박힌 창에 몸통이 꿰뚫려 있었다.

'어느새!'

두건인이 황급히 시선을 돌렸을 때 자신을 날아오는 검은

색 빛이 보였다.

놈은 도저히 빛을 피할 엄두가 나지 않자 바로 옆에서 자신처럼 뒤를 돌아보고 놀란 다른 수하의 몸을 붙잡아 자신의 앞에 놓았다.

푸욱!

섬뜩한 파육음에 안심한 두건인은 이제 최대로 스킬을 펼쳐 도망을 쳐야겠다고 생각한 순간 가슴에 뭔가 날카로운 것이 박히는 것을 느꼈다.

"어?"

아래를 내려다본 두건인은 자신을 원망스러운 눈으로 쳐다보는 수하의 상체를 꿰뚫은 창이 자신의 가슴에까지 박힌 것을 볼 수 있었다.

'이, 이건 아닌데······.'

가슴을 뚫고 들어간 창대에 깃든 마나가 외부로 방출되며 빛을 잃는 순간 두건인의 의식도 끊어졌다.

가온은 되도록 사람들을 깨우지 않고 처리하려고 했지만 감각이 예민한 타람 남매는 물론이고 나레인 일행까지 소리를 듣고 잠에서 깨어 밖으로 나왔다.

그들은 두건을 쓴 자들 이십여 명이 무릎을 꿇고 있는 모습과 목이 날아간 세 구의 사체, 그리고 본채의 홀에 있는 네 구의 사체를 보고 사정을 충분히 짐작했다.

"강도들인 것 같군요."

제론이 무릎을 꿇고 있는 두건인들을 살벌한 눈으로 바라보며 가온에게 말했다.

"그런 것 같습니다."

"대체 이 거점 마을을 누가 관리하기에 야밤에 강도짓을 하려는 자들이 돌아다니는 거지?"

나레인과 나르멜이 특히 분노했다. 그들은 영주의 자식이었기에 누구보다 이런 자들에게 분노했다. 영지에 이런 범죄자들이 횡행하면 영지가 망가지는 것은 순식간이라는 사실을 그들은 잘 알고 있었다.

"다들 두건을 벗어라!"

살벌한 눈으로 쏘아보는 타람의 말에 두건인들은 재빨리 두건을 벗었다.

마음에 맞는 동료들과 기분 좋게 술을 마시고 곤히 잠들었다가 로에니가 깨우는 바람에 일어난 타람은 안 그래도 기분이 좋지 않았는데, 누군가 자신들을 죽이려고 했다는 생각에 화가 머리끝까지 치솟은 상태였다.

"너희들은 누구냐?"

"……"

이 중에는 따로 지휘자가 없는지 두건을 벗은 자들은 주위를 둘러보며 아무도 대답을 하지 않았다.

"이 새끼들이! 누구냐고?"

"그, 그게 저희는 바람칼날 용병대원들입니다."

타람이 버럭 소리를 지르자 가장 나이가 어린 축에 속하는 용병 하나가 머뭇거리며 대답을 했다.

"바람칼날?"

"로베인 그 쓰레기가 이끄는?"

나레인 일행의 거메인은 모르는 눈치였지만 오래 용병 생활을 해온 타람과 로에니는 금방 알아보았다.

"타람, 아는 자들입니까?"

가온도 이들의 정체가 궁금했기에 바로 물었다.

"네, 대장님. 로베인이라고 키가 쪼끄맣고 덩치는 큰데 얼굴은 꼭 쥐 새끼처럼 생긴 B급 용병이 있습니다."

"그자라면 이들을 버리고 도망을 치려 하기에 창을 던져 죽였습니다. 지금 홀의 입구 쪽에 있습니다."

"그랬군요. 아무튼 로베인 그놈은 약 1년 전에 상단 호위 의뢰를 수행하다가 트롤을 만나자 의뢰인 일행을 놔두고 소수의 부하들만 데리고 도망친 이력이 있어서 용병 길드에서 퇴출이 되었는데, 어느새 용병대를 만든 모양입니다."

"그런데 그냥 퇴출만 되었다고요?"

나레인이 이해할 수 없다는 얼굴로 물었다.

"그건 당연히 아니에요. 용병 길드의 고발로 20년 형을 언도받고 지금 감옥에 갇혀 수형 생활을 하고 있는 것으로 알고 있는데……."

로에니가 나레인의 물음에 답을 했지만 그 일이 있은 지 채 1년도 지나지 않았는데, 벌써 감옥에서 나와서 돌아다니고 있을 줄은 그녀도 몰랐다.

그때 그에 대한 답이 한 용병의 입에서 나왔다.

"대장은 아직 공식적으로는 감옥에 있는 것으로 되어 있다고 알고 있습니다."

"공식적으로는 감옥에 있어? 그게 무슨 말이냐?"

타람이 방금 전에 대답을 한 용병에게 물었다.

"소체른 대공자, 영주 대행이 로베인 대장을 감옥에서 꺼내 주고 자신이 내린 임무를 제대로 수행하면 나머지 형을 면제해 준다고 말했다고 했습니다."

너무 뜻밖의 대답이라 다들 잠시 말을 잃었다.

이건 말이 되지 않는 일이다. 자작가의 대공자, 그것도 중병에 걸려 언제 죽을지 모르는 자작의 후계자가, 로베인과 같은 중범죄자를 몰래 감옥에서 꺼내 무슨 일을 시킨단 말인가.

"혹시 그 임무에 대해서 아는 것이 있나?"

타람이 물었지만 이제까지 잘만 대답하던 용병은 입을 꾹 다물었다.

'모르는 것 같지는 않은데.'

그자의 신색을 자세하게 살핀 가온이 입을 열었다.

"제대로 말하면 너희들은 손대지 않고 그대로 보내 주마."

아그레브성까지 이자들을 끌고 가는 것도 성가시거니와
일행에게 아무런 피해도 없었으니, 그냥 이 정도로 덮을 생
각으로 한 말이다.

"그, 그게 몇 개월 전에 이 근처에서 대공자가 투자한 상
단 하나가 실종된 사건이 있었습니다."

"그런 일이 있었다고?"

타람은 물론 로에니나 거메인도 고개를 갸웃했다.

조심스럽게 말을 꺼낸 용병은 사람들의 반응을 유심히
쳐다보더니 마음을 놓은 듯 신색이 편해졌다.

물론 그는 무표정한 가온의 눈이 순간적으로 빛나는 건
보지 못했다.

'소로본이라는 상인 얘기다!'

그 상인이 아그레브 자작가의 소체른 대공자로부터 대규
모 투자를 받았거나 그의 하수인인 것은 확실했다.

'그래서 그렇게 많은 군수물자를 가지고 있었던 거야.'

사실 좀 찝찝한 기분이 들어서 돈이 필요할 때도 소로본이
라는 상인이 가지고 있었던 돈은 이제까지 쓰지 않았고 실제
로도 한동안 잊고 있었다.

"그래서 소체른 대공자는 우리 대장에게 그 당시 자작성을
출입했던 모든 세력을 조사하라는 명령을 내렸습니다. 드인
상단도 그때 무렵에 성에 들어온 적이 있어서 조사를 하려
고……."

용병은 말을 끝맺지 못했지만 가온은 충분히 알아들었다. 소체른은 그때 실종된 소로본과 얽힌 일을 알아내서 종국에는 자신이 투자한 자금을 어떻게든 회수하려는 것이리라.

　"그래서 자작가에서 직접 만든 거점 마을에 숙박을 하는 우리를 기습하려고 했다니, 정말 황당하네. 우리 일행에 랑트 남작가의 영애와 영작이 있다는 것을 알았어도 이랬을까?"

　로에니가 혀를 차며 말하자 용병들의 얼굴이 순간 창백해졌다. 귀족 모독죄보다 더 무거운 죄가 바로 귀족 공격죄였다. 로베인의 명령에 따라서 움직이기만 한 자신들은 모르고 있었지만 그런 중죄를 저지르려고 했던 것이다.

　알고 싶은 것은 다 알아냈으니 이제는 마무리를 해야 했다.

　"약속을 했으니 지키긴 해야겠지만 좀 신경이 쓰이네. 이제 어디로 움직일 것이냐?"

　가온이 비밀을 털어놓은 용병에게 물었다. 그가 그나마 나머지 용병들을 대표하는 것 같았다.

　"이 근처에 숨어 있다가 이곳을 떠나는 용병단이 있으면 어떻게든 합류해서 떠날까 합니다. 더 이상 자작령에 머물렀다가는 정말 횡액을 맞을 것 같습니다."

　하긴 로베인이 사라지고 놈들이 랑트 남작가의 영애와 영작이 포함된 일행을 습격하려고 했다는 사실이 알려지면, 이자들은 극형에 처해질 것이 틀림없었다. 이들에게 유일한 생로는 자작령을 떠나 멀리 가는 것이다.

"그나마 괜찮은 생각이군. 모두 일어나! 그리고 청소하기 귀찮으니까 죽은 너희들의 동료를 챙겨서 당장 떠나도록 해. 아! 로베인이라는 자의 시체만 놔두고."

"넵!"

용병들은 가온이 진짜로 자신들을 살려 줄 거라고는 예상하지 못했는지 죽다 살아난 얼굴로 빠르게 움직였다.

그런데 비밀을 토로한 용병은 그들과 함께 움직이지 않고 가온에게 다가왔다.

"뭐 할 말이라도 있나?"

"필요하실지 모르지만 알려 드려야 할 것 같아서요. 사실 로베인은 붉은갈기 기마대 소속입니다. 물론 저희들은 모르는 것으로 알고 있지만요."

"붉은갈기 기마대?"

아무래도 붉은갈기 기마대와는 악연이 있는 것 같다. 지난번에도 부딪히더니 이번에도 자작령에 들어오자마자 놈들과 부딪힌 것이다.

'그때도 확인했지만 로베인과 같은 자들이 소속되어 있는 것만 보더라도 사람들에게 엄청난 피해를 끼칠 놈들이네.'

가온은 다시 붉은갈기 기마대와 조우한다면 독하게 손을 쓰겠다고 다짐했다.

"그리고 아시는지 모르겠지만 지금 아그레브 자작성은 난리도 아닙니다."

"그건 또 왜?"

"영주님의 둘째 아들이 요새에서 돌아왔거든요."

"둘째도 있었나?"

"네. 소체른과 달리 전형적인 기사로 자작가는 물론 영지에서도 신망이 두터워서 아마도 후계를 두고 소체른과 대립할 것 같습니다. 다들 그렇게 얘기들을 하고 있습니다."

그게 정말이라면 한동안 아그레브는 시끄러워질 것 같았다.

'뭐 나하고는 상관이 없지만.'

드인 상단과 타르벨 상단 간의 계약 건만 처리하면 바로 떠날 생각이기에 큰 도움이 되는 정보는 아니었지만 그래도 고마웠다.

"어딜 가더라도 죄는 짓지 말고 살아."

"그렇게 하겠습니다. 저는 물론이고 동료 대부분은 로베인이 이끄는 용병대인 줄도 모르고 큰돈을 준다기에 가입했기 때문에 이번에 죽을 고비를 넘긴 것이 앞으로 살아가는데 큰 도움이 될 겁니다. 살려 주셔서 정말 감사합니다!"

그냥 하는 소리 같지는 않았다.

"이름이 어떻게 되시오?"

"저는 푸앙이라고 합니다. 기사님의 고귀한 성함을 여쭤봐도 되겠습니까?"

"나는 온 훈이라고 합니다."

가온 역시 더 이상 푸앙을 강도로 여기지 않았기에 거친 말을 거두었다.

"온 훈 기사님, 다음에 좋은 모습으로 뵙겠습니다. 즐거운 여행이 되시길 루께 간절히 빌겠습니다."

그렇게 인사를 한 푸앙이 동료의 시체를 집어넣은 자루를 짊어진 동료들과 합류했다.

'아무래도 언젠가는 다시 만날 것 같구나.'

아무튼 길었던 밤이 이제는 끝나가고 있었다.

'마무리나 하자.'

마무리란 로베인이란 자의 사체를 챙기는 것이다. 놈은 필시 아공간 주머니를 가지고 있을 테니 그 안에 소체른의 명령이 기재된 서류라도 있다면 좋을 것 같았다.

'책임을 물어야지!'

상대는 몰랐겠지만 자신과 일행을 건드리려고 한 대가를 치르게 할 생각이다.

다음 권으로 이어집니다

재벌잡는 국세청

현우 현대 판타지 장편소설

뇌섹남 팀장님이 발부하는
국세청발 정의 구현 명세서!
『재벌 잡는 국세청』

서울청 조사4국 3팀장 이태준,
그에게 한 가지 비밀이 있다?
매출 누락, 위조 장부, 조세 포탈, 횡령……
회계 자료에 손을 대면 비리가 보인다!

답은 알고 있어도 증거는 필수!
베테랑 같은 초짜 사무관이 보여 주는
경제사범들과의 치열한 머리싸움!

자린고비 건물주부터 대기업 회장님까지,
여러분의 비리를 탈탈 털어 드립니다!

소구장 스포츠 장편소설

다시 태어난
야구 천재

문피아 전체 1위에 빛나는 대작!
150km/h짜리 공을 던지는 고교생이 있다?
탈고교급 야구 천재의 화끈한 귀환!

가혹한 혹사로 찢어져 버린 어깨
머리에 맞은 공으로 망가져 버린 평형감각
그리고 새로운 시작

프로젝트 리스타트를 실행합니다.
[대상 : 윤현]
[복구 시기 : 2009년 7월 28일]

폐인이 돼서도 야구를 포기하지 않던 윤현
두 번째 기회를 얻었다!

"이번 생은 KBO가 아닌 메이저리그다!"

메이저리그를 씹어 먹는 괴물 투수 윤현
그의 거침없는 질주가 시작된다!

꿈의 도약, 로크에서 하십시오
(주)로크미디어에서 신인 작가를 모십니다

즐거운 세상, (주)로크미디어는 꿈을 사랑하고 도전을 두려워하지 않는 작가분들의 참신한 작품을 기다리고 있습니다. 21세기 장르 문학계를 이끌어 갈 차세대 선두 주자 (주)로크미디어에서 여러분의 나래를 활짝 펴 보시길 바랍니다.

모집 분야 판타지와 무협을 포함한 장르 문학
모집 대상 아마추어 작가, 인터넷 작가
모집 기한 수시 모집
작품 접수 시 유의 사항

1. 파일명은 작가명_작품명.hwp 형식을 갖춰 주십시오.
1. 파일에 들어갈 내용은 다음과 같습니다.
   - 성명(필명인 경우 실명을 밝혀 주세요), 연락처, 이메일 주소.
   - 제목, 기획 의도.
   - A4용지 1장 분량의 등장인물 소개.
   - A4용지 2장 분량의 전체 줄거리.
   - 본문.
1. 작품이 인터넷에 연재되고 있다면, 게시판명과 사이트의 구체적이고 정확한 주소를 기재해 주십시오.

선택된 작품은 정식 계약 후 출판물로 간행되어 전국 서점에 유통됩니다.
작가분은 (주)로크미디어의 전폭적인 지원하에 전속 작가로 활동하시게 됩니다.
※ 자세한 내용은 로크미디어 홈페이지(rokmedia.com)를 참조하세요.

(03920)서울시 마포구 성암로 330 DMC첨단산업센터 3층 318호
(주)로크미디어 편집부 신간 기획 담당자 앞
전화 : 02)3273-5135
www.rokmedia.com   이메일 : rokmedia@empas.com